CB138800

Frankenstein

ou o Prometeu moderno

Mary Shelley

TEXTO INTEGRAL

Tradução:
Roberto Leal Ferreira

2ª Edição

A ortografia deste livro foi atualizada segundo o Acordo Ortográfico da Língua Portuguesa (1990), que passou a vigorar em 2009.

COLEÇÃO A OBRA-PRIMA DE CADA AUTOR

Frankenstein

ou o Prometeu moderno

Mary Shelley

TEXTO INTEGRAL

MARTIN CLARET

© *Copyright* desta tradução: Editora Martin Claret Ltda., 2009.
Título original: *Frankenstein or The Modern Prometheus* (1818)

CONSELHO EDITORIAL
Martin Claret

PRODUÇÃO EDITORIAL
Taís Gasparetti

CAPA
Ilustração: Michele Paccione / Shutterstock

MIOLO
Tradução: Roberto Leal Ferreira
Revisão: Waldir Moraes
Projeto gráfico: José Duarte T. de Castro
Editoração eletrônica: Editora Martin Claret
Impressão e acabamento: Paulus Gráfica

Dados Internacionais de Catalogação na Publicação (CIP)
(Câmara Brasileira do Livro, SP, Brasil)

Shelley, Mary, 1797-1851.
Frankenstein ou o Prometeu moderno / Mary Shelley; tradução Roberto Leal Ferreira. — 2. ed — São Paulo: Martin Claret, 2012. — (Coleção a obra-prima de cada autor; 58)

Título original: Frankenstein or the modern Prometheus
"Texto integral"
ISBN 978-85-7232-770-1

1. Ficção inglesa I. Título. II. Série.

09-04038 CDD-823

Índices para catálogo sistemático:

1. Ficção: Literatura inglesa 823

EDITORA MARTIN CLARET LTDA.
Rua Alegrete, 62 – Bairro Sumaré – CEP: 01254-010 – São Paulo – SP
Tel.: (11) 3672-8144 – Fax: (11) 3673-7146
www.martinclaret.com.br / editorial@martinclaret.com.br

5ª reimpressão - 2016

Sumário

❖

Did I request thee, Maker, from my clay
To mould me man? Did I solicit thee
From darkness to promote me?[1]

JOHN MILTON, *Paradise Lost* (X, 743-5)

---

[1] "Pedi-vos eu, Criador, que de meu barro
Me moldásseis homem? Solicitei-vos eu
que me promovêsseis das trevas?" (N. do T.)

Introdução de Mary Shelley

Os editores desta coleção de romances, ao escolherem *Frankenstein* para uma de suas séries, exprimiram o desejo de que eu lhes descrevesse a origem da história. Será um prazer para mim, pois assim darei uma resposta genérica à pergunta que tantas vezes me é dirigida: "Como eu, na época uma menina, vim a conceber e a desenvolver uma ideia tão aterradora?". É verdade que sou muito avessa a me exibir publicamente por escrito; mas como a minha narrativa só vai aparecer como suplemento a uma produção anterior e se limitará apenas aos temas que tenham ligação com a minha autoria não posso acusar-me de intrusão pessoal.

Não é de admirar que, sendo filha de duas pessoas de distinta celebridade literária, muito cedo na vida eu tenha pensado em escrever. Quando criança, eu escrevinhava; e meu passatempo predileto, nas horas de recreio que me eram concedidas, era "escrever histórias". Tinha, porém, um prazer maior do que aquele: a construção de castelos no ar — a disposição para sonhar acordada —, o acompanhamento de sequências de pensamentos que tinham como assunto a formação de uma sucessão de incidentes imaginários. Os meus sonhos eram ao mesmo tempo mais fantásticos e agradáveis do que os meus textos. Nestes últimos, eu era uma boa imitadora — fazendo mais o que outros haviam feito do que registrando as sugestões de meu próprio espírito. O que eu escrevia era dedicado a pelo menos um outro olhar — o de meu companheiro e amigo de infância; mas os meus sonhos eram totalmente meus; não prestava conta deles a ninguém; eram meu refúgio quando me aborrecia — meu mais querido prazer quando livre.

Quando menina, vivi principalmente no interior e passei um tempo considerável na Escócia. Fiz visitas esporádicas às suas partes mais pinturescas; mas a minha residência habitual era no litoral nu e monótono do Tay, perto de Dundee. Chamo-o retrospectivamente de nu e monótono; para mim, não era assim na época. Era o ninho de águia da liberdade e a região agradável onde podia, ignorada, comungar com as criaturas da minha fantasia. Eu escrevia na época — mas no mais banal estilo. Foi embaixo das árvores dos jardins pertencentes à minha casa, nas encostas nuas das montanhas sem bosques das proximidades, que as minhas verdadeiras composições, os voos de águia da minha imaginação, nasceram e se criaram. Não fazia de mim mesma a heroína de minhas histórias. A vida me parecia uma coisa banal demais no que se referia a mim. Não conseguia imaginar comigo mesma que aquelas angústias românticas ou aqueles acontecimentos maravilhosos pudessem um dia ser o meu quinhão; não me limitava, porém, à minha própria identidade e podia povoar as horas com criações muito mais interessantes para mim, naquela idade, do que as minhas próprias sensações.

Depois disso, a minha vida se tornou mais agitada, e a realidade ocupou o lugar da ficção. Meu marido,[1] porém, estava desde o começo muito ansioso para que eu me provasse digna de meus pais e inscrevesse meu nome nas páginas da fama. Estava sempre a me encorajar a obter uma reputação literária que até mesmo eu desejava na época, embora desde então eu tenha me tornado infinitamente indiferente a ela. Naquela época, ele queria que eu escrevesse, não tanto com a ideia de que eu pudesse produzir algo digno de nota, mas para que ele pudesse avaliar quão promissor era o meu talento. Mas eu não fiz nada. As viagens e os trabalhos domésticos ocupavam o meu tempo; e o estudo, sob a forma de leitura ou de esforços por melhorar as minhas ideias na comunicação com a sua mente muito mais culta, era toda a atividade literária que recebia a minha atenção.

No verão de 1816, visitamos a Suíça e fomos vizinhos de Lorde Byron.[2] No começo, passávamos horas alegres sobre o lago ou pas-

---

[1] O poeta romântico inglês Percy Bysshe Shelley (1792-1822), um dos maiores líricos da língua inglesa. (N. do T.)

[2] Lorde George Gordon Byron (1788-1824), um dos maiores poetas românticos ingleses. (N. do T.)

seando pelas margens; e Lorde Byron, que estava escrevendo o terceiro canto de *Childe Harold*,[3] era o único de nós que registrava seus pensamentos por escrito. Estes, conforme nos fazia ler, revestidos de todo o esplendor e harmonia da poesia, pareciam marcar com o selo divino as glórias do céu e da terra, cujas influências partilhamos com ele.

Mas aquele foi um verão chuvoso e pouco estimulante, e a chuva incessante muitas vezes nos trancava em casa durante dias. Alguns livros de histórias de fantasmas, traduzidas do alemão para o francês, caíram em nossas mãos. Havia a *História do amante inconstante*, que, quando pensava abraçar a noiva a quem tinha erguido um brinde, se viu nos braços do lívido fantasma daquela que abandonara. Havia a história do pecador fundador de sua raça, cujo miserável destino era dar o beijo da morte a todos os jovens de sua casa amaldiçoada, assim que alcançavam a idade prometida. Seu vulto gigantesco e sombrio, vestido, como o fantasma de Hamlet, de uma armadura completa, mas com a viseira erguida, foi visto à meia-noite, sob o luar intermitente, a avançar pela tenebrosa avenida. Perdia-se o vulto à sombra dos muros do castelo; mas logo um portão se abriu, ouviu-se um passo, a porta do quarto se abriu, e ele avançou até a cama dos jovens em flor, embalados por um sono revigorante. Seu rosto exprimia uma dor eterna ao curvar-se para beijar a testa dos meninos, que a partir daquele momento murcharam como flores arrancadas do caule. Desde então, nunca mais li aquelas histórias; mas suas situações estão tão vívidas em minha mente como se as tivesse lido ontem. Cada um de nós escreveria uma história de fantasmas, disse Lorde Byron; e sua proposta foi aceita. Éramos quatro. O nobre autor começou uma história, da qual publicou um fragmento ao fim do seu poema "Mazeppa".[4] Shelley, meu marido, mais apto a dar corpo às ideias e aos sentimentos no esplendor de imagens brilhantes e na música do mais melodioso verso que adorna a nossa língua do que a inventar as maquinações de uma história, deu início a uma narrativa baseada em experiências da sua infância. O pobre Polidori teve uma horrenda ideia sobre uma mulher com cabeça de caveira, que havia recebido essa punição por olhar pelo buraco da fechadura — para ver algo de

[3] *Childe Harold's Pilgrimage*, poema narrativo composto entre 1812 e 1818. (N. do T.)

[4] Poema épico escrito por Byron em 1819. (N. do T.)

que não me lembro — algo sem dúvida muito indecoroso e errado; mas, quando ela se reduziu a uma condição pior do que a do famoso Tom de Coventry,[5] ele não sabia o que fazer com ela e foi obrigado a despachá-la para a tumba dos Capuletos, o único lugar adequado a ela. Os ilustres poetas também, entediados com a trivialidade da prosa, logo desistiram da tarefa que lhes era tão pouco congenial.

Eu tratei de "pensar numa história" — uma história rival das que nos instigaram àquela tarefa. Uma história que falasse dos misteriosos temores de nossa natureza e provocasse um horror eletrizante — uma história para fazer o leitor ter medo de olhar ao seu redor, para enregelar o sangue e acelerar as batidas do coração. Se eu não conseguisse fazer isso, a minha história de terror não seria digna do nome. Pensei e meditei — em vão. Sentia a nua incapacidade de invenção, que é a maior miséria do autor, quando um estúpido Nada responde a nossas ansiosas invocações. "Você pensou em alguma história?", perguntavam-me a cada manhã, e a cada manhã eu era obrigada a responder com um torturante não.

Tudo tem de ter um começo, como diria Sancho Pança; e esse começo deve estar ligado a algo que vem antes. Os hindus creem que o mundo esteja apoiado num elefante, e que esse elefante esteja em cima de uma tartaruga. Deve-se admitir humildemente que inventar não consiste em criar a partir do nada, mas a partir do caos; os materiais devem ser dados antes: pode-se dar forma à escuridão, às substâncias informes, mas não se pode dar o ser à própria substância. Em todos os casos de descoberta e invenção, mesmo dos que pertencem à imaginação, devemos sempre lembrar a história de Colombo e o ovo. A invenção consiste na capacidade de apreender as possibilidades de um assunto e no poder de moldar e formar as ideias sugeridas por ele.

Eram frequentes e longas as conversas entre Lorde Byron e Shelley, às quais eu era uma assídua mas quase silenciosa ouvinte. Numa delas, foram discutidas diversas doutrinas filosóficas e, entre outras coisas, a natureza do princípio da vida e se haveria alguma possibilidade de que ele fosse descoberto e comunicado. Falaram das experiências do dr. Darwin (não falo do que o doutor realmente fez

---

[5] Reza a lenda que Tom de Coventry ficou cego por espiar o passeio que Godiva deu, nua, pelas ruas de Coventry. (N. do T.)

ou disse que fez, mas, o que está mais próximo do meu objeto, do que então disseram que ele teria feito),[6] que preservou um pedaço de macarrão num vidro, até que, por algum recurso extraordinário, ele começou a se mover voluntariamente. Não que isso signifique dar vida. Talvez um cadáver pudesse ser reanimado; o galvanismo já dera indícios de uma coisa dessas: talvez as partes componentes de uma criatura pudessem ser fabricadas, reunidas e dotadas de calor vital.

A conversa prolongou-se noite adentro, e já passara de meia-noite quando nos retiramos para descansar. Quando pus a cabeça sobre o travesseiro, não dormi, nem se poderia dizer que pensei. A minha imaginação, liberta, tomou conta de mim e me guiou, oferecendo as sucessivas imagens que surgiram em minha mente com uma vivacidade muito além dos limites habituais do devaneio. Vi — com os olhos fechados, mas com uma nítida visão mental — o pálido estudante de artes sacrílegas ajoelhado diante da coisa que fabricara. Vi a medonha imagem de um homem estendido que, em seguida, por efeito de um motor potente, dá sinais de vida e se mexe com agitação, de maneira só em parte vital. Aquilo era assustador; pois supremamente assustador seria o efeito de qualquer tentativa humana de simular o estupendo mecanismo do Criador do mundo. Seu bom êxito aterraria o artista; ele fugiria correndo de seu odioso artefato, horrorizado. Teria esperanças de que, entregue a si mesma, a leve centelha de vida que comunicara se extinguiria; que aquela coisa que recebera uma animação tão imperfeita voltaria à matéria morta; e ele poderia dormir na crença de que o silêncio da tumba extinguiria para sempre a efêmera existência do horrendo cadáver que ele chegara a considerar o berço da vida. Ele dorme; mas é despertado; abre os olhos; vê a coisa medonha em pé ao lado de sua cama, a abrir as cortinas e a olhar para ele com olhos amarelados, úmidos, mas inquiridores.

Abri os meus com terror. A ideia tomou conta de tal forma da minha mente que senti um arrepio de medo e quis trocar a fantasmagórica imagem de minha fantasia pelas realidades ao meu redor. Ainda as vejo; o próprio quarto, o *parquet* escuro, o luar que tentava penetrar pelas venezianas fechadas e a consciência que eu tinha de que o vítreo lago e os altos e brancos Alpes estavam depois delas. Não

---

[6] Não se trata do autor de *A origem das espécies*, e sim de seu avô, Erasmus Darwin, médico inglês (1731-1802). (N. do T.)

consegui livrar-me com tanta facilidade do meu horrível fantasma; ele ainda me obcecava. Tinha de tentar pensar em alguma outra coisa. Recorri à minha história de terror – minha maçante e infeliz história de terror! Ah, se eu pudesse inventar alguma que apavorasse o leitor como eu me apavorara naquela noite!

Veloz como a luz e igualmente agradável foi a ideia que me ocorreu. Achei! O que me aterrorizou vai também aterrorizar os outros; e só preciso descrever o espectro que assombrara o meu travesseiro à meia-noite. No dia seguinte anunciei que tinha "pensado numa história". Comecei aquele dia com as palavras "Foi numa monótona noite de novembro", fazendo apenas uma transcrição dos soturnos terrores do meu sonho desperto.

Inicialmente, pensei em apenas algumas páginas — num conto; mas Shelley insistiu para que eu desenvolvesse a ideia mais amplamente. Não devo, por certo, a meu marido a sugestão de nenhuma situação, tampouco de nenhuma constelação de sentimentos, e, no entanto, se não fosse pelo incentivo dele, ela nunca teria ganhado a forma em que foi apresentada ao mundo. Devo excluir desta declaração o prefácio. Ao que me lembro, foi inteiramente escrito por ele. E agora, mais uma vez, convido a minha horrenda progênie a progredir e prosperar. Sou muito afeiçoada a ela, pois foi o fruto de dias felizes, quando a morte e a dor não passavam de palavras que não encontravam nenhum eco de verdade em meu coração. Suas diversas páginas falam de muitas caminhadas, muitos passeios e muitas conversas em que eu não estava sozinha; e meu companheiro era alguém que, neste mundo, nunca mais vou ver. Isso, porém, é só para mim; os leitores nada têm a ver com essas associações.

Só direi mais algumas palavras sobre as alterações que fiz. Dizem respeito, sobretudo, ao estilo. Não mudei nenhuma parte da história nem introduzi nenhuma ideia ou situação novas. Corrigi a linguagem onde era tão insípida que prejudicava o interesse da narrativa; e essas mudanças ocorrem principalmente no começo do primeiro volume. Em todo o romance, elas se limitam somente às partes que são meros anexos à história, deixando intactos o seu núcleo e a sua substância.

M.W.S. Londres, 15 de outubro de 1831.

❖

Prefácio

O caso em que se baseia esta ficção, segundo o dr. Darwin e alguns fisiólogos alemães, não é impossível de acontecer. Não se deve supor que eu deposite seriamente a mínima fé em tal imaginação; no entanto, ao colocá-la na base de um trabalho de fantasia, não achava que estivesse simplesmente tecendo uma teia de terrores sobrenaturais. O acontecimento de que depende o interesse da história não apresenta as desvantagens de um mero conto de terror ou de encantamento. Justifica-se pela novidade das situações que desenvolve e, embora impossível como fato físico, proporciona à imaginação um ponto de vista que permite delinear as paixões humanas de modo mais abrangente e imponente do que qualquer um que o relato ordinário de eventos reais possa oferecer.

Tratei, pois, de preservar a verdade dos princípios elementares da natureza humana, ao mesmo tempo que não tive escrúpulos em inovar quanto às suas combinações. A *Ilíada*, a poesia trágica grega; Shakespeare, em *A tempestade* e *Sonho de uma noite de verão*; e, sobretudo, Milton, em *Paraíso perdido* obedecem a essa regra; e o mais humilde romancista que procure proporcionar ou receber prazer com seus esforços pode, sem presunção, aplicar à prosa de ficção uma licença, ou antes uma regra, de cuja adoção resultaram tantas finas combinações de sentimentos humanos, nos mais altos espécimes de poesia.

A situação sobre a qual repousa a história foi sugerida por uma conversa casual. Começou em parte como brincadeira e em parte como um modo de exercitar recursos mentais inexplorados. Outros motivos juntaram-se a esses à medida que o trabalho avançava. Não sou de modo algum indiferente à maneira como as tendências morais existentes nos sentimentos ou nos caracteres afetem o leitor; minha principal preocupação quanto a isso, porém, limitou-se a evitar os efeitos deprimentes dos romances atuais e à exibição da amabilidade do afeto doméstico e da excelência da virtude universal. As opiniões que naturalmente decorrem do caráter e da situação do herói não devem de modo algum ser julgadas como presentes tais quais em minha convicção; tampouco se deve tirar nenhuma inferência das páginas que se seguem como ataques contra alguma doutrina filosófica, de qualquer tipo que seja.

É também motivo de adicional interesse para a autora que esta história tivesse início na majestosa região onde se passa o principal da ação e numa sociedade que lhe deixou saudades. Passei o verão de 1816 nas cercanias de Genebra. A estação era fria e chuvosa; à noite nos reuníamos ao redor de um fogo azulado de lenha e às vezes nos divertíamos com histórias alemãs de fantasmas que haviam caído em nossas mãos. Esses contos despertaram em nós um divertido desejo de imitá-los. Dois outros amigos (um conto escrito por um deles seria muito mais aceitável ao público do que tudo que eu possa esperar produzir) e eu concordamos em escrever cada um uma história baseada num acontecimento sobrenatural.

O tempo, contudo, logo se tornou sereno; e meus dois amigos me deixaram, seguindo viagem entre os Alpes, e perderam naqueles magníficos cenários toda memória de suas visões fantasmagóricas. A história a seguir foi a única a ser concluída.

Marlow, setembro de 1817.

Frankenstein ou o Prometeu moderno

Carta 1

São Petersburgo, 11 de dezembro de 17...
À sra. Saville, Inglaterra

Gostará de saber que nenhum desastre acompanhou o início do empreendimento que encarou com tão maus pressentimentos. Cheguei aqui ontem, e a minha primeira preocupação foi garantir à minha querida irmã que estou bem e cada vez mais confiante no bom êxito do meu projeto.

Já estou muito ao norte de Londres e, enquanto caminho pelas ruas de São Petersburgo, sinto uma fria brisa do Norte acariciar minhas faces, o que acalma os meus nervos e enche-me de prazer. Compreende essa sensação? Essa brisa, que viajou das regiões para as quais estou indo, permite-me antefruir aqueles climas gelados. Animados por este vento alvissareiro, meus devaneios tornam-se mais ardentes e vivazes. Tento em vão convencer-me de que o polo é a capital do gelo e da desolação, ele sempre se apresenta à minha imaginação como uma região de beleza e deleite. Ali, Margaret, o sol está sempre visível, com seu largo disco apenas a roçar o horizonte e a irradiar um perpétuo esplendor. Dali — pois com sua permissão, minha irmã, vou dar crédito aos navegadores anteriores — a neve e a geada foram banidas, e, navegando por um mar tranquilo, talvez sejamos levados a uma terra que supera em maravilha e em beleza qualquer região até hoje descoberta no globo habitável. Seus produtos e suas características podem ser sem igual, como os fenômenos dos corpos celestes nesses ermos inexplorados. Que não se pode esperar num país de luz eterna? Talvez descubra ali o assombroso poder que atrai a agulha e realize mil observações celestes que só precisam desta viagem para tornar coerentes para sempre as suas aparentes excentricidades. Vou saciar a minha ardente curiosidade com o espetáculo de uma parte do mundo antes nunca visitada e talvez pise uma terra que nunca antes recebeu a marca de um pé humano. É isso que me atrai, e é suficiente para vencer todo medo do perigo e da morte e me levar a empreender esta dura viagem com a alegria que uma criança sente ao embarcar numa canoa, com seus companheiros de férias, numa expedição de exploração pelo rio da região natal. Mas, supondo que todas essas conjeturas sejam falsas, não pode negar o inestimável proveito que proporcionarei a toda a humanidade, até a última geração, se eu descobrir uma passagem perto do polo que leve àquelas regiões, para alcançá-las hoje são necessários tantos meses, ou se eu revelar o segredo do magneto, o que, se for mesmo possível, é algo que só pode ser obtido por uma proeza como a minha.

Essas reflexões serenaram a agitação com que comecei esta carta, e sinto o meu coração radiante de um entusiasmo que me eleva ao céu, pois nada contribui tanto para tranquilizar a mente do que um objetivo firme: um ponto em que a alma possa cravar o seu olhar intelectual. Esta expedição foi o sonho favorito da minha infância. Li com fervor as narrativas de diversas viagens que foram feitas na esperança de chegar ao oceano Pacífico Norte através dos mares que rodeiam o polo. Talvez se lembre de que uma história de todas as viagens de descoberta compunha sozinha toda a biblioteca do nosso bom tio Thomas. A minha educação foi descuidada, mas mesmo assim fui um leitor apaixonado. Esses volumes eram meu estudo, dia e noite, e a minha familiaridade com eles aumentava aquele pesar que sentira quando criança, ao saber que as ordens de meu pai em seu leito de morte proibiram a meu tio permitir que eu me dedicasse à vida marítima.

Essas visões esvaíram-se quando li pela primeira vez aqueles poetas cujo fervor extasiou a minha alma e a levou ao céu. Também me tornei um poeta e durante um ano vivi num paraíso criado por mim mesmo; imaginei que poderia obter um cantinho no templo em que são consagrados os nomes de Homero e de Shakespeare. Sabe muito bem do meu fracasso e como foi duro suportar a desilusão. Mas exatamente naquela época herdei a fortuna do meu primo, e meus pensamentos se voltaram para os lados da minha primeira inclinação.

Passaram-se seis anos desde que decidi realizar esta expedição. Ainda hoje me lembro da hora em que comecei a me dedicar a esse grande empreendimento. Primeiro, acostumei o meu corpo às privações. Acompanhei os caçadores de baleias em diversas expedições ao Mar do Norte; suportei voluntariamente frio, fome, sede e noites em claro; muitas vezes, dava mais duro do que os marinheiros comuns durante o dia e dedicava a noite ao estudo da matemática, da teoria da medicina e dos ramos da ciência física dos quais o aventureiro naval pode tirar mais proveito prático. De fato, duas vezes me empreguei como grumete num baleeiro groenlandês e ambas as vezes me saí admiravelmente bem. Devo confessar que me senti um pouco orgulhoso quando meu capitão me ofereceu o segundo posto na hierarquia do navio e insistiu bastante para que eu permanecesse, tão valiosos considerou os meus serviços. E agora, querida Margaret, será que não mereço alcançar algum grande objetivo? Poderia ter passado a vida em meio ao conforto e ao luxo, mas preferi a glória a todos os atrativos que a riqueza colocou em meu caminho. Ah, que alguma voz encorajadora possa responder pela afirmativa! Minha coragem e minha resolução são firmes, mas minhas esperanças são vacilantes, e meu ânimo muitas vezes se deprime. Estou prestes a iniciar uma longa e árdua viagem, cujas emergências exigirão toda a minha energia: terei não só de elevar o moral dos outros, mas por vezes sustentar o meu próprio quando o deles estiver caindo.

Esta é a época mais favorável para se viajar na Rússia. Eles voam em alta velocidade sobre a neve com seus trenós; o andar é agradável e, na minha opinião, muito mais prazeroso do que o de uma diligência inglesa. O frio não é excessivo caso se esteja vestindo um casaco de pele — um traje que já adotei, pois há uma grande diferença entre caminhar pelo convés e permanecer sentado imóvel durante horas, quando nenhum exercício impede que o sangue congele nas veias. Não ambiciono perder a vida na estrada de posta entre São Petersburgo e Arcangel. Vou partir para esta última cidade em duas ou três semanas, e a minha intenção é lá fretar um barco, o que se pode fazer com facilidade, pagando-se o seguro para o dono, e recrutar quantos marinheiros julgue necessário dentre aqueles que estão habituados à pesca da baleia. Não pretendo zarpar antes de junho, e quando vou voltar? Ah, minha querida irmã, como poderia responder a esta pergunta? Se for bem-sucedido, muitos, muitos meses, talvez anos, vão passar-se até nos podermos encontrar. Se fracassar, logo me verá, ou nunca mais. Adeus, minha querida, excelente Margaret. Que o céu faça chover bênçãos sobre você e me proteja para que eu possa demonstrar sempre de novo a minha gratidão por todo o seu amor e cordialidade.

Seu irmão afetuoso,
R. Walton

Carta 2

Arcangel, 28 de março de 17...
À sra. Saville, Inglaterra

Como o tempo passa devagar por aqui, cercado que estou pelo gelo e pela neve! Mesmo assim, dei um segundo passo na direção da minha excursão. Aluguei um navio e estou ocupado recrutando os meus marinheiros; aqueles que já contratei parecem ser pessoas em quem posso confiar e certamente são homens de intrépida coragem.

Mas tenho um desejo que jamais consegui satisfazer, e este vazio me parece o pior mal: não tenho amigos, Margaret. Quando estiver radiante de entusiasmo pelo sucesso, não haverá ninguém que participe da minha alegria; se for tomado pela decepção, ninguém tentará dar-me apoio na tristeza. Vou confiar os meus pensamentos ao papel, é verdade; mas este é um meio sofrível para a comunicação dos sentimentos. Desejo a companhia de um homem que possa compartilhar meus sentimentos, cujos olhos respondam aos meus. Talvez me considere um romântico, minha querida irmã, mas sinto amargamente a falta de um amigo. Perto de mim, não tenho ninguém que seja gentil mas corajoso, dono de uma mente cultivada e ampla, cujos gostos sejam como os meus, para aprovar ou corrigir os meus planos. Como um tal amigo poderia consertar as falhas do seu pobre irmão! Sou fogoso demais na execução e impaciente demais nas dificuldades. Mas para mim é um mal ainda maior o fato de ser autodidata: durante os 14 primeiros anos da minha vida, corri livre pelos campos e só li os livros de viagem do tio Thomas. Nessa idade, conheci os célebres poetas do nosso país, mas foi só quando deixou de estar ao meu alcance tirar o maior proveito dessa convicção que percebi a necessidade de conhecer outras línguas, além da de meu país natal. Tenho agora 28 anos e, na realidade, sou mais ignorante do que muitos estudantes de 15 anos. É bem verdade que pensei mais e que meus devaneios são mais amplos e magníficos, mas lhes falta *senso das proporções* (como dizem os pintores); e preciso muito de um amigo sensível o bastante para não me desprezar por ser romântico e afetuoso o bastante comigo para tratar de ordenar a minha mente. Mas essas são lamúrias inúteis; por certo não farei amigos no vasto oceano, nem mesmo aqui em Arcangel, entre mercadores e marujos. E, no entanto, algum sentimento estranho à escória da natureza humana bate até nesses peitos rudes. Meu lugar-tenente, por exemplo, é um homem de grande coragem e iniciativa; tem um desejo louco de glória, ou melhor, para usar palavras mais características, de progredir na profissão. É inglês e em meio aos preconceitos nacionais e profissionais, não atenuados pela cultura, conserva alguns dos mais nobres dotes de humanidade. Conheci-o a bordo de um baleeiro; ao descobrir que ele estava desempregado nesta cidade, logo o contratei para me assistir neste empreendimento. O mestre é pessoa de excelente índole e destaca-se no navio pela gentileza e pela moderação na disciplina. Essa qualidade, somada à sua reconhecida integridade e intrépida coragem, fez com que desejasse muito contratá-lo. Uma juventude passada na solidão, meus melhores anos passados sob a sua doce e feminina proteção refinaram tanto os fundamentos do meu caráter que não posso vencer uma forte repulsa pela costumeira brutalidade exercida a bordo dos navios: nunca acreditei que ela fosse necessária e, quando soube de um marinheiro igualmente admirado pela bondade do coração e pelo respeito e obediência da tripulação, senti-me particularmente feliz por poder dispor dos seus serviços. Ouvi falar dele pela primeira vez de maneira um tanto romântica, de uma mulher que deve a ele a felicidade. Essa é, em resumo, a história dele. Alguns anos atrás, estava apaixonado por uma jovem russa de posses razoáveis, e, tendo juntado com a venda de presas marinhas uma soma considerável de dinheiro, o pai da moça consentiu com o casamento. Viu a amada uma vez antes da cerimônia marcada, mas estava banhada em lágrimas, e, jogando-se a seus pés, pediu-lhe que a poupasse, confessando ao mesmo tempo que amava outro, mas que ele era pobre, e seu pai jamais concordaria com a união. Meu generoso amigo tranquilizou a suplicante e, ao ser informado do nome do homem amado, de imediato abandonou seu projeto. Já havia comprado uma fazenda com o dinheiro, na qual planejara passar o resto da vida; mas cedeu tudo para o rival, juntamente com o resto do dinheiro, para que comprasse gado, e então ele próprio solicitou ao pai da moça que aceitasse o casamento dela com seu namorado. Mas o velho recusou com firmeza, considerando-se obrigado pela palavra dada ao meu amigo, que, quando viu o pai irredutível, deixou o país e não voltou até saber que sua ex-noiva casara de acordo com seus sentimentos. "Que nobreza de caráter!", há de exclamar. E é verdade. Mas ele não tem nenhuma educação: é tão calado quanto um turco e tem uma espécie de displicência ignorante que, embora torne o seu comportamento ainda mais espantoso, lhe tira o interesse e a simpatia que, se não fosse por isso, provocaria.

Não creia, porém, porque me queixo um pouco ou porque imagino para os meus trabalhos um consolo que talvez nunca venha, que meus planos sejam vacilantes. São tão firmes como o destino, e para iniciar a viagem só estou aguardando que o tempo permita o meu embarque. O inverno foi terrivelmente severo, mas a primavera é bastante promissora, e dizem que anda muito adiantada, então talvez possa zarpar antes do esperado. Nada farei com precipitação: conhece-me o suficiente para confiar na minha prudência e ponderação sempre que a segurança dos outros está sob a minha responsabilidade.

Não posso descrever as minhas sensações às vésperas da minha expedição. É impossível lhe dar uma ideia da trêmula sensação, meio prazerosa e meio temerosa, com que me preparo para partir. Vou a regiões inexploradas, para a "terra da neblina e da neve", mas não vou matar nenhum albatroz. Assim, não se preocupe com a minha segurança ou se vou voltar tão acabado e deplorável como o "Velho Marinheiro".[1] Há de sorrir à alusão, mas vou revelar-lhe um segredo. Muitas vezes atribuí meu apego e meu apaixonado entusiasmo pelos perigosos mistérios do oceano a esse produto do mais imaginativo dos poetas modernos. Há algo em ação dentro da minha alma que não entendo. Sou um homem prático e industrioso — esforçado, um operário que trabalha duro e com perseverança —, mas além disso há um amor pelo maravilhoso, uma fé no maravilhoso, entrelaçados em todos os meus projetos, o que me leva para longe de todas as trilhas normalmente seguidas pelos homens, até o mar selvagem e as regiões nunca visitadas que estou prestes a explorar. Mas voltemos a considerações mais agradáveis. Será que nos vamos encontrar de novo depois que eu atravessar os mares imensos e retornar pelo cabo mais meridional da África ou da América? Não ouso esperar tal sucesso, mas não consigo olhar o reverso da imagem. Continue, por enquanto, a me escrever sempre que puder: talvez eu receba as suas cartas quando mais precise de apoio. Amo-a de coração. Lembre-se de mim com carinho se nunca mais tiver notícias minhas.

Seu irmão afetuoso,
Robert Walton

---

[1] *The Rime of the Ancyent Marinere*, poema escrito em 1798 por Samuel Taylor Coleridge (1772-1834), um dos pais do Romantismo literário inglês. (N. do T.)

Carta 3

7 de julho de 17...
À sra. Saville, Inglaterra

Minha querida irmã,

Escrevo estas poucas linhas apressadas para dizer que estou em segurança... e bem avançado em minha viagem. Esta carta chegará à Inglaterra por um comerciante que está voltando para casa vindo de Arcangel; mais feliz do que eu, que talvez não veja a terra natal por muitos anos. Meu moral, porém, é alto: meus homens são valentes e parecem firmes em seus propósitos, e as massas de gelo que continuamente nos ultrapassam, a indicar os perigos da região para a qual estamos avançando, não parecem amedrontá-los. Já alcançamos uma latitude muito alta, mas é o auge do verão, e, embora não tão quente quanto na Inglaterra, os fortes ventos do Sul, que nos empurram velozmente com seus sopros na direção daquelas praias que desejo tão ardentemente atingir, sopram com um revigorante calor com que eu não contava.

Não nos aconteceu nenhum incidente que mereça menção nesta carta. Um ou dois vendavais e a abertura de um rombo são acidentes que os navegadores experientes raramente se lembram de registrar, e eu ficarei muito contente se nada pior acontecer conosco durante a viagem.

Adieu, minha querida Margaret. Garanto-lhe que, para o meu próprio bem, assim como o seu, não vou expor-me temerariamente aos perigos. Serei frio, perseverante e prudente.

Mas o bom êxito deve coroar meus esforços. Por que não? Até agora, tenho avançado, singrando um caminho seguro pelos mares sem trilhas, e as próprias estrelas são testemunhas do meu triunfo. Por que não ir mais adiante pelo indômito, mas obediente, elemento? Que pode deter o coração decidido e a vontade resoluta do homem?

Meu coração repleto involuntariamente transborda. Mas devo terminar por aqui. Que o Céu abençoe a minha querida irmã!

R.W.

Carta 4

5 de agosto de 17...
À sra. Saville, Inglaterra

Ocorreu-nos um acidente tão estranho que não posso evitar registrá-lo, embora seja muito provável que me veja antes que estes papéis possam chegar até você.

Na última segunda-feira (31 de julho), estávamos quase cercados pelo gelo, que bloqueava o navio de todos os lados, mal lhe deixando um espaço de mar em que flutuar. A nossa situação era um tanto perigosa, especialmente porque estávamos envoltos numa névoa muito espessa. Assim, resolvemos estar à capa, esperando que acontecesse alguma mudança na atmosfera e no tempo.

Às 2 horas, a neblina se dissipou, e vimos, estendendo-se em todas as direções, vastas e irregulares planícies de gelo, que pareciam não ter fim. Alguns dos meus camaradas lançaram um gemido, e a minha mente ficou angustiosamente mais alerta, quando um estranho espetáculo atraiu de repente a nossa atenção, desviando-a de nossa própria situação. Percebemos um carrinho, preso a um trenó e puxado por cães, movendo-se em direção ao norte, a meia milha dali; um ser com a forma de um homem, mas aparentemente de estatura gigantesca, estava sentado no trenó e conduzia os cães. Observamos o rápido progresso do viajante em nossas lunetas, até que ele se perdeu em meio às distantes irregularidades do gelo. Essa aparição provocou um assombro imenso. Estávamos, segundo acreditávamos, a muitas centenas de milhas de qualquer terra, mas aquela aparição parecia demonstrar que não estávamos, na realidade, tão distantes quanto supúnhamos. Bloqueados, porém, pelo gelo, era impossível seguir seus rastros, que observamos com a máxima atenção. Cerca de duas horas depois do fato, ouvimos o som do mar e antes de anoitecer o gelo partiu-se e libertou nosso navio. Nós, porém, permanecemos à capa até de manhã, temendo encontrar no escuro aquelas grandes massas que flutuavam soltas depois da ruptura do gelo. Aproveitei o momento para descansar por algumas horas.

De manhã, entretanto, assim que se fez luz, subi até o convés e encontrei todos os marinheiros ocupados num dos lados da embarcação, aparentemente falando com alguém no mar. Era, na verdade, um trenó, como o que víramos antes, que flutuara até nós durante a noite sobre um grande fragmento de gelo. Só um cão sobrevivera, mas lá havia também um ser humano, que os marinheiros tentavam convencer a entrar no navio.

Não era, como o outro viajante parecia ser, um habitante selvagem de alguma ilha ainda não descoberta, mas um europeu. Quando apareci no convés, o mestre disse: "Aqui está o nosso capitão, e ele não vai permitir que você morra em mar aberto".

Ao me ver, o estranho dirigiu-se a mim em inglês, ainda que com um sotaque estrangeiro.

— Antes de subir a bordo do seu navio — disse ele —, o senhor faria a gentileza de me informar qual o seu destino?

Pode imaginar o meu espanto ao ouvir tal pergunta dirigida a mim por um homem à beira da ruína e para o qual supunha que a minha embarcação seria um socorro que ele não teria trocado pela maior riqueza que a terra possa dar. Respondi, porém, que estávamos numa viagem de descobrimento rumo ao polo Norte.

Ao ouvir aquilo, ele pareceu satisfeito e concordou em subir a bordo.

Meu Deus, Margaret, se visse o homem que assim capitulara por sua própria segurança, sua surpresa seria infinita. Seus braços e suas pernas estavam quase congelados, e o corpo, terrivelmente magro pelo cansaço e pelo sofrimento. Nunca vi alguém em tão más condições. Tentamos levá-lo ao camarote, mas quando saiu do ar fresco desmaiou. Trouxemo-lo de volta ao convés e o reanimamos, esfregando-o com *brandy* e forçando-o a beber um gole. Assim que deu sinais de vida, nós o enrolamos em cobertores e o colocamos perto da chaminé do fogão da cozinha. Aos poucos ele se recuperou e tomou um pouco de sopa, que o revigorou maravilhosamente.

Passaram-se dois dias até que ele conseguisse falar, e eu temia que seus sofrimentos lhe tivessem prejudicado a inteligência. Quando ele até certo ponto se recuperou, levei-o ao meu camarote e o assisti na medida em que os meus deveres o permitiam. Nunca vi criatura mais interessante: seus olhos tinham na maioria das vezes uma expressão de selvageria, até de loucura, mas havia momentos em que, se alguém lhe fizesse alguma gentileza ou lhe prestasse o menor serviço, toda a sua expressão se iluminava, por assim dizer, com um raio de benevolência e delicadeza como nunca vi igual. Mas em geral ele é triste e desesperado e às vezes range os dentes, como se não suportasse as desgraças que pesam sobre ele.

Quando meu hóspede já estava um pouco recuperado, tive muita dificuldade para manter afastados dele os homens que lhe queriam fazer mil perguntas; mas eu não permiti que fosse perturbado pela curiosidade ociosa deles, num estado do corpo e da mente cuja recuperação evidentemente dependia do seu pleno repouso. Uma vez, porém, o lugar-tenente lhe perguntou por que se aventurara tão longe no gelo, num veículo tão estranho.

Sua expressão de imediato ganhou um aspecto de profundo desalento, e respondeu:

— Vim procurar um fugitivo.

— E o homem que você perseguia viajava da mesma maneira?

— Sim.

— Então, acho que o vimos, pois, um dia antes de resgatarmos você, observamos alguns cães que puxavam pelo gelo um trenó com um homem.

Isso chamou a atenção do estranho, e ele fez um sem-número de perguntas acerca da direção seguida pelo demônio, como o chamou. Logo em seguida, estando a sós comigo, disse:

— Não há dúvida de que despertei a sua curiosidade e a dessa boa gente, mas você é atencioso demais para fazer perguntas.

— Certamente. Seria de fato muito impertinente e desumano perturbá-lo com minhas inquirições.

— E, no entanto, você me salvou de uma situação estranha e perigosa e bondosamente me trouxe de volta à vida.

Logo em seguida perguntou se eu achava que a ruptura do gelo destruíra o outro trenó. Disse-lhe que não lhe podia responder com nenhuma certeza, pois o gelo só se rompera por volta da meia-noite, e o viajante podia ter chegado antes a um lugar seguro, mas sobre isso nada podia afirmar. A partir daí, um novo sopro de vida animou o combalido corpo do desconhecido. Manifestou grande desejo de ficar no convés para procurar o trenó que havía-mos visto antes, mas eu o convenci a permanecer no camarote, pois estava fraco demais para suportar a atmosfera rude. Prometi que alguém ficaria de observação e lhe comunicaria de imediato se algum novo objeto aparecesse.

Estas são as minhas anotações referentes a esse estranho caso até hoje. O desconhecido foi aos poucos recuperando a saúde, mas é muito calado e não parece à vontade quando qualquer outra pessoa, exceto eu, entra no camarote. Suas maneiras, porém, são tão conciliadoras e gentis que todos os marinheiros mostram interesse por ele, embora tenham tido pouca comunicação. Eu, por meu lado, começo a ter por ele o afeto de um irmão, e seu constante e profundo pesar enche-me de piedade e compaixão. Deve ter sido de condição nobre em seus melhores dias, pois mesmo agora, na adversidade, é muito sedutor e simpático. Eu disse numa das minhas cartas, minha querida Margaret, que não encontraria nenhum amigo no vasto oceano; deparei-me, no entanto, com um homem que, antes que seu ânimo fosse atingido pela miséria, eu gostaria de ter como um irmão querido.

Darei de quando em quando prosseguimento à minha crônica referente ao desconhecido se tiver novos incidentes a registrar.

13 de agosto de 17...

Aumenta a cada dia a minha simpatia pelo meu hóspede. Ele desperta ao mesmo tempo admiração e compaixão, num grau espantoso. Como posso ver uma pessoa tão nobre destruída pela desgraça sem sentir a dor mais pungente? É gentilíssimo, mas também prudente; é pessoa muito culta, e quando fala, embora suas palavras sejam selecionadas com a mais fina arte, fluem com rapidez e eloquência sem igual. Está agora muito recuperado da doença e permanece muito tempo no convés, aparentemente à procura do trenó que precedeu o seu. Mesmo assim, embora infeliz, não está tão completamente ocupado com sua própria desgraça e se interessa profundamente pelos projetos dos outros. Tem conversado frequentemente comigo a respeito dos meus planos, que lhe comuniquei sem disfarces. Analisou atentamente todos os meus argumentos a favor do meu eventual bom êxito e cada pormenor das medidas que tomei para alcançá-lo. Fui facilmente levado pela simpatia que ele demonstrou a usar a linguagem do meu coração, para exprimir o ardente fervor da minha alma e dizer, com todo o entusiasmo, como sacrificaria, com prazer, riqueza, existência e toda esperança ao avanço do meu projeto. A vida ou a morte de um homem são um preço pequeno a pagar pela aquisição do conhecimento que eu busco, pelo domínio sobre os inimigos elementares da nossa raça que eu adquiriria e transmitiria. Enquanto eu falava, uma tristeza sombria se espalhava pelo rosto do meu interlocutor. No começo, percebi que ele tentava superar a comoção; colocou as mãos diante dos olhos, e a minha voz estremeceu e emudeceu quando vi as lágrimas que escorriam céleres por entre os seus dedos; ele arrancou do peito um gemido. Eu calei; por fim, ele falou, com a voz entrecortada:

— Homem infeliz! Compartilha a minha loucura? Também bebeu do licor intoxicante? Ouça-me, deixe-me contar-lhe a minha história, e logo você afastará dos lábios a taça!

Como pode imaginar, essas palavras despertaram fortemente a minha curiosidade, mas o paroxismo de dor que tomara conta do desconhecido venceu suas forças debilitadas, e foram necessárias muitas horas de repouso e de tranquilas conversas para que ele se recuperasse. Tendo dominado a violência dos próprios sentimentos, pareceu desprezar-se por ser escravo da paixão; e, subjugando a negra tirania do desespero, levou-me de novo a falar da minha pessoa. Pediu-me que contasse a história dos meus primeiros anos. A narrativa foi breve, mas despertou diversas linhas de reflexão. Falei do meu desejo de encontrar um amigo, da minha sede de uma afinidade mais íntima e espiritual com um companheiro do que todas as que tive até agora e exprimi a certeza de que um homem não pode jactar-se de ser feliz se não receber essa bênção.

— Concordo com você — replicou o desconhecido —, somos criaturas imperfeitas, incompletas se alguém mais sábio, melhor e mais caro do que nós mesmos — como um amigo deve ser — não nos ajudar a aperfeiçoar nossas débeis e defeituosas naturezas. Tive uma vez um amigo, o mais nobre dos seres humanos, e posso, portanto, falar de amizade. Você tem esperança, tem o mundo à sua frente e não tem motivo para desespero. Mas eu... eu perdi tudo e não posso começar a vida de novo.

Enquanto dizia isso, seu rosto exprimia uma dor calma e resignada que tocou meu coração. Ele, porém, calou-se e retirou-se para o seu camarote.

Apesar de abatido, ninguém pode sentir mais profundamente do que ele as belezas da natureza. O céu estrelado, o mar e cada uma das paisagens destas regiões maravilhosas parecem ter ainda o condão de elevar sua alma acima da terra. Um homem assim tem uma existência dupla: pode padecer a desgraça e ser cumulado de decepções, mas, quando se retira para dentro de si mesmo, será como um espírito celestial que tem um halo ao seu redor, para dentro de cujo círculo nenhuma dor ou loucura ousa aventurar-se.

Será que você vai sorrir do meu entusiasmo por esse divino caminhante? Não sorriria se o visse. Os livros e o afastamento do mundo a tornaram requintada, e por isso é uma pessoa um tanto exigente; mas isso só a torna mais apta a apreciar os extraordinários méritos deste homem maravilhoso. Às vezes tento descobrir qual é a qualidade que ele possui que o eleva tão imensamente acima de qualquer outra pessoa que conheço. Creio que é um discernimento intuitivo, um poder de julgamento rápido, mas infalível, uma percepção das causas das coisas sem paralelo quanto à clareza e à precisão; some-se a isso uma facilidade de expressão e uma voz cujas variadas modulações são uma música que subjuga a alma.

19 de agosto de 17...

Ontem o desconhecido me disse:

— Você pode facilmente perceber, capitão Walton, que sofri grandes e incomparáveis desgraças. Resolvera certa vez que esses males deveriam morrer comigo, mas você me convenceu a rever minha decisão. Você busca conhecimento e sabedoria, como eu buscava; e espero ardentemente que a satisfação dos seus desejos não venha a ser uma serpente que o pique, como foi a minha. Não sei se a narrativa dos meus desastres lhe será útil, mas quando penso que está trilhando o mesmo caminho, expondo-se aos mesmos perigos que fizeram de mim o que sou, imagino que possa deduzir da minha história uma moral adequada, que possa orientá-lo se for bem-sucedido no seu empreendimento e consolá-lo em caso de fracasso. Prepare-se para ouvir a descrição de fatos que costumam ser considerados maravilhosos. Se estivéssemos em meio a paisagens monótonas, eu temeria que me ouvisse com ceticismo ou mesmo com sarcasmo, mas muitas coisas parecerão possíveis nestas regiões selvagens e misteriosas que provocariam a risada dos que ignoram os multifacetados poderes da natureza; tampouco duvido que o encadeamento da minha história reúna provas da veracidade dos fatos que a compõem.

Pode imaginar que fiquei muito feliz com a oferta da narrativa, mas não podia permitir que ele renovasse a sua dor contando a história de suas desgraças. Senti o maior interesse em ouvir a narração prometida, em parte pela curiosidade e em parte pelo forte desejo de melhorar sua sorte, dentro do que estivesse a meu alcance. Exprimi esses sentimentos na minha resposta.

— Muito obrigado — replicou ele — pela compreensão, mas é inútil; meu destino já está quase cumprido. Só aguardo uma única coisa para então descansar em paz. Entendo seus sentimentos — prosseguiu ele, percebendo que eu queria interrompê-lo —, mas está enganado, meu amigo, se me permitir chamá-lo assim. Nada pode mudar o meu destino; ouça a minha história e verá como tal destino está irrevogavelmente traçado.

Disse-me, então, que daria início à sua narrativa no dia seguinte quando eu estivesse desocupado. Essa promessa mereceu meus calorosos agradecimentos. Resolvi registrar a cada noite, quando não estiver demasiado ocupado com meus deveres, do modo mais literal possível, o que ele tiver contado durante o dia. Se estiver ocupado demais, pelo menos tomarei notas. Esse manuscrito sem dúvida proporcionará a você um grande prazer; mas eu, que o conheço e ouvi a história de sua própria boca, com que interesse e simpatia vou lê-lo em algum dia futuro! Já agora, no começo do meu trabalho, sua voz cheia ressoa em meus ouvidos; seus olhos brilhantes fitam-me com melancólica doçura; vejo sua fina mão erguer-se animada, enquanto as linhas do rosto são iluminadas pela alma que ele traz dentro de si.

Há de ser estranha e pungente a sua história, medonha a tempestade que envolveu o destemido navio e o fez naufragar... assim!

❖

Capítulo 1

Sou genebrino de nascimento, e a minha família é uma das mais distintas daquela república. Meus antepassados foram durante longos anos conselheiros e magistrados, e meu pai ocupou diversos cargos públicos, com honra e prestígio. Era respeitado por todos que o conheciam pela integridade e pela infatigável atenção à coisa pública. Passou a juventude sempre ocupado com os negócios do país; uma série de circunstâncias impediu-o de casar cedo, e assim só no declínio da vida ele se tornou marido e pai de família.

Como as circunstâncias desse casamento ilustram o seu caráter, não posso deixar de relatá-las. Um de seus amigos mais íntimos era um comerciante que, de uma condição exuberante, sofreu numerosos reveses e caiu na pobreza. Esse homem, cujo nome era Beaufort, era de natureza orgulhosa e inflexível e não podia tolerar viver na pobreza e no esquecimento no mesmo país em que antes se distinguira pela condição e pela magnificência. Assim, pagando as suas dívidas da maneira mais honrosa, ele se retirou com a filha para a cidade de Lucerna, onde viveu no anonimato e na insignificância. Meu pai adorava Beaufort com a mais autêntica amizade e muito se entristeceu com tal recolhimento nessas circunstâncias infelizes. Deplorou amargamente o falso orgulho que levou seu amigo a uma conduta tão pouco digna do afeto que os unia. Imediatamente o procurou, com a esperança de persuadi-lo a recomeçar a vida com seu crédito e sua assistência. Beaufort tomara medidas efetivas para se esconder, e meu pai demorou dez meses para descobrir onde morava. Felicíssimo com a descoberta, correu até a casa, que se situava numa rua miserável, perto de Reuss. Mas, ao entrar, só a desgraça e o desespero lhe deram as boas-vindas. Beaufort só salvara uma minúscula soma de dinheiro do naufrágio de sua fortuna, que era, porém, suficiente para sustentá-lo durante alguns meses, e nesse meio tempo esperava conseguir emprego em algum estabelecimento comercial respeitável. Assim, o intervalo foi gasto na inação; seu pesar só se tornou mais profundo e exasperado quando teve tempo para refletir, e por fim tomou tão rapidamente conta da sua mente que ao cabo de três meses ele caiu na cama, doente, incapaz de qualquer esforço.

Sua filha o assistia com a maior ternura, mas via com desespero que seu pequeno capital diminuía rapidamente e que não havia outra perspectiva de ajuda. Mas Caroline Beaufort era dona de uma mente incomum, e sua coragem despertou para ampará-la na adversidade. Procurou um trabalho modesto, trançando palha, e por diversos meios conseguiu ganhar uma ninharia, que mal dava para sobreviver.

Passaram-se assim muitos meses. Seu pai piorou; ela ocupava cada vez mais tempo cuidando dele; seus meios de subsistência diminuíram, e no décimo mês o pai morreu em seus braços, deixando-a órfã e mendiga. Esse último golpe a derrubou, e ela estava ajoelhada junto ao caixão de Beaufort, a chorar amargamente, quando o meu pai entrou no quarto. Ele chegou como um espírito protetor para a pobre moça, que se entregou aos seus cuidados, e, depois do enterro do amigo, ele a levou a Genebra e colocou-a sob a proteção de um parente. Dois anos depois, Caroline se tornou sua esposa.

Havia uma considerável diferença de idade entre os meus pais, mas essa circunstância parecia uni-los ainda mais em laços de amoroso afeto. Havia um senso de justiça na mente íntegra de meu pai que fazia com que só pudesse amar intensamente o que aprovasse entusiasticamente. Talvez em sua juventude ele tivesse sofrido com a indignidade tardiamente descoberta de alguém que amara e assim estivesse disposto a dar um valor maior ao mérito comprovado. Era visível em seu apego à minha mãe uma gratidão e uma adoração que diferiam totalmente do amor senil próprio da sua idade, pois se inspirava na reverência por suas virtudes e no desejo de ser o meio de, em certa medida, recompensá-la pelos sofrimentos por que passara, o que conferia uma inexprimível graça ao seu comportamento para com ela. Tudo era feito de acordo com os desejos e a conveniência dela. Ele esforçou-se para protegê-la, como uma bela flor exótica é protegida pelo jardineiro de todos os ventos mais rudes, e cercá-la de tudo o que pudesse despertar emoções agradáveis em sua mente terna e benévola. A saúde dela, e até mesmo a tranquilidade de seu espírito até então constante, havia sido abalada por tudo aquilo por que passara. Durante os dois anos anteriores ao casamento, meu pai renunciara aos poucos a todas as suas funções públicas, e, imediatamente depois do casamento, os dois procuraram o delicioso clima da Itália e a mudança de cenário e de interesse que acompanha as viagens àquele país de maravilhas, como um tônico para a constituição debilitada de Caroline.

Depois da Itália, visitaram a Alemanha e a França. Eu, que sou o filho mais velho, nasci em Nápoles, e os acompanhei ainda bebê por suas perambulações. Durante muitos anos continuei sendo seu único filho. Por mais que se amassem um ao outro, pareciam tirar inesgotáveis reservas de afeto de uma verdadeira mina de amor e as dedicavam a mim. As ternas carícias de minha mãe e o sorriso de benévolo prazer de meu pai ao olhar para mim são as minhas primeiras lembranças. Para eles, eu era um brinquedo e um ídolo, e algo ainda melhor — um filho, a criatura inocente e indefesa que os céus lhes confiaram para que fosse educado no bem, e cuja sorte futura estava em suas mãos dirigir para a felicidade ou para o infortúnio, segundo cumprissem ou não seus deveres para comigo. Com essa profunda consciência do que deviam ao ser a quem haviam dado a vida, somada ao ativo espírito de ternura que animava a ambos, pode-se imaginar que durante cada hora da minha vida infantil recebi uma aula de paciência, de caridade e de autocontrole, e nisso era como que guiado por um fio de seda que fazia com que tudo me parecesse uma sequência de delícias. Por muito tempo fui o centro das atenções dos dois. Minha mãe quisera muito ter uma filha, mas continuei sendo o filho único. Quando eu tinha 5 anos, ao fazermos uma excursão fora das fronteiras da Itália, eles passaram uma semana nas margens do lago de Como. A natureza bondosa do casal muitas vezes os levava a visitar os casebres dos pobres. Para minha mãe, aquilo era mais do que um dever, era uma necessidade, uma paixão — ao se lembrar do que sofrera e de como fora ajudada — agir como o anjo da guarda dos aflitos. Durante uma de suas caminhadas, chamou-lhes a atenção uma pobre cabana no fundo de um vale, por ser especialmente sombria, enquanto as muitas crianças seminuas reunidas ao seu redor mostravam a miséria em sua forma mais negra. Um dia em que meu pai fora sozinho a Milão, minha mãe, acompanhada de mim, visitou aquela casa. Lá encontrou um camponês e sua mulher, que davam duro, encurvados pelas preocupações e pelo trabalho, para distribuírem uma magra refeição a cinco criancinhas famintas. Entre as crianças, havia uma que atraiu minha mãe muito mais que todas as outras. Parecia ser de uma linhagem diferente. As quatro outras tinham olhos escuros e eram criancinhas fortes e espertas; essa criança era mirrada e muito loura. Seu cabelo era do mais brilhante e vivo ouro e, apesar da pobreza das roupas, parecia portar uma coroa de distinção sobre a cabeça. As sobrancelhas eram claras e amplas, os olhos, azuis sem nuvens, e os lábios e a forma do rosto, tão expressivos de sensibilidade e doçura que ninguém podia vê-la sem a considerar de uma espécie diferente, um ser enviado pelo céu que trazia um selo celestial em todas as feições. A camponesa, percebendo que a minha mãe cravara os olhos maravilhados e admirados em sua adorável menininha, apressou-se em contar a sua história. Não era sua filha, mas sim de um fidalgo milanês. Sua mãe era alemã e morrera durante o parto. O bebê fora entregue àquela boa gente para que o criasse: na época, a situação do casal era bem melhor. Estavam casados havia pouco tempo, e o seu primogênito acabara de nascer. O pai da criança era um daqueles italianos criados na memória da antiga glória da Itália — um dos *schiavi ognor frementi*[1] que se esforçavam por conquistar a liberdade para o seu país. Ele se tornou vítima de sua própria fraqueza. Não se sabia se morrera ou se ainda definhava nas masmorras da Áustria. Suas propriedades foram confiscadas; sua filha tornou-se uma órfã e uma mendiga. Ela permaneceu com seus pais adotivos e floresceu em sua miserável cabana, mais loura do que uma rosa de jardim em meio à sarça escura. Quando meu pai voltou de Milão, encontrou brincando comigo no saguão de nossa *villa* uma criança mais loura do que um querubim de pintura — uma criatura cujo rosto parecia emitir raios e cuja forma e maneiras eram mais leves do que a camurça dos montes. A aparição logo foi explicada. Com permissão dele, minha mãe convenceu seus rústicos tutores a entregar-lhes a criança.

Eles adoravam a orfãzinha. A presença dela lhes parecia uma bênção, mas não seria justo com ela mantê-la na pobreza e na penúria quando a Providência lhe concedera tão poderosa proteção. Consultaram o padre da aldeia, e o resultado foi que Elizabeth Lavenza

---

[1] Escravos sempre frementes, tradução do italiano. Trata-se de um anacronismo da autora, pois Milão só passou para o domínio austríaco após o Congresso de Viena (1814-1815). (N. do T.)

se tornou moradora da casa de meus pais e, para mim, mais do que uma irmã, era a linda e adorada companheira de todas as minhas ocupações e prazeres.

Todos adoravam Elizabeth. O carinho apaixonado e quase reverencial que todos lhe dedicavam tornou-se, enquanto o compartilhei, meu orgulho e meu prazer. Na tarde do dia anterior à sua mudança para a minha casa, minha mãe disse brincando: — Tenho um lindo presente para o meu Victor — amanhã ele vai recebê-lo.

E quando, no dia seguinte, me apresentou Elizabeth como o presente prometido, eu, com gravidade infantil, interpretei literalmente as suas palavras e considerei Elizabeth como sendo minha — minha para proteger, amar e tratar com carinho. Todos os elogios que lhe faziam eu os tomava como dirigidos a uma propriedade minha. Chamávamo-nos um ao outro familiarmente de primo e prima. Nenhuma palavra, nenhuma expressão poderia representar com exatidão o tipo de relação que ela tinha comigo — a minha mais do que irmã, pois até a morte ela deveria ser somente minha.

❖

Capítulo 2

Fomos criados juntos; não havia sequer um ano de diferença entre nós. Não preciso dizer que éramos avessos a todo tipo de briga ou desunião. A harmonia era a alma de nossa camaradagem, e a diversidade e o contraste de caráter que subsistiam entre nós aproximaram-nos ainda mais. Elizabeth era de temperamento mais calmo e mais concentrado; mas, com todo o meu ardor, eu era capaz de aplicação mais intensa, e a sede de conhecimento me atingira mais profundamente. Ela preferia seguir as criações aéreas dos poetas, e nos majestosos e maravilhosos cenários que rodeavam a nossa casa na Suíça — as formas sublimes das montanhas, as mudanças de estação, a tempestade e a bonança, o silêncio do inverno e a vida e a turbulência de nossos verões alpinos — encontrava amplo espaço para admiração e deleite. Enquanto a minha companheira contemplava com o espírito sério e satisfeito a aparência magnífica das coisas, eu me entusiasmava com a investigação de suas causas. O mundo era para mim um segredo que eu desejava adivinhar. A curiosidade, a séria pesquisa para aprender as leis secretas da natureza, a satisfação próxima do êxtase quando elas se me revelavam são algumas das primeiras sensações de que consigo lembrar-me.

No nascimento de um segundo filho, sete anos mais novo que eu, meus pais abriram mão completamente da vida errante e estabeleceram-se no país natal. Possuíamos uma casa em Genebra e uma casa de campo em Belrive, na margem oriental do lago, a uma distância de mais de uma légua da cidade. Residíamos principalmente na segunda, e a vida de meus pais se passava em considerável reclusão. Por temperamento, eu evitava as multidões e me apegava fervorosamente a poucos. Em geral, portanto, era indiferente a meus colegas de escola; mas uni-me pelos laços da mais estreita amizade a um deles. Henry Clerval era filho de um comerciante de Genebra. Era um menino de muito talento e imaginação. Adorava por si mesmo a aventura, o trabalho e até o perigo. Tinha uma ampla leitura de livros de cavalaria e de romances. Compôs canções heroicas e começou a escrever muitos contos de encantamento e de aventuras de cavalaria. Tentou encorajar-nos a representar peças e participar de bailes de máscaras, nos quais os personagens eram tirados dos heróis de Roncesvalles, da Távola Redonda do Rei Artur e do cortejo cavalheiresco que derramou seu sangue para resgatar o Santo Sepulcro das mãos dos infiéis.

Nenhum ser humano teve uma infância mais feliz do que a minha. Meus pais estavam possuídos pelo verdadeiro espírito de bondade e indulgência.

Sentíamos que eles não eram tiranos que nos governavam segundo seus caprichos, mas os agentes e criadores de todos os muitos prazeres que desfrutávamos. Quando eu frequentava outras famílias, via com clareza como era singularmente feliz a minha sorte, e a gratidão acompanhava o desenvolvimento do amor filial.

O meu temperamento era por vezes violento, e veementes as minhas paixões; mas por alguma lei da minha natureza, elas não se dirigiam a desejos infantis, mas a um intenso desejo de aprender, e não a aprender todas as coisas indiscriminadamente. Confesso que nem a estrutura das línguas, nem os códigos dos governos, nem a política dos diversos Estados me atraíam. O que eu desejava aprender eram os segredos do céu e da terra; e quer me ocupasse da substância das coisas, quer do íntimo espírito da natureza e da misteriosa alma do homem, minhas investigações sempre se voltavam para os segredos metafísicos ou, no sentido mais alto do termo, físicos do mundo.

Enquanto isso, Clerval se ocupava, por assim dizer, com as relações morais entre as coisas. O agitado teatro da vida, as virtudes dos heróis e as ações dos homens eram o seu tema; e sua esperança e seu sonho eram tornar-se um daqueles nomes que a história registra como os galantes e intrépidos benfeitores da nossa espécie. A santa alma de Elizabeth brilhava como uma lâmpada votiva em nosso pacífico lar. Sua simpatia era nossa; o sorriso, a voz suave, a doce mirada de seus olhos celestiais estavam sempre lá para nos abençoar e animar. Ela era o espírito vivo do amor, que pacifica e atrai; eu poderia ter-me tornado maçante com meus estudos, áspero com o ardor da minha natureza, se ela não estivesse lá para me acalmar, dando-me algo da sua gentileza. E Clerval? Poderia algo de mal se insinuar no nobre espírito de Clerval? No entanto, ele poderia não ter sido tão perfeitamente humano, tão atencioso na generosidade, tão cheio de bondade e de ternura em meio à paixão pelas proezas aventureiras se ela não lhe houvesse revelado a real beleza da beneficência e de fazer das boas ações o fim e o objetivo de sua alta ambição.

Sinto um fino prazer em entregar-me às recordações da infância, antes que a desgraça tivesse contaminado a minha mente e transformado suas brilhantes visões de ampla utilidade em sombrias e mesquinhas reflexões sobre mim mesmo. Além disso, ao pintar o retrato de meus primeiros anos, também registro aqueles acontecimentos que levaram imperceptivelmente à minha posterior história de miséria, pois, quando quero explicar a mim mesmo o nascimento dessa paixão que mais tarde reinou sobre o meu destino, descubro que ela surgiu, como um rio de montanha, de nascentes insignificantes e quase esquecidas; mas, avolumando-se enquanto avançava, tornou-se a torrente que, em seu curso, varreu todas as minhas esperanças e alegrias. A filosofia natural é o gênio que governou o meu fado; desejo, pois, nesta narrativa, descrever os fatos que me levaram a ter uma predileção por aquela ciência. Quando eu tinha 13 anos de idade, saímos todos numa excursão às águas de Thonon; a inclemência do tempo obrigou-nos a permanecer um dia inteiro fechados no albergue. Nessa casa, tive a oportunidade de encontrar um volume das obras de Cornelius Agrippa.[1] Abri-o sem interesse; a teoria que ele tenta demonstrar e os maravilhosos fatos que ele relata logo transformaram em entusiasmo aquele sentimento. Parecia que uma nova luz se acendera sobre a minha mente, e, dando pulos de alegria, comuniquei ao meu pai a minha descoberta. Meu pai olhou indiferente para a página de rosto do livro e disse: "Ah, Cornelius Agrippa! Meu querido Victor, não perca tempo com esse lixo".

Se, em vez de fazer essa observação, meu pai se tivesse dado ao trabalho de me explicar que os princípios de Agrippa haviam sido completamente destruídos e que fora criado um moderno sistema de ciência que possuía poderes muito maiores do que o antigo, porque os poderes deste último eram quiméricos, enquanto os do primeiro eram reais e práticos, em tal circunstância eu certamente teria deixado

---

[1] Heinrich Cornelius Agrippa von Nettesheim (1486-1535), mago, alquimista e ocultista alemão. (N. do T.)

Agrippa de lado e satisfeito a minha ardente imaginação, retornando com entusiasmo ainda maior a meus estudos de antes. É até possível que as minhas ideias jamais recebessem o impulso fatal que me levou à ruína. Mas a rápida olhada de meu pai de modo algum me fizera ter certeza de que conhecesse o conteúdo do livro, e continuei a lê-lo com a maior avidez. Quando voltei para casa, a primeira coisa que fiz foi comprar as obras completas daquele autor e, mais tarde, as de Paracelso[2] e Alberto Magno.[3] Li e estudei deliciado as descabeladas fantasias daqueles escritores; elas me pareciam tesouros conhecidos por muito poucos, além de mim. Descrevi a mim mesmo como alguém que nutria um ardente desejo de penetrar os arcanos da natureza. Apesar do intenso trabalho e das maravilhosas descobertas dos filósofos modernos, sempre voltava descontente e insatisfeito de meus estudos. Dizem que Sir Isaac Newton teria confessado que se sentia como uma criança que cata conchinhas à beira do grande e inexplorado oceano da verdade. Aqueles dos seus sucessores que eu conhecia em cada um dos ramos da filosofia natural pareciam até mesmo, à minha perspectiva infantil, aprendizes empenhados na mesma busca.

O camponês ignorante olhava os elementos ao seu redor e conhecia seu uso prático. O mais erudito filósofo pouco mais sabia. Desvelara em parte o rosto da Natureza, mas suas imortais feições ainda eram um assombro e um mistério. Podia dissecar, anatomizar e dar nomes; mas não podia falar de uma causa final, as causas em segundo e terceiro graus eram-lhe completamente desconhecidas. Eu examinara as fortificações e os obstáculos que pareciam impedir que os seres humanos entrassem na cidadela da natureza, e irrefletida e ignorantemente eu me lamentara.

Mas aqui havia livros e homens que tinham penetrado mais fundo e sabiam mais. Acreditei piamente em tudo o que diziam e me tornei seu discípulo. Pode parecer estranho que algo assim pudesse acon-

---

[2] Alquimista, astrólogo e ocultista austríaco (1493-1541). (N. do T.)

[3] Santo Alberto Magno (1193?-1280), grande teólogo católico e mestre de Santo Tomás de Aquino. Homem de cultura universal, interessou-se pela filosofia natural e foi o descobridor do elemento arsênico. Desenvolvida cerca de 500 anos antes do nascimento da Química Científica com Lavoisier, sua química tinha elementos de astrologia e de alquimia. (N. do T.)

tecer no século XVIII; mas, enquanto seguia a rotina de educação nas escolas de Genebra, era em boa medida um autodidata no que se refere aos meus estudos prediletos. Meu pai não era cientista, e fui deixado às voltas com a cegueira da criança, somada à sede de conhecimento do estudante. Sob a orientação de meus novos preceptores, iniciei com a maior aplicação a busca da pedra filosofal e do elixir da vida; mas logo este último obteve toda a minha atenção. A riqueza era um objetivo inferior, mas que glória alcançaria a descoberta se eu pudesse banir do corpo humano as doenças e tornar o homem invulnerável a todas elas, salvo a morte violenta! E não eram esses os meus únicos sonhos. A evocação de fantasmas ou diabos era uma promessa generosamente feita por meus autores favoritos, cujo cumprimento eu buscava com imenso entusiasmo; e se meus feitiços nunca eram bem-sucedidos, eu atribuía o fracasso mais à minha própria inexperiência e aos meus erros do que a uma falta de habilidade ou de veracidade em meus instrutores. E assim, durante algum tempo, eu me ocupei com sistemas abandonados, misturando, como um incompetente, mil teorias contraditórias e debatendo-me desesperadamente num verdadeiro pântano de conhecimentos variados, guiado por uma imaginação ardente e por um raciocínio infantil, até que um novo acidente mudasse o curso das minhas ideias. Quando eu tinha cerca de 15 anos, havíamos nos retirado para a nossa casa próxima a Belrive quando testemunhamos uma violentíssima e terribilíssima tempestade de raios. Ela avançou vinda de trás das montanhas do Jura, e o trovão ressoou ao mesmo tempo em diversos pontos do céu. Enquanto durou a tempestade, permaneci observando o seu progresso com curiosidade e prazer. Parado junto à porta, vi de repente uma corrente de fogo saída de um velho e belo carvalho que ficava a cerca de 20 jardas de nossa casa; e assim que a ofuscante luz esvaeceu, o carvalho desaparecera, e nada sobrara, a não ser um cepo carbonizado. Quando o visitamos na manhã seguinte, vimos a árvore destroçada de um modo estranho. Não fora estilhaçada pelo choque, mas completamente reduzida a finas lascas de madeira. Nunca vi nada tão completamente destruído.

Antes disso, eu desconhecia as mais óbvias leis da eletricidade. Nessa ocasião, estava conosco um homem de grandes conhecimentos de filosofia natural e, estimulado pela catástrofe, começou a explicar uma teoria que ele mesmo elaborara a respeito da eletricidade e do galvanismo, que para mim era ao mesmo tempo nova e espantosa.

Tudo o que ele disse deixou muito para trás Cornelius Agrippa, Alberto Magno e Paracelso, os senhores da minha imaginação; mas, por alguma fatalidade, a derrocada daqueles homens desencorajou-me de prosseguir em meus estudos habituais. Parecia-me que nada nunca seria ou poderia ser conhecido. Tudo o que por tanto tempo cativara a minha atenção de repente se tornou desprezível. Por um desses caprichos da mente a que talvez estejamos mais expostos no começo da juventude, eu imediatamente desisti de minhas ocupações de antes, abandonei a história natural e toda a sua progênie como uma criação deformada e abortiva e passei a cultivar o maior desdém por uma pretensa ciência que nunca sequer conseguiu ultrapassar o limiar do verdadeiro conhecimento. Nesse estado de espírito, passei a dedicar-me à matemática e aos ramos de estudo que pertencem a essa ciência, por estarem assentados sobre fundamentos seguros e, portanto, dignos da minha consideração.

Assim são feitas as nossas almas, estranhamente, e por tais frágeis laços nos prendemos à prosperidade ou à ruína. Quando olho para trás, é como se essa quase milagrosa mudança de inclinação e de vontade se devesse a uma sugestão direta do anjo da guarda de minha vida — o último esforço feito pelo espírito de preservação para deter a tempestade que já então estava pendente das estrelas e pronta para me envolver. A vitória dela era anunciada por uma tranquilidade e alegria de alma incomuns que se seguiram ao abandono dos meus antigos e, nos últimos tempos, perturbadores estudos. Foi assim que aprendi a associar o mal a esses estudos, e a felicidade, ao descaso por eles.

Foi um pesado esforço do espírito do bem, mas foi em vão. O destino era poderoso demais, e suas leis imutáveis haviam decretado minha completa e terrível destruição.

❖

Capítulo 3

Quando completei 17 anos, meus pais resolveram que eu deveria estudar na Universidade de Ingolstadt. Até então, havia frequentado as escolas de Genebra, mas meu pai julgou necessário, para completar a minha educação, que eu conhecesse outros costumes além dos do país natal. Minha partida foi, portanto, marcada para breve, mas, antes que chegasse o dia escolhido, ocorreu a primeira desgraça da minha vida — um presságio, por assim dizer, da minha futura miséria. Elizabeth pegara escarlatina; a enfermidade era grave, e ela corria grande perigo. Durante a doença, foram usados muitos argumentos para convencer a minha mãe a deixar de assisti-la. No começo, ela atendeu às nossas súplicas, mas, quando soube que a vida de sua favorita estava ameaçada, não conseguiu mais controlar a ansiedade. Passou a tratá-la em seu leito de enferma; suas atenções e sua vigilância triunfaram sobre a malignidade da doença — Elizabeth foi salva, mas as consequências dessa imprudência foram fatais para sua cuidadora. Ao terceiro dia, minha mãe adoeceu; sua febre foi acompanhada dos mais alarmantes sintomas, e a fisionomia dos médicos prognosticava o pior. Em seu leito de morte, a coragem e a bondade daquela grande mulher não a abandonaram. Ela uniu a mão de Elizabeth à minha.

— Meus filhos — disse ela —, minhas mais firmes esperanças de uma futura felicidade foram depositadas na perspectiva de sua união. Essa expectativa será agora o consolo do seu pai. Elizabeth, meu amor, você terá de me substituir no cuidado dos meus filhos mais moços. Ah, lamento deixá-los. Feliz e querida como fui, não há de ser duro deixar vocês todos? Mas esses não são pensamentos adequados; tratarei de me resignar de bom grado com a morte, na esperança de rever vocês em outro mundo.

Morreu serenamente, e sua fisionomia até na morte exprimiu afeto. Não preciso descrever os sentimentos daqueles cujos mais queridos laços são desfeitos pelo mal mais irreparável, o vazio que toma conta da alma e o desespero que se exibe no rosto. É preciso tempo para a mente convencer-se de que tenha ido embora para sempre aquela pessoa que via todos os dias e cuja existência lhe parecia uma parte da sua própria — que o brilho dos olhos amados se tenha extinguido, e o som de uma voz tão familiar e querida aos ouvidos se tenha calado para sempre. São essas as reflexões dos primeiros dias; mas, quando o passar do tempo prova a realidade do mal, começa a verdadeira amargura do pesar. Mas de quem essa rude mão não desfez algum laço de afeto? E por que descreveria uma dor que todos já sentiram e têm de sentir? Chega por fim o tempo em que o pesar é mais uma indulgência do que uma necessidade; e o sorriso que brinca nos lábios, embora possa ser considerado um sacrilégio, não é expulso. Minha mãe morrera, mas ainda tínhamos deveres que devíamos cumprir; temos de seguir caminho com os demais e aprender a nos considerar felizes por sermos aqueles que a saqueadora não capturou.

Minha partida para Ingolstadt, que fora adiada por esses acontecimentos, foi agora novamente acertada. Obtive de meu pai uma folga de algumas semanas. Pareceu-me um sacrilégio deixar tão cedo a paz, tão próxima da morte, da casa de luto e correr para os afazeres da vida. Eu era um novato da dor, mas nem por isso ela me assustou menos. Não estava disposto a perder de vista aqueles que permaneciam comigo e, acima de tudo, queria ver a minha doce Elizabeth consolada, na medida do possível.

Ela, de fato, disfarçava sua angústia e esforçava-se por desempenhar para nós todos o papel de consoladora. Encarava a vida e cumpria seus deveres com coragem e zelo. Dedicava-se àqueles que aprendera a chamar de tio e de primos. Nunca foi tão encantadora como naquela época, quando procurava reencontrar o sorriso e lançá-lo sobre nós como raios de sol. Esquecia até seu próprio pesar ao se esforçar por nos fazer esquecer dos nossos.

Chegou por fim o dia da minha partida. Clerval passou a última noite conosco. Tentara convencer o pai a permitir que me acompanhasse e se tornasse meu colega, mas em vão. Seu pai era um comerciante obtuso e considerou ociosas e ruinosas as aspirações e a ambição do filho. Henry sentiu profundamente a desgraça de ser excluído de uma educação liberal. Pouco falou, mas, quando o fez, pude ler no brilho dos seus olhos e em seu olhar vivaz a determinação contida, mas firme, de não se deixar acorrentar pelos miseráveis pormenores do comércio.

Fomos dormir tarde. Não conseguíamos nos separar um do outro nem nos convencer a dizer a palavra "Adeus!". Ela foi dita, e nos retiramos sob o pretexto de descansar, cada um imaginando que o outro se deixava iludir; mas, quando, ao amanhecer, eu desci até a carruagem que devia levar-me embora, estavam todos lá: meu pai de novo para dar-me a bênção, Clerval para apertar-me a mão uma vez mais, minha Elizabeth para renovar os pedidos de que eu lhe escrevesse sempre e para dar as últimas atenções femininas ao companheiro de brincadeiras e amigo.

Joguei-me no coche que devia levar-me embora e entreguei-me às mais melancólicas reflexões. Eu, que sempre vivera rodeado de bons companheiros, sempre empenhados em agradar uns aos outros — agora estava sozinho. Na universidade para onde ia teria de fazer novas amizades e ser meu próprio protetor. Minha vida fora até então muito reclusa e caseira, e isso me dera uma invencível repugnância por novos rostos. Eu adorava os meus irmãos, Elizabeth e Clerval; esses eram "velhos rostos conhecidos", mas me considerava completamente despreparado para a companhia de estranhos. Eram essas as minhas reflexões quando comecei a viagem; mas, conforme avançava, meu ânimo e minhas esperanças se elevaram. Eu desejava ardentemente adquirir conhecimento. Em casa, muitas vezes achara difícil passar a juventude preso num só lugar e desejara entrar no mundo e ocupar o meu lugar junto aos outros seres humanos. Agora os meus desejos haviam sido satisfeitos, e, de fato, teria sido insensato arrepender-me.

Tive tempo suficiente para essas e muitas outras reflexões durante a viagem a Ingolstadt, que foi longa e cansativa. Por fim, pude ver o alto e branco campanário da cidade. Apeei e fui conduzido ao meu solitário apartamento, para passar a noite como quisesse.

Na manhã seguinte, entreguei as minhas cartas de recomendação e fiz uma visita a alguns dos professores mais importantes. O acaso — ou antes a má influência, o Anjo da Destruição, que impôs seu domínio onipotente sobre mim a partir do momento em que dei meus primeiros hesitantes passos para fora da porta da casa de meu pai — levou-me primeiro ao sr. Krempe, professor de filosofia natural.

Era um homem grosseiro, mas profundo conhecedor dos segredos da sua ciência. Fez-me muitas perguntas acerca dos meus progressos nos diferentes ramos da ciência relacionados com a filosofia natural. Respondi com desdém e, em parte com desprezo, mencionei os nomes dos alquimistas como os principais autores que estudara. O professor olhou-me estupefato.

— O senhor realmente — disse ele — perdeu tempo estudando aquelas loucuras?

Respondi que sim.

— Cada minuto — prosseguiu o sr. Krempe com animação —, cada instante gasto naqueles livros foi completa e inteiramente perdido. O senhor sobrecarregou a memória com sistemas abandonados e nomes inúteis. Santo Deus! Em que deserto viveu onde ninguém teve a gentileza de lhe informar que essas fantasias que o senhor bebeu com avidez têm mil anos e tanto bolor quanto idade? Não esperava, nesta época esclarecida e científica, encontrar um discípulo de Alberto Magno e de Paracelso. Meu caro senhor, terá de recomeçar os estudos do zero.

A essas palavras, ele se afastou e redigiu uma lista de diversos livros de filosofia natural que desejava que eu comprasse e me despediu depois de mencionar que no começo da próxima semana pretendia começar um curso sobre a filosofia natural em seus aspectos gerais, e que o sr. Waldman, um colega professor, daria aulas de química em dias alternados com os de suas próprias aulas.

Não voltei decepcionado para casa, pois já disse que há tempos considerava inúteis aqueles autores que o professor reprovava; mas não voltei de modo algum mais propenso a retomar aqueles estudos. O sr. Krempe era um homem baixinho e atarracado, com uma voz ríspida e um rosto repulsivo; o professor, portanto, não me predispôs a suas pesquisas. De maneira talvez um pouco filosófica e sintética demais, eu expliquei as conclusões a que chegara a respeito delas em meus primeiros anos. Quando criança, não me contentara com os resultados prometidos pelos modernos professores de ciência natural. Com uma confusão de ideias que só pode ser explicada pela extrema juventude e pela falta de um guia nessas matérias, eu tornara a palmilhar os passos do conhecimento pela trilha do tempo e trocara as descobertas dos pesquisadores recentes pelos sonhos de esquecidos alquimistas. Além disso, eu desdenhava os empregos da moderna filosofia natural. Era muito diferente quando os mestres da ciência buscavam a imortalidade e o poder; tais sonhos, embora fúteis, tinham sua grandeza; mas agora o cenário era outro. A ambição do pesquisador parecia limitar-se ao aniquilamento daquelas ideias em que se fundamentava principalmente o meu interesse pela ciência. Via-me forçado a trocar quimeras de infinita grandeza por realidades de somenos.

Tais foram as minhas reflexões nos dois ou três primeiros dias de minha permanência em Ingolstadt, que foram gastos, sobretudo, em conhecer as localidades e os principais moradores de minha nova terra. Mas, quando a semana seguinte começou, pensei na informação que o sr. Krempe me dera acerca das aulas. E embora eu não pudesse concordar em ir ouvir aquele sujeitinho pretensioso declamar sentenças do alto do púlpito, lembrei-me do que ele dissera do sr. Waldman, que eu nunca havia visto, pois ele estivera até então fora da cidade.

Em parte por curiosidade e em parte por falta do que fazer, fui à sala de conferências, em que o sr. Waldman logo em seguida entrou. Esse professor era muito diferente do colega. Parecia ter 50 anos de idade, mas com uma expressão de grande bondade; uns poucos fios de cabelo grisalho cobriam suas têmporas, mas os que estavam na parte de trás da cabeça eram quase pretos. Era de pouca estatura mas notavelmente ereto, e a sua voz, a mais doce que jamais ouvi. Começou a aula com uma recapitulação da história da química e das diversas melhorias feitas por diferentes homens de saber, pronunciando com fervor os nomes dos mais distintos descobridores. Em seguida, apresentou uma rápida panorâmica do estado atual da ciência e explicou muitos dos seus conceitos elementares. Depois de ter feito algumas experiências preparatórias, concluiu com um panegírico da química moderna, cujas palavras jamais esquecerei:

— Os antigos professores desta ciência — disse ele — prometeram impossibilidades e nada fizeram. Os mestres modernos prometem muito pouco; sabem que os metais não podem ser transmutados e que o elixir da vida é uma quimera, mas esses filósofos, cujas mãos parecem ter sido feitas só para chapinhar na lama, e os olhos para olhar o microscópio ou o cadinho, fizeram milagres de verdade. Penetram os recessos da natureza e mostram como trabalha ela em seus esconderijos. Sobem aos céus; descobriram como circula o sangue e a natureza do ar que respiramos. Adquiriram poderes novos e quase ilimitados; podem controlar os trovões do céu, imitar o terremoto e até zombar do mundo invisível com suas próprias sombras.

Essas foram as palavras do professor — ou melhor dizendo, as palavras do destino — pronunciadas para destruir-me. Enquanto ele prosseguia, eu senti como se a minha alma estivesse lutando com um inimigo palpável; alguém que tocasse as diversas teclas que compunham o mecanismo do meu ser; corda após corda ressoava, e logo a minha mente estava repleta de um só pensamento, uma só concepção, um só propósito. Muito já foi feito, exclamou a alma de Frankenstein — mais, muito mais eu farei; palmilhando as pegadas já impressas, vou ser o pioneiro de um novo caminho, explorar novas potências e desvelar para o mundo os mais profundos mistérios da criação.

Não consegui fechar os olhos a noite inteira. Meu ser íntimo estava num estado de insurreição e de turbulência; senti que uma ordem iria surgir dali, mas não tinha poderes para produzi-la. Aos poucos, depois do nascer do sol, veio o sono. Eu acordei, e meus pensamentos da noite anterior eram como um sonho. Só permaneceu a decisão de voltar aos meus antigos estudos e de me dedicar a uma ciência para a qual acreditava possuir um talento natural. No mesmo dia, fiz uma visita ao sr. Waldman. Suas maneiras em particular eram ainda mais afáveis e atraentes do que em público, pois havia certa dignidade em sua postura durante a aula que em sua casa era substituída pela maior simpatia e delicadeza. Dei a ele quase a mesma explicação de minhas pesquisas anteriores que dera ao seu colega professor. Ele ouviu com atenção a breve narrativa dos meus estudos e sorriu aos nomes de Cornelius Agrippa e Paracelso, mas sem o desprezo que o sr. Krempe exibira. Disse que "aqueles eram homens a cujo incansável zelo os filósofos modernos deviam a maior parte dos fundamentos de seu conhecimento. Deixaram-nos, como uma tarefa mais fácil, dar novos nomes aos fatos e arrumá-los em classificações correspondentes, fatos estes que em boa medida eles mesmos haviam revelado. Os trabalhos dos homens de gênio, por mais erradamente orientados que fossem, raramente deixam de, em última análise, contribuir para o sólido proveito da humanidade". Ouvi a sua declaração, que foi pronunciada sem nenhuma presunção ou afetação, e acrescentei que a sua aula destruíra os meus preconceitos contra os químicos modernos; exprimi-me em termos moderados, com a devida modéstia e a deferência de um jovem ao seu instrutor, sem demonstrar (a inexperiência de vida ter-me-ia envergonhado) nada do entusiasmo que estimulava os trabalhos que planejava. Pedi-lhe que me aconselhasse quais livros devia adquirir.

— Estou feliz — disse o sr. Waldman — por ter ganho um discípulo; e se a sua aplicação for igual à sua capacidade, não tenho dúvida de seu bom sucesso. A química é o ramo da filosofia natural em que os maiores avanços foram e podem ser feitos; foi por isso que a adotei em meus estudos particulares; mas, ao mesmo tempo, não desdenhei os outros ramos da ciência. Daria um químico medíocre quem só se dedicasse a esse departamento do conhecimento humano. Se deseja realmente tornar-se um homem de ciência e não meramente um experimentador insignificante, eu lhe aconselho que se dedique a todos os ramos da filosofia natural, inclusive à matemática.

Levou-me, então, ao laboratório e me explicou os empregos das várias máquinas, instruindo-me sobre o que deveria adquirir e prometendo-me o uso de seus próprios instrumentos quando estivesse suficientemente avançado na ciência para não estragar o seu mecanismo. Deu-me também a lista de livros que eu lhe pedira, e eu me despedi.

Assim terminou um dia memorável para mim; ele decidiu o meu destino futuro.

❖

Capítulo 4

Desse dia em diante, a filosofia natural, e em particular a química, no sentido mais abrangente do termo, tornou-se praticamente a minha única ocupação. Li com entusiasmo aquelas obras tão repletas de gênio e de discernimento que os pesquisadores modernos escreveram sobre aqueles assuntos. Assisti às aulas, travei conhecimento com os homens de ciência da universidade e descobri até no sr. Krempe uma boa dose de bom-senso e uma real cultura, combinadas, é verdade, com fisionomia e maneiras repulsivas, mas nem por isso menos valiosas. No sr. Waldman encontrei um verdadeiro amigo. Sua gentileza nunca foi tocada pelo dogmatismo, e suas lições eram dadas com um ar de franqueza e bondade que não davam margem a nenhum pedantismo. De mil maneiras ele aplainou para mim a estrada do conhecimento e tornou as mais obscuras investigações claras e fáceis para a minha compreensão. Minha dedicação no começo foi desigual e incerta; ganhou força conforme avançava e logo se tornou tão entusiástica e intensa que não raro as estrelas desapareciam na luz da manhã enquanto eu ainda trabalhava no laboratório.

Com tanta dedicação, é fácil entender que o meu progresso foi rápido. De fato, o meu entusiasmo era o espanto dos estudantes; e a minha proficiência, a dos mestres. O professor Krempe muitas vezes me perguntava, com um sorriso irônico, como ia Cornelius Agrippa, ao passo que o sr. Waldman exprimia a mais cordial alegria pelos meus progressos. Assim se passaram dois anos, durante os quais não visitei Genebra nenhuma vez, mas estava imerso de corpo e alma na busca das descobertas que esperava fazer. Só os que já sentiram o fascínio da ciência podem compreendê-lo. Em outros estudos é possível ir até onde outros antes chegaram, e nada mais há para se saber; mas numa pesquisa científica há sempre margem para a descoberta e para a maravilha. Uma mente de capacidade moderada que se empenhe com afinco num único estudo deve infalivelmente chegar a uma grande competência nesse estudo; e eu, que continuamente buscava atingir um só objetivo e me dedicava exclusivamente a ele, progredi tão depressa que ao fim de dois anos fiz algumas descobertas no aperfeiçoamento de alguns instrumentos químicos que me proporcionaram muita estima e admiração na universidade. Quando cheguei a esse ponto e me tornei inteiramente familiarizado com a teoria e a prática da filosofia natural tal como era ensinada nas aulas de qualquer dos professores de Ingolstadt, não mais sendo útil para o meu aperfeiçoamento a minha permanência lá, pensei em voltar para junto da família e para a minha cidade natal, quando ocorreu um incidente que prolongou a minha estada.

Um dos fenômenos que mais atraíram a minha atenção foi a estrutura do corpo humano, e, de fato, de qualquer animal dotado de vida. Sempre me perguntava de onde viria o princípio da vida. Era uma questão audaciosa, que sempre fora considerada um mistério; no entanto, quantas coisas estaríamos prestes a compreender se a covardia ou a indiferença não freassem as nossas investigações. Eu revolvi essas ideias na cabeça e decidi que iria dedicar-me mais especialmente aos ramos da filosofia natural ligados à fisiologia. A menos que fosse animado por um entusiasmo quase sobrenatural, a minha dedicação a esse estudo teria sido cansativa e quase intolerável. Para examinar as causas da vida, temos antes de recorrer à morte. Familiarizei-me com a ciência da anatomia, mas isso não foi suficiente; tive também de observar a degradação e a corrupção naturais do corpo humano. Em minha educação, meu pai tomara todas as precauções para que a minha mente não fosse impressionada por terrores sobrenaturais. Não me lembro de ter alguma vez tremido ao ouvir uma história de superstição ou de ter tido medo da aparição de um espírito. O escuro não tinha efeito sobre a minha fantasia, e um cemitério era para mim apenas o receptáculo de corpos desprovidos de vida, os quais, de sede da força e da beleza, passaram a ser alimento de minhocas. Agora eu fora levado a examinar a causa e o progresso dessa degradação e forçado a passar dias e noites em câmaras mortuárias e ossários. Concentrava a atenção em todos os objetos mais insuportáveis à delicadeza dos sentimentos humanos. Vi como a fina forma do homem se degradava e desgastava; observei a corrupção da morte suceder à florescente ousadia da vida; vi como o verme herdava as maravilhas dos olhos e do cérebro. Parei para examinar e analisar todas as minúcias da causação, tal como exemplificada na mudança da vida para a morte e da morte para a vida, até que do meio dessas trevas de repente se acendeu uma luz sobre mim — uma luz tão brilhante e maravilhosa, embora tão simples, que, ao mesmo tempo que me aturdia a imensidade da perspectiva que ela abria, fiquei surpreso com o fato de que dentre tantos homens de gênio que haviam dirigido suas investigações para a mesma ciência, só a mim estivesse reservado descobrir um segredo tão espantoso.

Lembre-se, não estou descrevendo a visão de um louco. O sol não brilha com maior certeza no céu do que a verdade do que agora afirmo. Algum milagre deve tê-lo produzido, embora as etapas do descobrimento fossem distintas e prováveis. Após dias e noites de enorme trabalho e cansaço, consegui descobrir a causa da geração e da vida; não, mais do que isso, eu me tornei capaz de dar animação à matéria inanimada.

O espanto que no começo senti com essa descoberta logo deu lugar ao prazer e ao entusiasmo. Depois de tanto tempo gasto em duro trabalho, chegar de uma vez ao meu mais alto desejo era a mais gratificante consumação dos meus esforços. Mas a descoberta era tão grande e irresistível que todos os passos que progressivamente me haviam levado a ela foram obliterados, e eu via apenas o resultado. O que fora o sonho e o desejo dos homens mais sábios desde a criação do mundo estava agora ao meu alcance. Não que, como num passe de mágica, tudo se tenha revelado a mim de uma só vez: a informação que obtive mais direcionava os meus trabalhos quando a apontava para o objetivo da minha busca do que exibia esse objetivo já alcançado. Eu era como o árabe que fora enterrado com os mortos e encontrou uma passagem para a vida, ajudado apenas por uma luz intermitente e aparentemente inútil.

Vejo pela sua impaciência e pelo espanto e esperança que seus olhos exprimem, meu amigo, que você espera ser informado do segredo que descobri; isso não é possível; ouça pacientemente a minha história e perceberá facilmente por que sou reservado quanto a esse assunto. Não vou levar você, despreparado e entusiasta como eu fui, para a destruição e para a infalível desgraça. Aprenda comigo, se não com o que digo, pelo menos com o meu exemplo, como é perigosa a aquisição de conhecimentos e como é mais feliz o homem que acredita que sua cidade natal é o mundo inteiro do que o que aspira a ir além do que a sua natureza lhe permite.

Quando vi tão assombroso poder em minhas mãos, hesitei por muito tempo quanto à maneira como deveria empregá-lo. Embora tivesse a capacidade de dar animação, preparar um corpo para recebê-la, com todo o seu emaranhado de fibras, músculos e veias, ainda era algo que continuava sendo uma tarefa incrivelmente difícil e trabalhosa. No começo, não sabia se devia tentar criar um ser como eu mesmo ou um de organização mais simples; mas a minha imaginação estava exaltada demais pelo meu primeiro sucesso para me permitir duvidar da minha capacidade de dar vida a um animal tão complexo e maravilhoso como o homem. Os materiais agora à minha disposição pareciam pouco adequados a uma proeza tão árdua, mas não duvidava de que por fim seria bem-sucedido. Preparei-me para uma multidão de reveses; minhas operações poderiam malograr uma após outra e por fim meu trabalho ficar imperfeito, mas, quando eu considerava o progresso que acontece a cada dia na ciência e na mecânica, era levado a esperar que as minhas tentativas presentes pelo menos estabeleceriam as bases para o futuro sucesso. Tampouco podia considerar a magnitude e a complexidade do meu plano como um argumento contra a sua viabilidade. Foi com esses sentimentos que dei início à criação de um ser humano. Como a extrema pequenez das partes formasse um grande obstáculo à minha rapidez, resolvi, contrariando a minha primeira intenção, dar ao ser uma estatura gigantesca, ou seja, cerca de dois metros e meio de altura, e de largura proporcional. Depois de ter tomado essa decisão e de ter passado alguns meses coletando e organizando os meus materiais, eu comecei.

Ninguém pode conceber a diversidade de sentimentos que me impelia como um furacão no primeiro entusiasmo do sucesso. Vida e morte pareciam-me fronteiras ideais que eu primeiro transporia, para depois lançar uma torrente de luz em nosso tenebroso mundo. Uma nova espécie abençoar-me-ia como seu criador e sua origem; muitas naturezas felizes e excelentes deveriam a mim a existência. Nenhum pai poderia reivindicar a gratidão do filho tão completamente como eu mereceria a deles. Dando sequência a essas reflexões, pensei que, se eu pudesse dar animação à matéria sem vida, poderia com o tempo (embora agora o considere impossível) renovar a vida ali onde a morte aparentemente destinara o corpo à corrupção.

Essas ideias davam-me ânimo enquanto perseguia o meu objetivo com ardor incansável. Meu rosto tornara-se pálido com o estudo, e minha pessoa emagrecera muito com o confinamento. Às vezes, à beira da certeza, eu falhava; mesmo assim, eu me agarrava à esperança de que no dia seguinte ou na hora seguinte poderia realizar. Um segredo que só eu conhecia era a esperança a que me dedicara; e a lua contemplava meus trabalhos noturnos, enquanto, com impaciência incansável e ofegante, eu perseguia a natureza em seus esconderijos. Quem poderá imaginar os horrores dos meus esforços secretos enquanto eu chapinhava entre os profanos vapores do túmulo ou torturava o animal vivente para animar o barro sem vida? Minhas mãos agora tremem, e meus olhos se enchem de lágrimas à lembrança disso; mas então um impulso irresistível e quase frenético me empurrava para a frente; eu parecia ter perdido toda a alma ou sensação, exceto para essa única busca. Era sem dúvida um transe passageiro, que só me exacerbou a sensibilidade assim que, cessando de operar o estímulo inatural, retornei aos meus velhos hábitos. Eu recolhia ossos nos ossários e perturbava, com dedos profanos, os tremendos segredos do corpo humano. Num quarto solitário, ou antes numa cela, na parte superior da casa, e separada de todos os outros aposentos por uma galeria e uma escada, montei a minha imunda oficina de criação; meus globos oculares saltavam das órbitas ao acompanharem os pormenores do meu trabalho. A sala de dissecação e o matadouro forneciam boa parte do meu material; e muitas vezes a minha natureza humana recuava com repugnância diante daquela ocupação, enquanto, ainda excitado por um ardor que crescia sem parar, fazia a minha obra aproximar-se do seu término.

Os meses de verão passaram enquanto eu assim me empenhava de corpo e alma numa única busca. Foi uma estação magnífica; nunca os campos deram uma colheita mais abundante ou as vinhas produziram uma safra mais exuberante, mas os meus olhos eram insensíveis aos encantos da natureza. E os mesmos sentimentos que me faziam desdenhar os cenários ao meu redor também me faziam esquecer aqueles amigos que estavam a tantas milhas de distância e que eu não via desde tanto tempo. Sabia que o meu silêncio os intranquilizava e me lembro bem das palavras de meu pai:

— Sei que, enquanto estiver satisfeito consigo mesmo, você pensará em nós com carinho, e teremos regularmente notícias suas. Peço-lhe que me perdoe se considerar qualquer interrupção em sua correspondência como uma prova de que seus outros deveres estão sendo igualmente negligenciados.

Eu sabia muito bem, portanto, quais seriam os sentimentos do meu pai, mas não conseguia tirar da cabeça o meu trabalho, repugnante em si mesmo, mas que adquirira um domínio irresistível sobre a minha imaginação. Queria, por assim dizer, procrastinar tudo o que se relacionasse com os meus sentimentos de afeição, até que fosse atingido o grande objetivo que devorava todos os hábitos da minha natureza.

Pensei, então, que meu pai fora injusto ao atribuir a minha negligência a algum defeito ou falha da minha parte, mas agora estou convencido de que ele estava certo ao julgar que eu não deveria estar completamente isento de culpa. Um ser humano perfeito deve sempre conservar a calma e a serenidade de espírito e nunca permitir que a paixão ou um desejo transitório perturbe a sua tranquilidade. Não acho que a busca do conhecimento constitua exceção a essa regra. Se o estudo a que nos dedicamos tende a enfraquecer as nossas afeições e a destruir nosso gosto por esses prazeres simples em que nenhuma imperfeição pode misturar-se, então tal estudo é decerto ilegítimo, ou seja, inadequado à mente humana. Se essa regra fosse sempre observada, se ninguém permitisse que a busca de um objetivo, fosse ele qual fosse, interferisse na tranquilidade de seus afetos domésticos, a Grécia não teria sido reduzida à escravidão, César teria poupado seu país, a América teria sido descoberta mais gradualmente, e os impérios do México e do Peru não teriam sido destruídos.

Mas esqueci que estou moralizando na parte mais interessante da história, e seu olhar me insta a ir em frente. Meu pai não me repreendeu em suas cartas e só demonstrou que notara o meu silêncio fazendo mais perguntas sobre as minhas ocupações do que antes. O inverno, a primavera e o verão passaram durante a minha labuta; mas não observei a floração ou a expansão das folhas — visões que antes sempre me proporcionavam um supremo prazer —, de tão absorto que estava com o meu trabalho. As folhas daquele ano secaram antes que o meu novo trabalho chegasse perto do término, e agora cada dia me mostrava com maior clareza quão bem-sucedido eu fora. Mas o entusiasmo era refreado pela ansiedade, e eu mais parecia alguém fadado pela escravidão a dar duro nas minas ou em qualquer outro trabalho insalubre do que um artista ocupado em sua atividade favorita. Todas as noites eu tinha uma febrinha e sentia um nervosismo muito doloroso; a queda de uma folha assustava-me, e eu evitava os meus semelhantes como se eu fosse culpado de um crime. Às vezes me assustava com o destroço em que percebia ter-me transformado;

só a energia do meu objetivo me sustentava: meus esforços logo iriam terminar, e eu acreditava que então os exercícios e a diversão acabariam com aquela enfermidade incipiente; e prometi a mim mesmo ambas as coisas para quando a minha criação estivesse completa.

❖

Capítulo 5

Foi numa monótona noite de novembro que vi a consumação de meus esforços. Com uma ansiedade que beirava a agonia, reuni ao meu redor os instrumentos de vida que poderiam infundir uma centelha de ser na coisa inanimada que jazia a meus pés. Já era uma da manhã; a chuva tamborilava lugubremente contra as vidraças, e minha vela já estava quase consumida, quando, pelo fraco clarão da luz quase extinta, vi abrirem-se os fundos olhos amarelados da criatura; ele respirou fundo e um movimento convulsivo agitou-lhe os membros.

Como posso descrever a minha comoção ante essa catástrofe, ou como desenhar o desgraçado que com infinito trabalho e atenção eu conseguira formar? Seus membros eram proporcionais, e eu escolhera as suas feições pela beleza. Beleza! Santo Deus! Sua pele amarelada mal cobria o entrelaçamento dos músculos e das artérias; os cabelos eram de um negro lustroso e liso; os dentes, de perlada brancura; mas essas exuberâncias apenas serviam para formar um contraste mais medonho com seu rosto enrugado, seus lábios retilíneos e negros e seus olhos aguados, que pareciam quase da mesma cor que as órbitas de um branco pardacento em que se encaixavam.

Os diversos acidentes da vida não são tão mutáveis como os sentimentos da natureza humana. Eu me empenhara duramente quase dois anos, com o único propósito de infundir vida num corpo inanimado. Para tanto, eu me privara de descanso e de saúde. Desejara aquilo com um ardor que ia muito além da moderação; mas, agora que acabara, a beleza do sonho desvaneceu-se e um horror e uma repugnância febris encheram meu coração. Incapaz de suportar o aspecto do ser que criara, saí correndo da sala e continuei por longo tempo indo de um lado para o outro do quarto, incapaz de conciliar o sono. Por fim, um cansaço sucedeu ao tumulto por que passara, e me joguei na cama ainda vestido, tentando obter alguns momentos de esquecimento. Mas em vão; dormi, sim, mas fui atormentado pelos mais atrozes sonhos. Julguei ver Elizabeth, na flor da saúde, a caminhar pelas ruas de Ingolstadt. Exultante e surpreso, eu a abracei, mas, ao dar o primeiro beijo em seus lábios, eles se tornaram lívidos, com a cor da morte; suas feições pareceram mudar, e acreditei ter o cadáver de minha falecida mãe em meus braços; uma mortalha a envolvia, e vi os vermes do túmulo arrastando-se nas pregas da flanela. Acordei apavorado; um suor frio cobria a minha testa, meus dentes batiam, e meus membros entraram em convulsão, quando, pela luz pálida e amarelada do luar, que forçava a passagem pelas venezianas da janela, eu vi a ruína — o miserável monstro que eu criara. Ele levantou a cortina da cama; e seus olhos, se é que se podem chamar olhos, cravaram-se em mim. Suas mandíbulas abriram-se, e ele sussurrou alguns sons inarticulados, enquanto um sorriso franzia suas faces. Talvez ele tenha falado, mas eu não ouvi; uma das mãos estava esticada, aparentemente para me deter, mas eu escapei e voei escada abaixo. Refugiei-me no pátio da casa em que eu residia, onde permaneci pelo resto da noite, caminhando para cima e para baixo em grande agitação, ouvindo atentamente, captando e temendo cada som, como se anunciasse a aproximação do cadáver demoníaco ao qual eu tão miseravelmente dera vida.

Ah, nenhum mortal poderia suportar o horror daquele rosto. Uma múmia a que fosse devolvida a animação não seria tão medonha quanto aquele desgraçado. Eu o examinara quando ainda inacabado; ele já era feio, mas, quando aqueles músculos e articulações se tornaram capazes de se mover, se transformou numa coisa que mesmo Dante não poderia ter concebido.

Passei pessimamente a noite. Às vezes meu pulso batia tão rápido e forte que eu sentia a palpitação de cada uma das artérias; outras vezes, quase caía ao chão, de tanto cansaço e fraqueza. Misturada a esse horror, sentia a amargura da decepção; os sonhos que haviam sido meu alimento e meu repouso durante tanto tempo agora se haviam transformado num inferno para mim; e a mudança foi tão rápida; a derrota, tão completa!

Sombrio e úmido, o dia por fim raiou e descobriu aos meus olhos insones e doloridos a igreja de Ingolstadt, seu branco campanário e seu relógio que indicava a sexta hora. O porteiro abriu os portões do pátio que durante a noite fora o meu asilo, e eu saí para as ruas, percorrendo-as com passos rápidos, como se quisesse evitar o desgraçado que a cada esquina temia se apresentar à minha vista. Não ousava voltar ao apartamento em que morava, mas me sentia impelido a continuar correndo, ainda que encharcado pela chuva vertida por um céu negro e desolado.

Continuei assim caminhando por algum tempo, tentando com o exercício corporal aliviar o fardo que pesava sobre a minha alma. Atravessei as ruas sem uma ideia clara de onde estivesse ou do que fizesse. O meu coração palpitava, doente de medo, e eu continuava a correr com passos irregulares, sem ousar olhar ao meu redor:

Like one who, on a lonely road,
Doth walk in fear and dread,
And, having once turned round, walks on,
And turns no more his head;
Because he knows a frightful fiend
Doth close behind him tread.[1]

["Velho marinheiro", de Coleridge]

Prosseguindo, cheguei por fim à frente do albergue em que costumavam parar as diversas diligências e carruagens. Fiquei ali, não sei por que; mas permaneci por alguns minutos com os olhos fitos num coche que vinha em minha direção do outro extremo da rua. Quando ele se aproximou, observei que era a diligência suíça; ela parou exatamente onde eu estava, e, ao abrir-se a porta, vi Henry Clerval, que, ao me perceber, imediatamente saltou do coche.

— Meu querido Frankenstein — exclamou ele —, como estou feliz em vê-lo! Que sorte que você esteja aqui no momento exato da minha chegada!

---

[1] "Como alguém que, numa estrada solitária,
Caminha amedrontado e apavorado,
E, tendo uma vez se voltado, continua caminhando,
Sem tornar a voltar a cabeça;
Pois sabe que um demônio aterrador
Segue logo atrás dele."
(N. do T.)

Nada podia igualar o meu prazer em ver Clerval; a sua presença trouxe-me de volta o meu pai, Elizabeth e todas aquelas cenas de casa, tão caras à memória. Peguei sua mão e num segundo esqueci o meu horror e a minha desgraça; senti de repente, e pela primeira vez em muitos meses, uma alegria calma e serena. Dei as boas-vindas ao meu amigo da maneira mais cordial, e caminhamos para a universidade. Clerval continuou falando por algum tempo sobre nossos amigos comuns e sobre a sua boa sorte por ter obtido permissão para vir a Ingolstadt.

— Você pode facilmente imaginar — disse ele — como foi difícil convencer o meu pai de que a nobre arte da contabilidade não abrange todo o conhecimento necessário; e, de fato, creio que o deixei incrédulo até o fim, pois a sua resposta às minhas incansáveis súplicas eram sempre as mesmas do mestre-escola holandês de *O vigário de Wakefield*:[2] "Ganho dez mil florins por ano sem saber grego, como muito bem sem saber grego". Mas seu carinho por mim finalmente venceu a antipatia pelo estudo, e ele me permitiu fazer uma viagem de descobrimento até a terra do saber.

— Sinto o maior prazer em vê-lo; mas diga-me como estão meu pai, meus irmãos e Elizabeth.

— Muito bem e muito felizes, só um pouco aborrecidos por terem tão poucas notícias de você. Pretendo, aliás, eu mesmo lhe fazer um pequeno sermão sobre isso, em nome deles. Mas, meu caro Frankenstein — prosseguiu ele, detendo-se e olhando atento para o meu rosto —, não tinha notado como você parece doente; tão magro e tão pálido; parece até que passou em claro diversas noites.

— Você adivinhou bem; tenho estado nestes últimos tempos tão profundamente empenhado num trabalho que não me concedi o repouso suficiente, como você vê; mas espero, sinceramente, que todos esses trabalhos tenham chegado ao fim, e eu esteja finalmente livre.

Eu tremia muito; não conseguia pensar no que ocorrera na noite anterior, e muito menos fazer alusão àquilo. Caminhei com passo rápido, e logo chegamos à universidade. Refleti então, e aquele pensamento me deu arrepios, que a criatura que eu deixara em meu apartamento ainda podia estar lá, viva e caminhando. Tinha pavor

---

[2] Romance do escritor irlandês Oliver Goldsmith (1730-1774), publicado em 1766. (N. do T.)

de ver aquele monstro, mas temia ainda mais que Henry o visse. Pedindo-lhe, portanto, que permanecesse alguns minutos ao pé da escada, disparei para cima até o quarto. Minha mão já estava na maçaneta da porta quando caí em mim. Parei, então, por um momento e senti um arrepio. Escancarei a porta com força, como costumam fazer as crianças quando acham que há um espectro esperando por elas do outro lado; mas nada apareceu. Entrei, temeroso: o apartamento estava vazio, e meu quarto também estava livre do medonho hóspede. Mal podia acreditar que tivesse tido tamanha sorte, mas, quando tive a certeza de que o meu inimigo de fato fugira, bati palmas de alegria e corri escada abaixo ao encontro de Clerval.

Subimos até o quarto, e o criado trouxe então o café da manhã; mas eu não conseguia conter-me. Não era só a alegria que tomava conta de mim; eu sentia a minha carne formigar com excesso de sensibilidade, e meu pulso batia com rapidez. Não conseguia ficar parado um segundo no mesmo lugar; pulava para cima das cadeiras, batia palmas e dava gargalhadas. Primeiro, Clerval atribuiu meu estranho bom humor à alegria da sua chegada, mas, quando me observou com maior atenção, viu em meus olhos uma selvageria para a qual não tinha explicação, e a minha gargalhada sonora, desenfreada e cruel causou-lhe terror e espanto.

— Meu caro Victor — exclamou ele —, qual é o problema, pelo amor de Deus? Não ria assim. Como você está doente! Qual é a causa disso tudo?

— Não pergunte a mim — exclamei, tapando os olhos com as mãos, pois pensei ter visto o temido espectro entrar furtivamente na sala. — Ele é quem pode dizer. Ah, salve-me! Salve-me! — Imaginei que o monstro me agarrava; lutei furiosamente e caí desmaiado.

Pobre Clerval! Que deve ter sentido? Um encontro que esperara com tanta alegria e que tão estranhamente se transformava em amargura. Mas eu não testemunhei o seu pesar, pois estava desacordado e não recuperei a consciência durante muito, muito tempo.

Foi esse o começo de uma febre nervosa que me prendeu à cama por muitos meses. Durante todo esse tempo, Henry foi o único a tratar de mim. Soube mais tarde que, conhecendo a avançada idade de meu pai e sua incapacidade de enfrentar uma viagem tão longa, e como a minha enfermidade iria afligir Elizabeth, ele os poupara do desgosto, escondendo a gravidade do meu estado. Sabia que não poderia ter um enfermeiro mais dedicado e atencioso do que ele mesmo; e, firme na esperança que sentia da minha recuperação, não teve dúvida de que, em vez de prejudicá-los, realizava a mais gentil ação possível para com eles.

Mas na verdade eu estava muito doente, e com certeza nada, a não ser as atenções infinitas e incansáveis do meu amigo, poderia ter-me recuperado para a vida. O vulto do monstro a quem eu havia dado a existência estava sempre diante dos meus olhos, e eu delirava sem parar. Sem dúvida, as minhas palavras surpreenderam Henry; primeiro, ele acreditou que fossem devaneios de minha imaginação perturbada, mas a persistência com que eu continuamente voltava ao mesmo assunto persuadiu-o de que a minha doença por certo tinha origem em algum acontecimento incomum e terrível.

Muito lenta e gradualmente, e com frequentes recaídas que alarmaram e preocuparam meu amigo, eu me recuperei. Lembro-me de que, da primeira vez que fui capaz de observar os objetos exteriores com algum tipo de prazer, percebi que as folhas caídas haviam desaparecido e novos brotos estavam nascendo nas árvores que davam sombra à minha janela. Era uma divina primavera, e a estação muito contribuiu para a minha convalescença. Também senti renascerem em meu peito a alegria e o afeto; o desânimo desapareceu, e em pouco tempo me tornei tão alegre quanto antes de ser atacado pela fatal paixão.

— Meu caro Clerval — exclamei —, como é gentil e bom comigo! Todo este inverno, em vez de dedicá-lo ao estudo, como prometera a si mesmo, foi gasto em meu quarto de doente. Como poderei pagar-lhe por isso? Sinto o maior remorso pela decepção que causei, mas você há de me perdoar.

— Vai saldar toda a sua dívida se não se transtornar, recuperando-se o mais rápido possível; e, já que parece tão bem disposto, acho que posso falar com você sobre certo assunto, não é?

Eu tremi. Um assunto! Que poderia ser? Estaria aludindo a algo em que eu não ousava sequer pensar?

— Acalme-se — disse Clerval, que observou que eu empalidecera —, não vou tocar no assunto se isso o deixa nervoso; mas seu pai e sua prima ficariam muito contentes se recebessem uma carta sua escrita com a sua própria letra. Eles pouco sabem sobre a gravidade da doença que você teve e estão preocupados com seu longo silêncio.

— Isso é tudo, meu caro Henry? Como pôde supor que meu primeiro pensamento não voasse para aquelas pessoas queridas que amo e são tão dignas do meu amor?

— Se é assim que se sente agora, meu amigo, talvez fique feliz em ler uma carta que já há alguns dias chegou para você; é de sua prima, acho.

❖

Capítulo 6

Clerval entregou-me, então, a seguinte carta. Era da minha querida Elizabeth:

Meu caríssimo primo,

Você esteve doente, muito doente, e mesmo as frequentes cartas do nosso querido e gentil Henry não bastaram para me tranquilizar. Você está proibido de escrever — de segurar uma pena; mesmo assim, querido Victor, uma palavra sua é necessária para acalmar as nossas apreensões. Por muito tempo pensei que o carteiro a cada vez iria trazer um bilhete seu e consegui convencer meu tio a não fazer a viagem a Ingolstadt. Impedi que enfrentasse os inconvenientes e talvez os perigos de uma viagem tão longa, mas, mesmo assim, quantas vezes lamentei não a empreender eu mesma! Imagino que a tarefa de cuidar de você em seu leito de doente foi entregue a alguma velha enfermeira mercenária, que nunca poderia adivinhar seus desejos nem atender com a atenção e o afeto da sua pobre prima. Mas isso já passou: Clerval escreveu que você está mesmo se recuperando. Espero impacientemente que você confirme essa informação o mais rápido possível, com sua própria letra.

Fique bom — e volte para nós. Vai encontrar um lar feliz e alegre, com amigos que o amam carinhosamente. O meu pai tem saúde, e a única coisa que pede é vê-lo, só para saber que você está bem; e nunca nenhuma preocupação vai marcar seu rosto bondoso. Como você iria gostar de ver os progressos do nosso Ernest! Tem agora 16 anos e está cheio de energia e inteligência. Quer ser um verdadeiro suíço e servir o país no estrangeiro, mas não podemos deixá-lo partir, pelo menos até que seu irmão mais velho volte para nós. Não agrada a meu tio a ideia de uma carreira militar num país distante, mas Ernest nunca teve o poder de aplicação que você tem. Considera o estudo uma prisão odiosa; passa o tempo ao ar livre, a escalar montanhas ou a remar no lago. Temo que ele se torne um desocupado, a menos que cedamos e lhe permitamos seguir a profissão que escolheu.

Pouca coisa mudou, com exceção do crescimento de nossas queridas crianças desde que você nos deixou. O lago azul e as montanhas vestidas de neve nunca mudam; e acho que nosso lar tranquilo e nossos corações contentes são governados pelas mesmas leis imutáveis. Minhas triviais ocupações fazem passar o tempo e me divertem, e me sinto recompensada de todos os meus esforços só de ver rostos felizes e gentis ao meu redor. Desde que você nos deixou, só uma mudança ocorreu em nossa pequena criadagem. Lembra-se em que momento Justine Moritz passou a trabalhar para a nossa família? Provavelmente, não; vou, então, contar brevemente a história dela. A sra. Moritz, sua mãe, era uma viúva com quatro filhos, dos quais Justine era a terceira. Essa menina sempre fora a predileta do pai, mas por uma estranha maldade sua mãe não a suportava e, depois da morte do sr. Moritz, passou a tratá-la muito mal. Minha tia viu aquilo e, quando Justine tinha 12 anos, convenceu a mãe a permitir que ela morasse em nossa casa. As instituições republicanas do nosso país produziram maneiras mais simples e felizes do que as que predominam nas grandes monarquias à sua volta. Há, pois, uma diferença menor entre as diversas classes de habitantes; e os estratos mais baixos, não sendo nem tão pobres nem tão desprezados, têm maneiras mais refinadas e morais. Ser uma criada em Genebra não significa a mesma coisa que ser uma criada na França ou na Inglaterra. Assim recebida em nossa família, Justine aprendeu as tarefas de uma criada, uma condição que, em nosso afortunado país, não implica a ideia de ignorância e de sacrifício da dignidade do ser humano.

Talvez se lembre de que gostava muito de Justine; e eu me lembro de que você certa vez observou que, se estivesse de mau humor, um olhar de Justine poderia dissipá-lo, pela mesma razão dada por Ariosto[1] à beleza de Angélica — ela parecia muito sincera e feliz. Minha tia

[1] Ludovico Ariosto, grande poeta épico italiano (1474-1533). Angélica é a heroína de *Orlando furioso* (1532). (N. do T.)

gostava muito dela, por isso fez questão de lhe dar uma educação superior à que, a princípio, lhe reservara. Esse favor foi plenamente recompensado; Justine era a mais grata criaturinha do mundo: não quero dizer que ela tivesse feito declarações de gratidão — nunca a ouvi fazer isso — mas via-se em seus olhos que ela quase idolatrava a sua protetora. Embora fosse de temperamento alegre e, sob muitos aspectos, inconsequente, prestava grande atenção a cada gesto da minha tia. Considerava-a o modelo de todas as excelências e tentava imitar sua fraseologia e suas maneiras, por isso até hoje me faz lembrar dela.

Quando a minha caríssima tia morreu, todos estavam ocupados demais com suas próprias dores para dar atenção à pobre Justine, que tratara dela durante a doença com o mais ansioso afeto. A pobre Justine ficou muito doente; mas outras provações ainda lhe estavam reservadas.

Um por um, seus irmãos e suas irmãs morreram; e sua mãe, com exceção de sua filha desdenhada, ficou sem filhos. A consciência da mulher ficou perturbada; começou a pensar que a morte de seus favoritos era uma punição dos céus para castigar sua parcialidade. Ela era católica; e creio que seu confessor confirmou a ideia que lhe ocorrera. Assim, alguns meses depois de sua partida para Ingolstadt, Justine foi chamada de volta para casa por sua arrependida mãe. Pobre menina! Chorou ao sair de nossa casa; estava muito abatida desde a morte de minha tia; a dor dera uma doçura e uma brandura cativantes às suas maneiras, que antes haviam sido de notável vivacidade. Tampouco a sua permanência na casa da mãe pôde trazer-lhe de volta a alegria. A pobre mulher era muito inconstante em seu arrependimento. Às vezes suplicava a Justine que lhe perdoasse a crueldade, mas com muito maior frequência a acusava de ter provocado a morte dos irmãos e das irmãs. A perpétua irritação levou, por fim, a sra. Moritz ao declínio, que inicialmente aumentou a sua irritabilidade; agora, porém, ela descansa em paz para sempre. Faleceu no primeiro aproximar-se do frio, no começo deste último inverno. Justine voltou para nós; e eu lhe garanto que a amo ternamente. Ela é muito esperta e gentil, além de extremamente linda; como mencionei antes, seu porte e sua expressão sempre fizeram me lembrar da minha querida tia.

Devo ainda lhe dizer algumas palavras, meu querido primo, sobre William, o nosso queridinho. Gostaria que você o visse; é muito alto para a idade, com olhos azuis risonhos e doces, cílios escuros e cabelo cacheado. Quando sorri, duas covinhas aparecem nas bochechinhas, que são rosadas de saúde. Ele já teve uma ou duas namoradinhas, mas Louisa Biron é a sua favorita, uma linda menininha de 5 anos de idade.

Meu querido Victor, tenho certeza de que você gostaria de ouvir uma fofoquinha sobre a boa gente de Genebra. A linda srta. Mansfield já recebeu a visita de felicitações por seu iminente casamento com um jovem inglês, o Excelentíssimo senhor John Melbourne. Sua irmã feia, Manon, casou com o sr. Duvillard, o rico banqueiro, no outono passado. Seu colega de escola favorito, Louis Manoir, sofreu diversos reveses desde que Clerval partiu de Genebra. Mas ele já se recuperou, e dizem que está prestes a casar com uma francesa linda e esperta, sra. Tavernier. Ela é viúva e muito mais velha do que Manoir; mas é muito admirada e muito querida por todos.

Sinto-me melhor depois de lhe escrever, querido primo; mas a ansiedade volta a tomar conta de mim agora que termino a carta. Escreva, Victor mais do que querido, uma linha, uma palavra será uma bênção para nós. Cem mil vezes obrigada a Henry por sua delicadeza, seu afeto e suas muitas cartas; somos-lhe sinceramente gratos. *Adieu!*, meu primo; cuide-se bem; e lhe suplico: escreva!

Elizabeth Lavenza.

Genebra, 18 de março de 17...

— Querida, querida Elizabeth — exclamei quando acabei de ler a carta —, vou escrever imediatamente e aliviar a ansiedade que devem estar sentindo.

Escrevi, e esse esforço cansou-me bastante; mas a minha convalescença já começara e prosseguia com regularidade. Mais 15 dias, e pude deixar meu quarto.

Uma das minhas primeiras preocupações ao me restabelecer foi apresentar Clerval aos diversos professores da universidade. Ao fazê-lo, sofri um rude golpe que reabriu as feridas sofridas pela minha mente. Desde a noite fatal, o fim de meus trabalhos e o começo da minha desgraça, nutrira uma violenta repulsa até pelo nome de filosofia natural. Quando, exceto por aquilo, já havia praticamente recuperado a saúde, a visão de um instrumento químico viria a renovar toda a agonia dos meus sintomas nervosos. Henry percebera aquilo e retirara da minha vista todos os meus aparelhos. Também havia modificado o meu apartamento, pois percebera que eu desenvolvera uma repulsa pelo quarto que antes fora o meu laboratório.

Mas essas atenções de Clerval de nada serviram quando visitei os professores. O sr. Waldman submeteu-me a uma verdadeira tortura quando fez o elogio, com delicadeza e entusiasmo, dos espantosos progressos que eu havia feito nas ciências. Ele logo percebeu que o assunto não me agradava; mas, sem descobrir a causa real, atribuiu os meus sentimentos à modéstia e mudou de assunto, passando dos meus avanços à própria ciência, com o desejo, como vi claramente, de me fazer falar. Que poderia eu fazer? Ele queria ser agradável e me torturava. Sentia como se ele tivesse cuidadosamente posto, um por um, à minha vista, aqueles instrumentos que mais tarde seriam utilizados para me submeter a uma morte lenta e cruel. Eu me contorci ao ouvir suas palavras, mas não ousei demonstrar a dor que sentia. Clerval, cujos olhos e sentimentos eram sempre rápidos em discernir as sensações dos outros, procurou mudar de assunto, alegando como desculpa a sua total ignorância; e a conversa voltou-se para temas mais gerais. Agradeci-lhe dentro do coração, mas não disse palavra. Vi claramente que ele estava surpreso, mas nunca tentou tirar o segredo de mim; e embora o amasse com um misto de afeição e reverência que não conhecia limites, nunca me convenci a confiar-lhe aquele acontecimento que estava tantas vezes presente em minha lembrança, mas que temia que, se o contasse a outra pessoa, iria gravar-se ainda mais fundo na minha mente.

O sr. Krempe não foi igualmente dócil; e no estado em que me encontrava na época, de uma sensibilidade quase insuportável, seus elogios enfáticos e grosseiros causaram-me um sofrimento ainda maior do que a benévola aprovação do sr. Waldman.

— Sujeito danado! — exclamou ele. — Ai, sr. Clerval, eu lhe garanto que ele passou a perna em todos nós. Ah, pode espantar-se quanto quiser, mas é a pura verdade. Um rapazinho que, há alguns anos, acreditava em Cornelius Agrippa tão firmemente quanto nos Evangelhos, agora já se colocou no topo da universidade; e se não o descerem de lá rápido, o que vai ser de nós?... Ai, ai — prosseguiu ele, observando a expressão de sofrimento em meu rosto —, o sr. Frankenstein é modesto; uma excelente qualidade num jovem. Os jovens devem desconfiar de si mesmos, o senhor sabe, sr. Clerval; eu mesmo não tinha confiança em mim quando era jovem; mas isso logo passa.

O sr. Krempe deu início, então, a um elogio de si mesmo, que felizmente desviou a conversa de um assunto que me era tão desagradável.

Clerval jamais compartilhara o meu gosto pela ciência natural; e suas ocupações literárias eram completamente diferentes das minhas. Ele entrou na universidade com o objetivo de dominar completamente as línguas orientais e, assim, abrir caminho para o plano de vida que estabelecera para si mesmo. Decidido a não seguir nenhuma carreira inglória, voltara-se para o Oriente, como algo que dava azo ao seu espírito empreendedor. As línguas persa, árabe e sânscrita chamaram a sua atenção, e eu logo fui levado a iniciar os mesmos estudos. A ociosidade sempre me foi tediosa, e, agora que queria fugir da reflexão e odiava os meus antigos estudos, senti um grande alívio em ser colega do meu amigo e obtive não só instrução, mas também consolo nos trabalhos dos orientalistas. Ao contrário dele, não visava a um conhecimento crítico de seus dialetos, pois não tencionava fazer nenhum outro uso deles além de uma diversão temporária. Lia apenas para entender o significado, e aqueles autores recompensaram os meus esforços. Sua melancolia é serena, e sua alegria, elevada a um ponto que nunca experimentara no estudo de autores de nenhum outro lugar. Quando lemos seus escritos, a vida parece consistir num sol ardente e num jardim de rosas, no sorriso e no franzir de cenho de uma bela inimiga, e no fogo que consome o nosso coração. Quão diferente da poesia viril e heroica da Grécia e de Roma!

Passei o verão em meio a essas ocupações, e a minha volta a Genebra foi marcada para o fim do outono; mas sendo adiada por diversos acidentes, chegaram o inverno e a neve, as estradas ficaram intransitáveis, e minha viagem foi postergada até a primavera seguinte. Senti amargamente esse adiamento, pois tinha um grande desejo de rever a minha cidade natal e os meus queridos amigos. Minha volta só fora adiada por tanto tempo porque eu não estava disposto a deixar Clerval num lugar estranho, antes que ele se familiarizasse com alguns de seus habitantes. O inverno, porém, passou agradavelmente; e embora a primavera houvesse chegado com um atraso incomum, quando veio sua beleza, compensou a demora.

O mês de maio já começara, e todos os dias eu esperava a carta que devia marcar a data da minha partida, quando Henry propôs um passeio a pé pelos arredores de Ingolstadt, para que eu pudesse dar um adeus pessoal à região onde morara durante tanto tempo. Aceitei com prazer a proposta: gostava de exercício, e Clerval sempre fora o meu companheiro favorito nos passeios do mesmo tipo que fazíamos pelas paisagens do meu país natal.

Passamos duas semanas nessas caminhadas: minha saúde e

minha disposição já havia tempo se tinham recuperado e ganhavam uma força adicional do ar saudável que eu respirava, dos incidentes naturais de nossos passeios e das conversas com meu amigo. Antes o estudo me segregara da companhia dos meus semelhantes e me tornara antissocial; mas Clerval despertara os melhores sentimentos de meu coração; mais uma vez ele me ensinou a amar a beleza da natureza e o rosto feliz das crianças.

Excelente amigo! Com que sinceridade você me amava e tentava elevar a minha alma até a altura da sua! Uma pesquisa egoísta me havia limitado e restringido, até que sua gentileza e sua afeição abriram os meus sentidos, dando-lhes calor; voltei a ser a mesma criatura feliz que, alguns anos antes, amado e benquisto de todos, não tinha frustrações ou preocupações. Quando feliz, a natureza inanimada tinha o poder de me proporcionar as mais prazerosas sensações. O céu sereno e os campos verdejantes enchiam-me de êxtase. A presente estação era sem dúvida divina; as flores da primavera brotavam nas sebes, enquanto as do verão já estavam em flor. Não me perturbavam os pensamentos que no ano anterior haviam pesado sobre mim, apesar de meus esforços para me ver livre deles, como de um fardo invencível.

Henry ficou satisfeito com a minha alegria e compartilhou sinceramente os meus sentimentos: tentava divertir-me enquanto exprimia as sensações que preenchiam a sua alma. Os recursos de sua mente eram, então, realmente espantosos: sua conversação era cheia de imaginação; e muitas vezes, em imitação dos autores persas e árabes, inventava maravilhosas histórias de fantasia e paixão. Outras vezes ele repetia os meus poemas favoritos, ou me arrastava a discussões em que esgrimia com muita engenhosidade. Voltamos à nossa faculdade num domingo à tarde: os camponeses estavam dançando, e todas as pessoas que encontramos estavam alegres e felizes. Eu mesmo estava muito bem disposto, e corria, e saltava com sentimentos de imensa alegria e contentamento.

Capítulo 7

Em meu retorno, encontrei a seguinte carta de meu pai:

Meu querido Victor,

Provavelmente tem esperado impacientemente uma carta que marque a data de seu retorno à nossa casa; e no começo eu estava tentado a escrever apenas algumas linhas, simplesmente mencionando o dia em que eu estaria aguardando você. Mas essa seria uma gentileza cruel, e não ouso cometê-la. Qual seria a sua surpresa, meu filho, se, esperando uma feliz e alegre recepção, se deparasse, ao contrário, com lágrimas e tristeza? E como, Victor, posso relatar a nossa desgraça? A ausência não deve ter tornado você insensível às nossas alegrias e pesares; e como poderia causar dor a meu filho, ausente há tanto tempo? Desejo prepará-lo para lamentáveis notícias, mas sei que é impossível; agora mesmo seus olhos deslizam pela página à procura das palavras que lhe devem transmitir as terríveis notícias.

William morreu! Aquela criança meiga, cujos sorrisos davam alegria e calor ao meu coração, que era tão doce, tão alegre! Victor, ele foi assassinado!

Não vou tentar consolar você; mas vou simplesmente relatar as circunstâncias do ocorrido.

Na última terça-feira (7 de maio), eu, minha sobrinha e seus dois irmãos fomos passear em Plainpalais. A tarde estava quente e serena, e prolongamos a nossa caminhada mais do que de costume. Já estava escurecendo quando pensamos em voltar; e então descobrimos que não conseguíamos encontrar William e Ernest, que haviam ido na frente. Permanecemos, então, num banco até que eles voltassem. Veio, então, Ernest, e perguntou se havíamos visto seu irmão; disse que havia brincado com ele, que William saíra correndo para se esconder, e que o procurara em vão, e depois esperara um longo tempo, mas ele não voltou.

A história muito nos assustou, e continuamos a procurar por ele até que a noite caiu, e Elizabeth achou provável que ele tivesse voltado para casa. Ele não estava lá. Voltamos mais uma vez, com tochas, pois eu não podia descansar quando pensava que o meu menininho se perdera e estava exposto à umidade e ao sereno da noite; Elizabeth também estava extremamente aflita. Por volta das cinco da manhã, descobri o meu querido menino, que a noite anterior eu vira ativo e cheio de saúde, estirado sobre a relva, lívido e imóvel; a marca do dedo do assassino estava em seu pescoço.

Foi levado para casa, e a dor que estava em meu rosto traiu o segredo para Elizabeth. Ela estava muito impaciente para ver o corpo. Inicialmente, tentei impedi-la; ela, porém, insistiu e, entrando na sala onde ele jazia, apressadamente examinou o pescoço da vítima e, batendo as mãos, exclamou: "Ah, meu Deus! Eu assassinei o meu menininho querido!".

Ela desmaiou e foi reanimada com extrema dificuldade. Quando voltou a si, só chorava e suspirava. Disse-me que naquela noite William a importunara pedindo-lhe que o deixasse usar uma valiosíssima miniatura que ela possuía de sua mãe. O retrato sumira, e sem dúvida foi ele a tentação que empurrou o assassino ao crime. Não temos mais sinal dele agora, embora sejam ininterruptos nossos esforços por descobri-lo; mas não trarão de volta o meu amado William!

Venha, queridíssimo Victor; só você pode consolar Elizabeth. Ela não para de chorar e se acusa injustamente de ser a causa da morte; suas palavras me partem o coração. Estamos todos desolados; mas será que este não é mais um motivo para que você, meu filho, volte para nos consolar? Sua querida mãe! Ai de mim, Victor! Agora eu digo: graças a Deus ela não viveu para ver a cruel e miserável morte do nosso caçulinha!

Venha, Victor! Não a remoer pensamentos de vingança contra o assassino, mas com sentimentos de paz e gentileza que possam curar, e não inflamar, as feridas de nossas almas. Entre na casa do luto, meu querido, mas com bondade e afeição por aqueles que amam você, e não com ódio por seus inimigos.

Seu amoroso e aflito pai,
Alphonse Frankenstein.
Genebra, 12 de maio de 17...

Clerval, que observava a minha fisionomia enquanto eu lia a carta, ficou surpreso ao ver o desespero suceder à alegria que inicialmente eu exprimira ao receber notícias de meus familiares. Joguei a carta sobre a mesa e cobri o rosto com as mãos.

— Meu caro Frankenstein — exclamou Henry, ao perceber que eu chorava amargamente —, será que você tem sempre de ser infeliz? Meu querido amigo, que aconteceu?

Fiz sinal a ele para que pegasse a carta, enquanto eu andava de um lado para o outro do quarto, na mais extrema agitação. Lágrimas também jorraram dos olhos de Clerval, enquanto lia a narrativa da minha desgraça.

— Não posso oferecer-lhe consolo, meu amigo — disse ele —; o seu desastre é irreparável. Que pretende fazer?

— Ir imediatamente para Genebra. Venha comigo, Henry, encomendar os cavalos.

Durante a caminhada, Clerval tentou dizer algumas palavras de consolo; só conseguiu exprimir a sua profunda compaixão.

— Pobre William! — disse ele —, querida criancinha, agora dorme com sua mãe, que é um anjo! Quem o viu radiante e feliz em sua jovem beleza não pode deixar de chorar pela sua perda precoce! Morrer tão miseravelmente; sentir as garras do assassino! Só mesmo um criminoso da pior espécie para destruir a luminosa inocência! Pobre amiguinho! Só nos resta um consolo; os que o amam choram e estão de luto, mas ele descansa. A agonia passou, seus sofrimentos acabaram para sempre. A terra cobre sua forma delicada, e ele não sente dor. Não pode mais ser objeto de piedade; devemos reservá-la aos que, infelizes, sobreviveram a ele.

Assim falou Clerval enquanto corríamos pelas ruas; as palavras imprimiram-se em minha mente, e mais tarde as recordei quando estava sozinho. Mas agora, assim que chegaram os cavalos, entrei correndo num cabriolé e dei adeus ao meu amigo.

A viagem foi tristíssima. No começo, quis correr, pois estava louco para consolar e reconfortar os meus amados e sofridos familiares; mas, quando me aproximei da cidade natal, afrouxei o passo. Mal podia suportar a multidão de sentimentos que lotavam a minha mente. Atravessei cenários familiares à minha juventude, porém dos quais estivera afastado havia quase seis anos. Como cada coisa estava diferente naquele momento! Ocorrera uma só mudança, súbita e desoladora; mas mil pequenas circunstâncias podiam gradualmente provocar outras alterações, que, embora se dessem com maior tranquilidade, não eram menos decisivas. O medo tomou conta de mim; não ousava avançar, temendo mil males sem nome que me faziam tremer, embora fosse incapaz de defini-los. Permaneci dois dias em Lausanne, nesse doloroso estado de espírito. Contemplei o lago: as águas eram plácidas; tudo ao redor estava calmo; e as montanhas nevadas, "os palácios da natureza", não haviam mudado. Aos poucos a paisagem calma e celestial me apaziguou, e prossegui a viagem para Genebra.

A estrada margeia o lago, que se tornava mais estreito à medida que me aproximava da cidade natal. Descobri mais distintamente as encostas negras do Jura e o brilhante cume do Monte Branco. Chorei como uma criança. "Caras montanhas! Meu belo lago! Como dão as boas-vindas ao seu caminhante? Seus cumes são claros, o céu e o lago estão azuis e serenos. Isso é prognosticar a paz ou zombar da minha desgraça?"

Meu amigo, tenho medo de me tornar tedioso alongando-me nessas circunstâncias preliminares; mas aqueles eram dias de relativa felicidade, e me lembro deles com prazer. Minha pátria, minha amada pátria! Quem senão um nativo do país pode descrever o prazer que senti ao rever seus riachos, suas montanhas, e, acima de tudo, o seu admirável lago!

Conforme me aproximava de casa, porém, a tristeza e o medo voltaram a tomar conta de mim. A noite também me envolveu; e, quando mal podia enxergar as escuras montanhas, me senti ainda mais deprimido. A paisagem parecia um vasto e sombrio cenário do mal, e obscuramente pressentia que estava destinado a ser o mais infeliz dos seres humanos. Ah, minhas profecias eram verazes, e só se enganaram num único ponto: em toda a desgraça que imaginei e temi, não concebi um centésimo da angústia que estava fadado a sentir. Estava completamente escuro quando cheguei aos arredores de Genebra; as portas da cidade já estavam fechadas, e fui obrigado a passar a noite em Secheron, um burgo a meia légua de distância da cidade. O céu estava sereno; e, como não conseguia repousar, resolvi visitar o lugar onde meu pobre William fora assassinado. Como não podia atravessar a cidade, fui forçado a atravessar o lago num barco para chegar a Plainpalais. Durante a breve viagem, vi os relâmpagos a brincar no cume do monte Branco, formando as mais belas figuras. A tempestade parecia aproximar-se rapidamente, e, ao desembarcar, subi uma colina de pouca elevação, para poder observar o seu avanço. Ela se aproximava; o céu estava carregado de nuvens, e logo senti a chuva chegando devagar, em pingos grossos, mas a violência logo aumentou.

Deixei o meu posto e continuei a caminhar, embora a escuridão e a tempestade aumentassem a cada minuto, e o trovão ribombasse com um estrondo terrível sobre a minha cabeça. Salève, o Jura e os Alpes da Saboia faziam-lhe eco; os vívidos clarões dos relâmpagos ofuscavam meus olhos, iluminando o lago e fazendo-o parecer um amplo lençol de fogo; então, por um momento, todas as coisas pareciam ganhar uma coloração escura como piche, até que os olhos se recompusessem do clarão anterior. A tempestade, como é frequentemente o caso na Suíça, aparecia ao mesmo tempo em diferentes partes do céu. A tempestade mais violenta pairava exatamente ao norte da cidade, sobre a parte do lago que fica entre o promontório de Belrive e o burgo de Copet. Outra tempestade iluminava o Jura com pálidos clarões; e outra, ainda, ora escurecia, ora desvelava o Môle, uma montanha pontiaguda a leste do lago.

Enquanto observava a tempestade, tão bela mas terrível, segui em frente com um passo apressado. Aquela nobre guerra no céu elevava o meu moral; bati as mãos e exclamei em voz alta:

— William, querido anjo! Este é o teu funeral, esta é a tua missa de réquiem!

Quando proferi essas palavras, percebi na escuridão um vulto que escapulia furtivamente de trás de um arvoredo próximo a mim; estaquei, observando com atenção: não podia estar enganado. Um clarão de relâmpago iluminou o vulto e revelou claramente a sua forma para mim; sua estatura gigantesca e a deformidade do seu aspecto, mais horrendo do que é humanamente possível, logo me revelaram que era o desgraçado, o demônio repugnante a quem eu dera vida. Que fazia ali? Poderia ser ele (arrepiei-me ante a ideia) o assassino do meu irmão? Assim que a ideia passou pela minha imaginação, convenci-me de sua veracidade; meus dentes rangeram, e fui obrigado a me apoiar contra uma árvore para não cair. O vulto passou rapidamente por mim, e o perdi nas trevas.

Nada que tivesse forma humana poderia ter destruído a linda criança. Era ele o assassino! Eu não tinha mais nenhuma dúvida. A mera presença da ideia era uma prova irretorquível do fato. Pensei em perseguir o diabo; mas teria sido em vão, pois outro relâmpago me revelou que ele já estava entre as rochas da vertente quase perpendicular do monte Salève, uma montanha que limita Plainpalais ao sul. Logo chegou ao cume e desapareceu.

Permaneci imóvel. A tempestade cessara, mas a chuva persistia, e a paisagem estava envolta em trevas impenetráveis. Eu revolvia em minha mente os acontecimentos que até então tentara esquecer: a sequência inteira do meu progresso na direção da criação, a aparição da obra de minhas próprias mãos ao lado de minha cama, a sua partida. Dois anos já se haviam passado desde a noite em que ele recebera a vida; e fora aquele seu primeiro crime? Ah, eu soltara no mundo um desgraçado depravado, cujo prazer residia na carnificina e na desgraça; não havia assassinado meu irmão?

Ninguém pode ter ideia da angústia que senti durante o resto da noite, que passei, molhado e com frio, a céu aberto. Mas não senti a inclemência do tempo; a minha imaginação estava ocupada com cenas de maldade e desespero. Considerei o ser que eu lançara em meio à humanidade e dotara de vontade e poder para perseguir seus objetivos de horror, como o que realizara agora, quase como se fosse o meu próprio vampiro, o meu próprio espírito liberto da tumba e forçado a destruir tudo o que me fosse caro.

O dia raiou, e dirigi meus passos na direção da cidade. As portas estavam abertas, e corri para a casa de meu pai. Minha primeira ideia foi revelar o que sabia do assassino, e fazer com que a perseguição começasse imediatamente. Mas detive-me quando refleti sobre a história que teria de contar. Um ser criado por mim mesmo e dotado de vida encontrara-me à meia-noite entre os precipícios de uma inacessível montanha. Lembrei-me também da febre nervosa que tomara conta de mim exatamente na data da minha criação e que daria um ar de delírio a uma história sem isso já amplamente improvável. Sabia muito bem que, se alguma outra pessoa me contasse tal história, eu a teria considerado produto da insanidade. Além disso, a estranha natureza do animal escaparia a qualquer perseguição, mesmo que tivesse crédito suficiente para convencer meus parentes a dar início a ela. E, aliás, de que serviria tal perseguição? Quem poderia deter uma criatura capaz de escalar as paredes verticais do monte Salève? Essas reflexões pareceram-me decisivas, e resolvi permanecer calado.

Eram cerca de cinco da manhã quando entrei na casa de meu pai. Disse aos criados que não incomodassem a família e fui à biblioteca para aguardar a hora em que normalmente acordavam.

Seis anos se haviam passado, vividos num sonho exceto por um único rastro indelével, e eu estava no mesmo lugar em que abraçara meu pai pela última vez antes de partir para Ingolstadt. Querido e venerável pai! Ainda me restava ele. Olhei para o retrato de minha mãe, que ficava sobre o consolo da lareira. Era um tema histórico, pintado a pedido de meu pai, e representava Caroline Beaufort em desesperada agonia, ajoelhada diante do caixão do pai defunto. Seus trajes eram rústicos, e pálido o seu rosto; mas tinha um ar de dignidade e beleza que mal dava lugar ao sentimento de compaixão. Abaixo da pintura estava uma miniatura de William; e minhas lágrimas jorraram quando olhei para ele. Enquanto estava assim ocupado, entrou Ernest: ouvira a minha chegada e se apressara em dar-me as boas-vindas:

— Seja bem-vindo, meu caríssimo Victor — disse ele. — Ah, gostaria que você tivesse vindo três meses atrás, e então nos teria encontrado a todos alegres e felizes. Agora vem para compartilhar uma desgraça que nada pode aliviar; espero, porém, que a sua presença reanime nosso pai, que parece afundar sob o peso desta calamidade; e seus argumentos vão levar a pobre Elizabeth a cessar suas inúteis e torturantes autoincriminações. Pobre William! Era o nosso querido e o nosso orgulho!

As lágrimas jorraram dos olhos do meu irmão; uma sensação de agonia mortal tomou conta do meu corpo. Antes, eu só imaginara a desgraça do meu desolado lar; a realidade apareceu-me como um desastre novo e não menos terrível. Tentei acalmar Ernest; fiz perguntas mais específicas a respeito de meu pai e daquela a quem chamava minha prima.

— Ela, mais do que ninguém — disse Ernest —, precisa de consolo; ela se acusa de ter causado a morte do meu irmão, e isso a deprimiu muito. Mas uma vez que o assassino foi descoberto...

— O assassino foi descoberto! Santo Deus! Como é possível? Quem pode ter tentado persegui-lo? Isso é impossível; seria mais fácil tentar ultrapassar os ventos ou represar um riacho da montanha com palha. Eu também o vi; ele estava livre ontem à noite!

— Não sei a que você se refere — replicou meu irmão, surpreso —, mas para nós a descoberta que fizemos leva ao cúmulo a nossa desgraça. No começo, ninguém queria acreditar; e ainda agora Elizabeth não está convencida, apesar de todas as provas. Realmente, quem iria acreditar que Justine Moritz, tão carinhosa e tão apegada a toda a família, poderia de repente mostrar-se capaz de um crime tão horroroso, tão apavorante?

— Justine Moritz! Pobre, pobre menina! É ela a acusada? Mas isso é um erro; todos sabem disso; ninguém acredita nisso, não é, Ernest?

— No começo, ninguém; mas foram descobertos diversos detalhes que praticamente nos forçaram a acreditar; e o próprio comportamento dela foi tão confuso que somou à prova dos fatos um peso que temo não dar margem à dúvida. Ela será julgada hoje, porém, e você saberá de tudo.

Contou então que, na manhã em que o assassinato do pobre William foi descoberto, Justine adoeceu e ficou vários dias de cama. Entretanto, uma das criadas, ao examinar por acaso as roupas que ela vestira na noite da morte, descobriu no bolso o retrato de minha mãe, que se julgara tivesse sido a tentação do assassino. A criada imediatamente o mostrou a uma das outras, que, sem dizer palavra a ninguém da família, procurou um juiz; e, em razão do seu depoimento, Justine foi presa. Ao ser acusada do fato, a pobre menina confirmou em grande medida a suspeita pelo seu comportamento extremamente confuso.

Essa era uma história estranha, mas não abalou minha confiança; e respondi com veemência:

— Vocês estão todos enganados; eu conheço o assassino. Justine, a pobre e boa Justine, é inocente.

Nesse instante entrou meu pai. Vi a tristeza profundamente gravada em sua fisionomia, mas ele se esforçou por me dar as boas-vindas com alegria; e, depois que trocamos nossas melancólicas saudações, teríamos entrado em algum outro assunto que não fosse o nosso desastre se Ernest não tivesse exclamado:

— Santo Deus, papai! Victor diz que sabe quem é o assassino do pobre William.

— Infelizmente, também nós sabemos — respondeu meu pai —, pois eu preferiria permanecer para sempre ignorante a descobrir tanta depravação e ingratidão em alguém que eu tanto prezava.

— Meu querido pai, o senhor está enganado. Justine é inocente.

— Se assim é, que Deus impeça que ela sofra como culpada. Ela será julgada hoje, e espero sinceramente que seja absolvida.

Essas palavras tranquilizaram-me. Intimamente, tinha a firme convicção de que Justine, ou qualquer outro ser humano, não tinha culpa naquele assassinato. Não temia, pois, que fosse apresentada nenhuma prova circunstancial suficiente para condená-la. A minha não era uma história que pudesse vir à luz publicamente; seu assombroso horror seria considerado loucura pelo vulgo. Será que existe alguém, exceto eu, o criador, que acreditaria, a menos que seus sentidos o convencessem a tanto, na existência do monumento vivo da presunção e da ignorância temerária que eu soltara no mundo?

Logo Elizabeth se juntou a nós. O tempo a alterara desde a última vez que a vira; dera-lhe um encanto que superava a beleza de seus anos de infância. Tinha a mesma espontaneidade, a mesma vivacidade, mas aliadas a uma expressão mais cheia de sensibilidade e inteligência. Ela me deu as boas-vindas com muito carinho. — A sua chegada, meu querido primo — disse ela —, enche-me de esperança. Você talvez encontre algum meio de justificar a pobre e inocente Justine. Infelizmente, quem estará seguro se ela for considerada culpada? Confio na inocência dela tanto quanto na minha própria. Nossa desgraça é duplamente dura conosco; não só perdemos nosso querido menininho, mas também essa pobre menina, que eu amo sinceramente e há de ser arrastada por um destino ainda pior. Se for condenada, nunca mais terei alegria. Isso, porém, não vai acontecer, tenho certeza; e então serei feliz outra vez, mesmo depois da morte do meu pequeno William.

— Ela é inocente, querida Elizabeth — disse eu —, e isso ficará provado; não tenha medo, mas alegre-se com a certeza de que ela será absolvida.

— Como você é bom e generoso! Todos os outros acreditam que ela seja culpada, e isso me deixava arrasada, pois eu sabia que era impossível: e ver todos os outros com uma opinião tão mortalmente preconcebida deixava-me desesperada. — E começou a chorar.

— Minha querida sobrinha — disse meu pai —, seque as suas lágrimas. Se ela for, como você crê, inocente, confie na justiça de nossas leis e na energia com que impedirei a menor sombra de parcialidade.

❖

Capítulo 8

Passamos momentos melancólicos até as 11 horas, quando o julgamento devia começar. Como meu pai e o resto da família eram obrigados a comparecer como testemunhas, eu os acompanhei ao tribunal. Durante todo aquele lúgubre simulacro de justiça, sofri um tormento atroz. Estava para ser decidido se o resultado da minha curiosidade e de meus inventos ilícitos causaria a morte de dois de meus semelhantes: um bebê risonho e cheio de inocência e alegria; o outro, muito mais pavorosamente assassinado, com todos os agravantes de infâmia, que tornariam o assassinato memorável pelo horror. Justine também era uma moça de méritos e possuía qualidades que lhe prometiam uma vida feliz; agora tudo devia ser esquecido numa cova ignominiosa, e a causa era eu! Preferiria mil vezes confessar-me culpado do crime imputado a Justine, mas eu estava ausente quando foi cometido, e tal declaração teria sido considerada o delírio de um louco e não teria absolvido aquela que sofria por minha causa.

Justine aparentava calma. Vestia luto, e sua fisionomia, sempre atraente, tornava-se, com a solenidade dos seus sentimentos, finamente bela. Mostrava-se, porém, confiante na inocência e não tremeu, embora observada e execrada pela multidão, pois toda a simpatia que sua beleza em outras circunstâncias poderia ter suscitado era obliterada na mente dos espectadores pela imaginação da enormidade que ela supostamente cometera. Ela estava tranquila, embora sua tranquilidade fosse evidentemente constrangida; e como sua confusão fora antes aduzida como prova de culpa, ela se preparara para mostrar-se corajosa. Ao entrar no tribunal, passeou os olhos ao seu redor e logo descobriu onde estávamos sentados. Uma lágrima pareceu turvar seus olhos quando nos viu, mas logo se recompôs, e uma expressão de doloroso afeto parecia atestar sua completa inocência.

O julgamento começou, e depois que o promotor anunciou a acusação, foram chamadas numerosas testemunhas. Diversos fatos estranhos se amontoavam contra ela, o que poderia ter feito hesitar qualquer um que não tivesse a prova de sua inocência de que eu dispunha. Ela estivera fora durante toda a noite em que o crime fora cometido e pela manhã fora vista por uma feirante não longe do lugar onde mais tarde foi encontrado o corpo do menino assassinado. A mulher perguntou-lhe o que fazia ali, mas Justine parecia muito estranha e só balbuciou uma resposta confusa e ininteligível. Voltou para casa por volta das 8 horas, e, quando alguém lhe perguntou onde passara a noite, respondeu que andara procurando o menino e perguntou com veemência se haviam tido notícias dele. Quando o corpo apareceu, ela teve um violento ataque histérico e ficou acamada por vários dias. Foi então exibido o retrato que a criada encontrara em seu bolso; e quando Elizabeth, com voz titubeante, provou que era o mesmo que, uma hora antes de o menino desaparecer, colocara ao redor de seu pescoço, um murmúrio de horror e indignação preencheu o tribunal.

Justine foi chamada para defender-se. À medida que o julgamento avançava, sua fisionomia se alterava. A surpresa, o horror e a desolação marcavam-na fortemente. Por vezes ela lutava contra as lágrimas, mas, quando foi chamada a defender-se, juntou forças e falou com uma voz audível, embora incerta.

— Deus sabe — disse ela — que sou completamente inocente. Mas não pretendo que meus protestos me absolvam; baseio a minha absolvição numa clara e simples explicação dos fatos que foram aduzidos contra mim e espero que o caráter que sempre demonstrei incline meus jurados a uma interpretação favorável quando as circunstâncias parecerem duvidosas ou suspeitas.

Relatou então que, com a permissão de Elizabeth, passara o começo da noite em que o assassinato fora cometido na casa de uma tia, em Chêne, um burgo situado a cerca de uma légua de Genebra. Retornando, por volta das 21 horas, encontrou um homem que lhe perguntou se havia visto o menino perdido. Ela ficou alarmada e passou várias horas procurando por ele, quando as portas de Genebra se fecharam, e ela foi forçada a permanecer por muito tempo num celeiro pertencente a um chalé, por não querer chamar os moradores, que a conheciam bem. Passou a maior parte da noite ali, acordada; pela manhã, achou que dormira por alguns minutos; uns passos a incomodaram, e ela acordou. O sol estava nascendo, e ela deixou o abrigo para tentar mais uma vez encontrar o meu irmão. Se esteve perto do lugar onde jazia o corpo, foi sem o saber. Que se tivesse mostrado aturdida quando interrogada pela feirante, não era de surpreender, pois passara a noite em claro, e o destino do pobre William ainda era incerto. A respeito do retrato, ela não conseguiu dar nenhuma explicação.

— Sei — prosseguiu a infeliz vítima — como essa circunstância isolada pesa fatalmente contra mim, mas não posso explicá-la; e quando exprimi minha total ignorância, só posso fazer conjeturas acerca das probabilidades pelas quais o retrato pode ter sido colocado em meu bolso. Mas aqui também me vejo perdida. Creio que não tenho inimigos no mundo, e com certeza ninguém seria tão mau a ponto de me destruir por mero capricho. Foi o assassino que o colocou ali? Não vejo como teria tido oportunidade de fazer isso; ou, mesmo que tivesse, por que teria roubado a joia para se desfazer dela tão rapidamente? Entrego a minha causa à justiça de meus jurados, embora não veja motivos para ter esperança. Peço permissão para que sejam interrogadas algumas testemunhas acerca do meu caráter, e se o testemunho delas não tiver maior peso do que a minha suposta culpa, devo ser condenada, embora dê a minha inocência em penhor de minha salvação.

Foram chamadas diversas testemunhas que a conheciam desde muitos anos e falaram bem dela; mas o medo e o ódio do crime de que a supunham culpada as tornou receosas e pouco dispostas a apresentar-se. Elizabeth via até mesmo este último recurso, seu excelente caráter e sua conduta irrepreensível, a ponto de trair a acusada, quando, embora muitíssimo agitada, pediu permissão para dirigir-se ao tribunal.

— Eu sou — disse ela — prima da infeliz criança que foi assassinada, ou melhor, sua irmã, pois fui educada por seus pais e tenho vivido com eles desde então e até desde muito antes do seu nascimento. Pode, portanto, ser considerado indecente da minha parte apresentar-me nesta ocasião, mas, quando vejo uma semelhante prestes a morrer pela covardia de seus pretensos amigos, desejo que me permitam falar, para que possa dizer o que sei sobre o caráter de Justine. Conheço muito bem a ré. Vivi na mesma casa com ela, uma vez por cinco anos, e outra por cerca de dois anos. Durante todo esse tempo, ela me pareceu a pessoa mais amável e bondosa. Cuidou da sra. Frankenstein, minha tia, em sua doença final, com o maior carinho e atenção, e em seguida cuidou da própria mãe durante uma longa enfermidade, provocando a admiração de todos que a conheciam, após o que voltou a viver na casa de meu tio, onde era amada por toda a família. Era muito apegada ao menino que agora está morto, e era para ele como uma mãe muito carinhosa. De minha parte, não hesito em dizer que, apesar de todos os indícios apresentados contra ela, creio e confio em sua total inocência. Ela não tinha por que cometer tal ato; quanto à ninharia sobre a qual se baseia a prova principal, se ela realmente a tivesse desejado, eu lha teria dado com prazer, pela estima e pelo afeto que tenho por ela.

Ouviu-se um murmúrio de aprovação após as palavras simples e potentes de Elizabeth, que foi, porém, provocado por sua generosa intervenção, e não em favor da pobre Justine, para a qual a indignação pública se voltou com renovada violência, acusando-a da pior ingratidão. Ela mesma chorou enquanto Elizabeth falava, mas não respondeu. Minha agitação e angústia eram extremas durante todo o julgamento. Eu acreditava na inocência dela; sabia que era inocente. Seria possível que o demônio que havia (não tive dúvida sequer por um minuto) assassinado o meu irmão, em sua brincadeira infernal também tivesse, por traição, levado a inocente à morte e à ignomínia? Não pude suportar o horror da minha situação e, quando percebi que a voz do povo e a fisionomia dos jurados já haviam condenado a infeliz vítima, corri agoniado para fora da sala do tribunal. Os tormentos da acusada não estavam à altura dos meus; ela era amparada pela inocência, mas as garras do remorso rasgavam meu peito e não mais soltariam sua presa.

Passei uma noite de pura angústia. De manhã, fui até o tribunal; meus lábios e minha garganta estavam secos. Não ousei fazer a pergunta fatal, mas eu era conhecido, e o guarda adivinhou a causa da visita. As bolas que representavam o voto dos jurados haviam sido lançadas e eram todas pretas. Justine foi condenada.

Não quero tentar descrever o que então senti. Já havia antes experimentado sensações de terror e tentara aplicar a elas as expressões adequadas, mas as palavras não podem transmitir a ideia do dilacerante desespero que senti na hora. A pessoa com quem eu falava acrescentou que Justine já havia confessado a sua culpa.

— Tal prova — observou ele — era até desnecessária num caso tão óbvio, mas estou contente com isso, e, é claro, nenhum de nossos jurados gosta de condenar um criminoso com base em provas circunstanciais, mesmo que sejam tão decisivas.

Essa era uma informação estranha e inesperada; que poderia querer dizer? Meus ouvidos me haveriam traído? E eu estaria na verdade tão louco quanto o mundo acreditaria que eu estivesse se revelasse o objeto das minhas suspeitas? Corri de volta para casa, e Elizabeth perguntou impaciente pelo veredicto.

— Prima — repliquei eu —, a decisão foi a que se poderia esperar; todos os jurados prefeririam condenar dez inocentes a absolver um culpado. Mas Justine confessou.

Aquele foi um duro golpe para a pobre Elizabeth, que confiara firmemente na inocência de Justine.

— Ai! — disse ela. — Como poderei voltar a acreditar na bondade humana? Justine, que eu amava e estimava como a uma irmã, como podia exibir aqueles sorrisos inocentes? Era só para trair? Seus olhos meigos pareciam incapazes de qualquer dureza ou perfídia, e, no entanto, ela cometeu um assassinato.

Logo em seguida soubemos que a pobre vítima exprimira o desejo de ver minha prima. Meu pai não queria que ela fosse, mas disse entregar a decisão ao julgamento e aos sentimentos dela.

— Sim — disse Elizabeth —, eu vou, embora ela seja culpada; e você, Victor, deve acompanhar-me; não posso ir sozinha. A ideia dessa visita era uma tortura para mim, mas não podia recusar. Entramos na sombria cela e vimos Justine sentada sobre a palha no canto mais distante; suas mãos estavam algemadas, e sua cabeça, apoiada nos joelhos. Ela se levantou ao nos ver entrar, e, quando fomos deixados sozinhos com ela, jogou-se aos pés de Elizabeth, chorando amargamente. Minha prima também chorava.

— Ah, Justine! — disse ela. — Por que me roubou o meu último consolo? Eu confiava na sua inocência e, embora já estivesse muito abalada, não estava tão desolada como agora.

— E a senhora também acredita que eu seja tão má assim? A senhora também se juntou a meus inimigos para me esmagar, me condenar como assassina? — Sua voz era sufocada pelos soluços.

— Levante-se, minha pobre menina — disse Elizabeth —, por que se ajoelha se é inocente? Não sou um dos seus inimigos, acreditei que não era culpada, apesar de todos os indícios, até saber que você mesma se declarara culpada. Você diz que tal relato é falso; e tenha certeza, querida Justine, que nada pode abalar a minha confiança em você por um momento que seja, a não ser a sua confissão.

— Eu confessei, sim, mas confessei uma mentira. Confessei para poder obter a absolvição; mas agora essa falsidade pesa mais no meu coração do que todos os meus outros pecados. Que Deus me perdoe! Desde que fui condenada, meu confessor passou a me acossar; ameaçou-me até que eu quase comecei a acreditar ser o monstro que ele dizia que eu era. Ameaçou-me com a excomunhão e o fogo do inferno em meus últimos momentos se eu continuasse teimando. Minha querida senhora, eu não tinha em que me apoiar; todos me viam como uma desgraçada fadada à ignomínia e à perdição. Que podia fazer? Num mau momento eu assinei uma mentira; e só agora sou realmente infeliz.

Fez uma pausa, chorando, e em seguida continuou:

— Horrorizada, pensei que a senhora acreditaria que a sua Justine, que a sua santa tia tanto honrou e que a senhora amava, fosse uma criatura capaz de um crime que só o próprio diabo poderia ter perpetrado. Querido William! Amada e abençoada criança! Logo vou revê-lo no céu, onde todos seremos felizes; e para que você me console, pois vou sofrer ignomínia e morte.

— Ah, Justine! Desculpe-me por ter por um momento desconfiado de você. Por que confessou? Mas não desespere, querida menina. Não tenha medo. Vou proclamar, vou provar a sua inocência. Vou amolecer os corações empedernidos de seus inimigos com minhas lágrimas e súplicas. Você não vai morrer! Você, minha companheira de brincadeiras, minha irmã, morrer no cadafalso! Não! Não! Eu jamais poderia sobreviver a essa horrível desgraça.

Justine sacudiu tristemente a cabeça:

— Não tenho medo de morrer — disse ela —, essa angústia já passou. Deus enaltece a minha fraqueza e me dá coragem para enfrentar o pior. Deixo um mundo triste e amargo; e, se a senhora se lembrar de mim e pensar em mim como injustamente condenada, eu me resigno ao destino que me aguarda. Aprenda comigo, querida senhora, a submeter-se com paciência à vontade do Céu!

Durante essa conversa, eu me retirara para um canto da cela, onde podia esconder a horrenda angústia que tomava conta de mim. Desespero! Quem ousava falar nisso? A pobre vítima, que no dia seguinte deveria cruzar a tremenda fronteira entre a vida e a morte, não sentia como eu esta agonia profunda e amarga. Eu rangia os dentes, soltando um gemido que vinha do fundo da alma. Justine levou um susto. Quando viu quem era, aproximou-se de mim e disse:

— Querido senhor, é muita gentileza sua visitar-me. Espero que o senhor não acredite que eu seja culpada!

Não consegui responder.

— Não, Justine — disse Elizabeth —, ele está mais convencido de sua inocência do que eu mesma estava, pois, mesmo quando soube que você assinara uma confissão, não deu crédito a ela.

— Eu lhe agradeço de coração. Nestes meus últimos momentos, sinto a mais sincera gratidão por quem me trata com delicadeza. Como é doce a afeição dos outros por uma desgraçada como eu! Isso acaba com mais da metade do meu infortúnio, e me sinto como se pudesse morrer em paz, agora que a minha inocência foi reconhecida pela senhora e pelo seu primo.

Assim, a pobre infeliz tentava reconfortar aos outros e a si mesma. Sem dúvida, alcançou a resignação que desejava. Mas eu, o verdadeiro assassino, sentia em meu peito estar vivo o verme que insistia em não morrer e que não permitia nenhuma esperança, nenhum consolo. Elizabeth também chorava e se sentia infeliz, mas a sua também era a desgraça da inocência, a qual, como uma nuvem que passa diante da branca lua, por alguns momentos pode esconder, mas não empanar o seu brilho. A angústia e o desespero haviam penetrado no âmago do meu coração; eu trazia dentro de mim um inferno que nada podia extinguir. Passamos muitas horas com Justine, e foi com grande dificuldade que Elizabeth conseguiu despedir-se.

— Quisera eu — exclamou ela — morrer com você. Não consigo viver neste mundo miserável.

Justine assumiu um ar alegre, ao mesmo tempo que reprimia as lágrimas amargas. Abraçou Elizabeth e disse numa voz de mal contida emoção:

— Adeus, minha cara senhora, muito querida Elizabeth, minha amada e única amiga; que o Céu em Sua bondade abençoe e proteja a senhora; seja esta a última desgraça que venha a sofrer! Viva e seja feliz, e faça com que os outros também o sejam.

E, no dia seguinte, Justine morreu. A comovente eloquência de Elizabeth não conseguiu demover os jurados de sua firme convicção sobre a culpa da santa sofredora. Meus apelos apaixonados e indignados não surtiram nenhum efeito. E quando recebi suas frias respostas e ouvi o ríspido e insensível raciocínio daqueles homens, minha planejada confissão morreu em meus lábios. Eu me proclamaria doido, mas não conseguiria revogar a sentença contra a minha infeliz vítima. Ela morreu no cadafalso como uma assassina!

Das torturas do meu coração, voltei-me para contemplar a dor profunda e muda da minha Elizabeth. Aquilo também era minha culpa! E o pesar de meu pai e a desolação deste antes tão risonho lar eram obra das minhas mãos três vezes malditas! Chorem, infelizes, mas essas não são suas últimas lágrimas! Mais uma vez erguerão o lamento fúnebre, e o som de suas queixas se fará ouvir sempre novamente! Frankenstein, seu filho, seu parente, seu velho e querido amigo; ele, que derramaria por vocês cada gota vital de sangue, que não tem ideia do que seja alegria a não ser quando espelhada no rosto querido de vocês, que encheria o ar de bênçãos e passaria a vida servindo a vocês — ele pede o seu pranto, que derramem incontáveis lágrimas; mais feliz do que ousa esperar se assim o fado inexorável for satisfeito e se a destruição cessar antes que a paz do túmulo suceda aos seus tristes tormentos!

Assim falou a minha alma profética, quando, dilacerado pelo remorso, pelo horror e pelo desespero, vi aqueles que amava chorarem em vão sobre os túmulos de William e Justine, as primeiras desgraçadas vítimas de minhas ímpias artes.

❖

Capítulo 9

Nada é mais doloroso para a mente humana do que, depois da exacerbação dos sentimentos por uma rápida sucessão de fatos, a paz defunta da inação e da certeza que se segue e tira da alma a esperança e o medo. Justine morrera, repousava, e eu estava vivo. O sangue corria livre em minhas veias, mas um fardo de desespero e remorso que nada poderia aliviar pesava sobre o meu coração. O sono fugira de meus olhos; eu vagava como um espírito mau, pois cometera crimes indescritivelmente horrendos, e mais, muito mais (estava convicto disso) ainda estava por vir. Meu coração, porém, transbordava de bondade e de amor da virtude. Começara a vida com boas intenções e ávido pela hora em que as pusesse em prática e me tornasse útil aos meus semelhantes. Agora tudo estava acabado; em vez da serenidade de consciência que me permitisse olhar para o passado com satisfação e daí colher a promessa de novas esperanças, estava tomado pelo remorso e pelo sentimento de culpa, que me precipitavam num inferno de intensas torturas que nenhuma língua pode descrever.

Esse estado de espírito minava a minha saúde, que talvez jamais se havia recuperado completamente do primeiro choque sofrido. Eu evitava o rosto dos homens; todos os sons alegres e despreocupados eram uma tortura para mim; a solidão era o meu único consolo – a profunda, negra, mortal solidão.

Meu pai observava triste a visível alteração em minha disposição e em meus hábitos e tentou, com argumentos deduzidos dos sentimentos de sua consciência tranquila e de sua vida honesta, inspirar-me a firmeza e despertar a coragem para dispersar a nuvem negra que pairava sobre mim.

— Você acha, Victor — disse ele —, que eu não estou sofrendo também? Ninguém pode amar uma criança mais do que eu amava o seu irmão — as lágrimas encharcavam seus olhos enquanto falava —, mas não é um dever para os sobreviventes evitar multiplicar a tristeza com uma aparência de imenso pesar? Esse é também um dever para consigo mesmo, pois a dor excessiva impede que as pessoas sigam em frente ou se divirtam, ou até que desempenhem suas tarefas diárias, sem o que nenhum homem é útil à sociedade.

Tal conselho, embora bom, era completamente inaplicável ao meu caso; eu deveria ser o primeiro a esconder minha dor e consolar os meus amigos se o remorso não tivesse mesclado o seu amargor e o terror o seu pânico às minhas outras sensações. Agora só conseguia responder ao meu pai com um olhar desesperado e tentando esconder-me de sua vista.

Por essa época nos retiramos para a nossa casa de Belrive. Essa mudança foi-me especialmente agradável. O fechamento das portas da cidade regularmente às 10 horas e a impossibilidade de permanecer no lago passada essa hora tornaram a nossa residência dentro dos muros de Genebra muito maçante para mim. Agora estava livre. Muitas vezes, depois que o resto da família ia dormir, eu pegava o barco e passava longas horas sobre as águas. Ora, com as velas soltas, era carregado pelo vento; ora, depois de remar até o meio do lago, deixava o barco seguir seu caminho e me entregava a minhas tristes reflexões. Muitas vezes era tentado, quando ao meu redor tudo estava em paz, e eu era a única coisa agitada a perambular inquieta num cenário tão sublime e celestial — com exceção de algum morcego ou das rãs, cujo coaxar estridente e ininterrupto só era ouvido quando eu me aproximava das margens —, muitas vezes, digo, era tentado a mergulhar no lago silencioso, para que as águas pudessem fechar-se para sempre sobre mim e as minhas calamidades. Mas eu me continha ao pensar na heroica e sofrida Elizabeth, que eu amava ternamente e cuja existência estava dedicada à minha. Pensei também em meu pai e em meu irmão ainda vivo; entregá-los-ia eu, com minha vil deserção, expostos e desprotegidos, à malícia do diabo que eu soltara em meio a eles?

Nesses momentos, eu chorava amargamente e queria que a paz voltasse à minha alma, só para poder dar-lhes consolo e alegria. Mas isso não era possível. O remorso acabara com toda esperança. Eu fora o autor de males irreparáveis e vivia todos os dias tomado pelo medo de que o monstro que eu criara perpetrasse uma nova perversidade.

Tinha a obscura sensação de que nem tudo estava acabado e de que ele ainda cometeria um crime extraordinário, que por sua enormidade deveria quase apagar a memória do passado. Continuava a haver espaço para o medo enquanto algo que eu amasse permanecesse de pé. Não é possível imaginar o meu ódio por aquele diabo. Quando pensava nele, meus dentes rangiam, meus olhos ardiam, e eu ansiava por extinguir aquela vida que tão irrefletidamente lhe concedera. Quando refletia sobre os seus crimes e a sua maldade, meu ódio e desejo de vingança transbordavam todos os limites da moderação. Eu teria feito uma peregrinação até o mais alto pico dos Andes se pudesse de lá precipitá-lo até a base da montanha. Queria tornar a vê-lo, para poder descarregar o máximo de raiva sobre a sua cabeça e assim vingar a morte de William e Justine. Nossa casa estava de luto. A saúde de meu pai estava profundamente abalada pelo horror dos últimos acontecimentos. Elizabeth estava triste e abatida; não sentia mais prazer em suas ocupações do dia a dia; todo prazer lhe parecia um sacrilégio contra os mortos; achava, então, que a dor e as lágrimas eternas eram o justo tributo a ser pago pela inocência tão vilipendiada e conspurcada. Não era mais aquela criatura feliz que na primeira juventude caminhava comigo pelas margens do lago e falava em êxtase de nossos futuros projetos. Visitou-a a primeira dessas dores que nos são enviadas para que nos apartemos da terra, e sua escura influência extinguiu seus adoráveis sorrisos.

— Quando reflito, meu querido primo — disse ela —, sobre a miserável morte de Justine Moritz, já não vejo como antes o mundo e o que nele se passa. Antes, eu encarava as histórias de maldade e injustiça que lia nos livros ou ouvia de outras pessoas como contos dos tempos passados, ou como males imaginários; pelo menos eram distantes e mais familiares à razão do que à imaginação; mas agora a desgraça entrou em casa, e os homens me parecem como monstros sedentos de sangue uns dos outros. Mas certamente estou sendo injusta. Todos acreditavam que a pobre moça era culpada; e se ela pudesse ter cometido o crime pelo qual padeceu, com certeza teria sido o mais depravado dos seres humanos. Em troca de uma joia, ter assassinado o filho do benfeitor e amigo, uma criança que criara desde o nascimento e parecia amar como se fosse o seu próprio filho! Eu não podia consentir a morte de qualquer ser humano, mas certamente teria achado tal criatura incapaz de permanecer na sociedade dos homens. Ela era inocente, porém. Eu sei, eu sinto que ela era inocente; você é da mesma opinião, e isso confirma a minha.

Infelizmente, Victor, quando a falsidade consegue parecer-se tanto com a verdade, quem pode ter certeza da felicidade? Sinto-me como se estivesse caminhando nas bordas de um precipício, contra o qual multidões se comprimem e tentam empurrar-me no abismo. William e Justine foram assassinados, e o assassino escapou; caminha livre pelo mundo e talvez seja respeitado. Mas, mesmo se eu fosse condenada a padecer no cadafalso pelos mesmos crimes, não trocaria a minha sorte pela desse demônio.

Ouvi essas palavras na mais extrema agonia. Eu, não de fato, mas com efeito, era o verdadeiro assassino. Elizabeth leu a angústia na minha fisionomia, e pegando delicadamente a minha mão, disse:

— Meu caríssimo amigo, você tem de se acalmar. Esses acontecimentos afetaram-me, Deus sabe com que profundidade; mas não estou tão abatida como você. Há em seu rosto uma expressão de desespero e às vezes de vingança que me faz tremer. Querido Victor, dê um fim a essas negras paixões. Lembre-se dos amigos ao seu redor, que têm em você o centro de todas as suas esperanças. Será que perdemos o poder de fazê-lo feliz? Ah, enquanto nos amarmos, enquanto formos verdadeiros um com o outro, aqui nesta terra de paz e beleza, seu país natal, poderemos colher todas as graças tranquilas. O que poderá perturbar a nossa paz?

E não seriam essas palavras dela, que eu prezava mais do que qualquer outro dom da fortuna, capazes de expulsar o demônio que espreitava em meu coração? Enquanto ela falava, aproximei-me como aterrorizado, temendo que naquele mesmo momento o destruidor estivesse por perto para roubá-la de mim.

Assim, nem a ternura da amizade, nem a beleza da terra ou do céu podiam livrar da angústia a minha alma; até a expressão do amor era inútil. Fui envolvido por uma nuvem que nenhuma influência benéfica podia penetrar. Assemelhava-me à corça ferida que arrasta suas frágeis patas até um matagal distante para lá observar a seta que a perfurou e morrer.

Às vezes, eu conseguia enfrentar o sombrio desespero que tomava conta de mim, mas outras vezes as turbulentas paixões da minha alma me levavam a procurar, pelo exercício físico e pela movimentação, algum alívio para as minhas insuportáveis sensações. Foi durante um acesso desse tipo que saí de casa de repente e, dirigindo meus passos para os vales alpinos das proximidades, procurei na magnificência, na eternidade daquelas paisagens esquecer-me de mim mesmo e de minhas efêmeras, porque humanas, angústias. Minhas perambulações dirigiam-se para o vale de Chamonix. Eu o visitara com frequência quando era adolescente. Seis anos se haviam passado desde então: eu era um desgraçado, mas nada mudara naqueles cenários selvagens e eternos.

Fiz a primeira parte da viagem a cavalo. Mais tarde, aluguei uma mula, por ser mais segura e menos propensa a se ferir naquelas trilhas acidentadas. O tempo estava ótimo; era meio de agosto, cerca de dois meses depois da morte de Justine, aquela época infeliz da qual dato todos os meus males. O peso sobre a minha alma aliviava-se sensivelmente, enquanto eu mergulhava cada vez mais fundo no desfiladeiro do Arve. As imensas montanhas e precipícios que se projetavam de todos os lados ao meu redor, o som do rio a esbravejar entre as rochas e o salpico das quedas-d'água à minha volta falavam de um poder tão grande quanto a Onipotência — e eu parei de temer ou de me curvar diante de qualquer ser menos todo-poderoso do que Aquele que criou e governa os elementos, aqui mostrados em seu aspecto mais terrível. Todavia, conforme eu ia subindo, o vale ganhava um aspecto mais espantoso e magnífico. Castelos em ruínas suspensos aos precipícios de montanhas cobertas de pinheiros, o impetuoso Arve e chalés surgindo aqui e ali em meio às árvores formavam um cenário de rara beleza. Mas tudo era multiplicado e sublimado pelos poderosos Alpes, cujas pirâmides e cúpulas brancas e rutilantes pairavam acima de tudo, como se pertencessem a outro mundo, as moradas de outra raça de seres.

Atravessei a ponte de Pélissier, onde o desfiladeiro formado pelo rio se abriu à minha frente, e comecei a subir a montanha que se projeta sobre ele. Logo depois, entrei no vale de Chamonix. Esse vale é maravilhoso e sublime, mas não tão belo e pitoresco como o de Servox, pelo qual acabara de passar. As altas e nevadas montanhas eram suas fronteiras imediatas, mas não vi mais castelos em ruínas e campos férteis. Imensas geleiras margeavam a trilha; ouvia o retumbante trovejar da avalancha a despencar e percebia o fumo de sua passagem. O monte Branco, o supremo e magnífico monte Branco, erguia-se sobre os picos ao seu redor, e sua tremenda cúpula dominava o vale.

Durante essa viagem, fui muitas vezes tomado por uma estimulante sensação de prazer que havia muito não tinha. Uma curva na estrada, um novo objeto subitamente visto e reconhecido faziam-me lembrar os dias passados e eram associados com a alegria despreocupada da adolescência. Os mesmos ventos sussurravam serenamente, e a maternal Natureza mandava-me não mais chorar. Então, de novo a boa influência parou de agir — vi-me mais uma vez agrilhoado à angústia e entregue a toda a miséria da reflexão. Esporeava o meu animal, esforçando-me por esquecer o mundo, meus medos e, acima de tudo, a mim mesmo — ou, de maneira mais desesperada, apeava e jogava-me sobre a relva, derrubado pelo horror e pelo desespero.

Cheguei, por fim, ao burgo de Chamonix. A exaustão sucedeu ao cansaço extremo, tanto do corpo quanto da mente. Por um breve espaço de tempo, permaneci à janela, a observar os pálidos relâmpagos que brincavam sobre o monte Branco e a ouvir o ímpeto do Arve, que seguia ruidoso o seu caminho mais abaixo. O embalo dos mesmos sons agia como um acalanto para as minhas sensações excitadas demais; quando pus a cabeça sobre o travesseiro, o sono tomou conta de mim; senti-o chegando e abençoei-o pelo esquecimento que me trazia.

❖

Capítulo 10

No dia seguinte passeei pelo vale. Parei em pé junto à nascente do Arveiron, numa geleira que vai descendo devagar dos picos das montanhas, até obstruir o vale. As abruptas encostas das grandes montanhas estavam à minha frente; o paredão da geleira projetava-se sobre mim; alguns pinheiros estilhaçados estavam espalhados por ali; e o silêncio solene daquela sala de audiências da imperial Natureza só era quebrado pelas ondas sonoras da queda de algum fragmento maior, pelo som de trovão da avalancha ou pelos estalos, reverberados pelas montanhas, do gelo acumulado, que, pela ação de leis imutáveis, era de quando em quando despedaçado e dilacerado, como se fosse apenas um brinquedo. Esses cenários sublimes e magníficos davam-me o maior consolo que podia receber. Elevavam-me acima de toda mesquinhez de sentimento e, embora não pusessem um fim à minha dor, moderavam-na e tranquilizavam-na. Até certo ponto, também eles distraíam minha mente dos pensamentos que a obcecaram no mês anterior. Retirei-me para descansar à noite; meu sono, por assim dizer, era velado e servido pela assembleia de formas imensas que eu contemplara durante o dia. Elas se reuniam ao meu redor; o imaculado pico nevado, o pináculo resplandecente, os bosques de pinheiros e o desfiladeiro áspero e árido, a águia, pairando entre as nuvens — todos eles se reuniram ao meu redor e me ordenaram descansar em paz.

Para onde haviam fugido quando acordei na manhã seguinte? Tudo o que me inspirava a alma fugira com o sono, e uma negra melancolia envolveu todos os meus pensamentos. A chuva caía torrencialmente, e uma espessa neblina escondia os picos das montanhas, para que eu não visse os rostos daqueles imponentes amigos. Eu queria, porém, penetrar seu nebuloso véu e encontrá-los em seus nublados esconderijos. O que eram chuva e tempestade para mim? Minha mula foi trazida até a porta, e resolvi escalar o pico do Montanvert. Lembro-me do efeito que a vista do tremendo e sempre móvel glaciar produzira sobre a minha mente quando o vi pela primeira vez. Ele me enchera de um sublime êxtase que deu asas à alma e lhe permitiu voar do mundo escuro até a luz e o júbilo. A vista do que há de soberbo e majestoso na natureza sempre tinha o efeito de tornar solene a minha mente e fazer com que eu esquecesse os passageiros cuidados da vida. Resolvi ir sem guia, pois conhecia bem o caminho, e a presença de outra pessoa destruiria a solitária grandiosidade da paisagem.

A subida é íngreme, mas o caminho é feito de curvas contínuas e curtas, o que permite superar a perpendicularidade da montanha. É um cenário terrivelmente desolado. Em mil lugares se podem perceber os vestígios da avalancha do inverno, onde árvores jazem partidas e espalhadas pelo chão, algumas completamente destruídas, outras tortas, apoiadas às rochas salientes da montanha ou transversalmente às franças de outras árvores. A trilha, conforme se vai subindo, é cortada por ravinas de neve, montículos cujas pedras rolam de cima sem parar; uma delas é especialmente perigosa, pois o mais leve rumor, como o som da fala em voz alta, produz uma concussão de ar suficiente para trazer a destruição sobre a cabeça do falante. Os pinheiros não são altos nem exuberantes, mas sombrios, e dão um ar de gravidade à paisagem. Olhei para os vales que ficam embaixo; vastas neblinas estavam subindo dos rios que correm por eles e serpenteando em espessas espirais ao redor das montanhas opostas, cujos picos se escondiam nas nuvens uniformes, enquanto a chuva se derramava do céu escuro e aumentava a impressão de melancolia que eu recebia dos objetos à minha volta. Ai, por que o homem se vangloria de uma sensibilidade superior à dos animais? Ela só faz com que mais objetos lhe sejam necessários. Se nossos impulsos se limitassem à fome, à sede e ao desejo, seríamos quase livres; mas agora somos movidos por todos os ventos que sopram e por uma palavra ao acaso ou pela paisagem que tal palavra nos possa transmitir.

We rest; a dream has power to poison sleep.
We rise; one wand'ring thought pollutes the day.
We feel, conceive, or reason; laugh or weep,
Embrace fond woe, or cast our cares away;

It is the same: for, be it joy or sorrow,
The path of its departure still is free.
Man's yesterday may ne'er be like his morrow;
Nought may endure but mutability![1]

Era quase meio-dia quando cheguei ao topo da escalada. Sentei-me por algum tempo sobre a rocha que domina o mar de gelo. A neblina cobria toda a paisagem. Depois uma brisa dissipou a nuvem, e eu desci até o glaciar. A superfície era muito irregular, erguendo-se como as ondas de um mar tempestuoso, descendo bem baixo e entrecortado de fendas profundas. O campo de gelo tem quase uma légua de largura, mas gastei quase duas horas para atravessá-lo. A montanha oposta é uma rocha perpendicular e nua. Da vertente onde agora estava, o Montanvert estava exatamente em frente, à distância de uma légua; e acima dele se erguia o Monte Branco, em tremenda majestade. Permaneci no recesso de uma rocha, observando o cenário maravilhoso, estupendo. O mar, ou antes, o vasto rio de gelo, serpenteava entre montanhas pouco elevadas, cujos cumes cobertos de gelo brilhavam à luz do sol, acima das nuvens. Meu coração, antes abatido, agora se enchia de algo parecido com a alegria. Exclamei:

— Espíritos vagabundos, se de fato viajais e não repousais em vossos estreitos leitos, permiti-me esta tímida felicidade ou levai-me como vosso companheiro para longe das alegrias da vida.

Enquanto pronunciava essas palavras, vi de repente a figura de um homem, a certa distância, a caminhar na minha direção com velocidade sobre-humana. Saltava sobre as fendas do gelo, entre as quais eu caminhara com cautela; também a sua estatura, ao se aproximar, parecia ultrapassar a do homem. Fiquei perturbado; uma névoa cobriu

---

[1] Descansamos; um sonho tem o poder de envenenar o sono.
Levantamo-nos; um pensamento vagabundo polui o dia.
Sentimos, concebemos ou raciocinamos; rimos ou choramos,
Abraçamos a amorosa dor ou repelimos nossas preocupações;
É o mesmo: pois, seja alegria ou tristeza,
O caminho de saída continua livre.
O ontem do homem talvez nunca seja como o amanhã;
Nada persiste, salvo a mutabilidade!

[Do poema "*Mutability*", de Shelley] (N. do T.)

os meus olhos, e senti a fraqueza tomar conta de mim, mas logo me recuperei com o vento frio das montanhas. Percebi, enquanto a forma chegava mais perto (tremenda e odiosa visão!), que era o desgraçado criado por mim. Tremi de raiva e horror, resolvido a esperar sua aproximação e então travar com ele um combate mortal. Aproximou-se; seu rosto demonstrava uma angústia amarga, combinada com desprezo e maldade, enquanto a sua feiura fantasmagórica o tornava quase medonho demais para os olhos humanos. Mas mal notei isso; a cólera e o ódio primeiro me tiraram a fala, e só a recuperei para cobri-lo de palavras de furiosa abominação e desprezo.

— Diabo — exclamei —, como ousas aproximar-te de mim? E não temes a feroz vingança dos golpes de meu braço sobre a tua cabeça miserável? Fora, vil inseto! Ou antes, fica, para que eu possa pisotear-te até transformar-te em pó! E, ah, para que eu possa, com a extinção da tua existência desgraçada, reparar as vítimas que tão diabolicamente assassinaste!

— Já esperava essa recepção — disse o demônio. — Todos os homens odeiam os desgraçados; como então devo ser odiado, eu que sou a mais miserável de todas as coisas vivas! Mas tu, meu criador, me detestas e rejeitas, a tua criatura, à qual estás preso por laços que só podem ser desfeitos pela aniquilação de um de nós dois. Queres matar-me. Como ousas divertir-te assim com a vida? Cumpre com o teu dever para comigo, e eu cumprirei o meu para contigo e o resto da humanidade. Se aceitares as minhas condições, deixarei a eles e a ti em paz; mas, se recusares, vou empanturrar-me com a morte, até saciar-me com o sangue dos amigos que ainda te restam.

— Monstro odiado! És um demônio! As torturas do inferno são uma vingança branda demais por teus crimes. Diabo desgraçado! Censuras-me por ter-te criado. Vem, então, para que eu possa extinguir a centelha que tão irrefletidamente te concedi.

Minha ira não tinha limites; pulei sobre ele, impelido por todos os sentimentos que podem levar um ser a atentar contra a vida de outro.

Ele se esquivou com facilidade e disse:

— Calma! Suplico-te que me ouças antes de desafogares o ódio sobre a minha cabeça execrada. Já não sofri o bastante, para que procures agravar a minha miséria? A vida, embora possa ser só um acúmulo de angústias, me é cara, e vou defendê-la. Lembra-te, fizeste-me mais forte do que tu mesmo; minha estatura é superior à tua, minhas articulações são mais ágeis. Mas não vou cair na tentação de me opor a ti. Sou tua criatura e serei até gentil e dócil com meu senhor e rei natural se também fizeres a tua parte, a parte que me deves. Ah, Frankenstein, não sejas íntegro com todos os demais, só tripudiando sobre mim, a quem mais deves justiça e até clemência e afeto. Lembra-te de que sou tua criatura; devo ser teu Adão, mas sou antes o anjo caído, de quem tiraste a alegria sem que tivesse cometido nenhum crime. Em toda parte vejo contentamento, do qual só eu estou irrevogavelmente excluído. Eu era benevolente e bom; a desgraça transformou-me num demônio. Faze-me feliz, e tornarei a ser virtuoso.

— Fora daqui! Não quero mais ouvir-te. Não pode haver união entre mim e ti; somos inimigos. Vai embora, ou vamos medir forças numa luta em que um dos dois deve morrer.

— Como posso comover-te? Minhas súplicas não te farão olhar com simpatia para a tua criatura, que implora tua bondade e compaixão? Crê-me, Frankenstein, eu era bom; minha alma ardia de amor e de humanidade; mas não estou sozinho, miseravelmente sozinho? Tu, meu criador, me odeias; que esperança posso ter junto aos teus semelhantes, que nada me devem? Eles me rejeitam e odeiam. As montanhas desertas e as tristes geleiras são meu refúgio. Tenho perambulado por aqui há muitos dias; as cavernas de gelo, que só eu não temo, servem-me de morada, e a única que o homem não inveja. Saúdo estes céus desertos, pois são mais gentis comigo do que os teus semelhantes. Se a multidão dos humanos soubesse da minha existência, agiria como tu e se armaria para me destruir. Não hei de odiar, então, quem me abomina? Não vou render-me aos meus inimigos. Sou um desgraçado, e eles hão de compartilhar minha desgraça. E, no entanto, está em tuas mãos recompensar-me e livrá-los de um mal que só por tua culpa pode tornar-se tão grande, que não só tu e tua família, mas milhares de outros, serão tragados pelos turbilhões de tua ira. Tem compaixão de mim e não me desprezes. Ouve a minha história; quando a tiveres ouvido, abandona-me ou tem misericórdia de mim, pois julgarás o que mereço. Mas ouve-me. Aos culpados é permitido, pelas leis humanas, por mais sangrentas que sejam, falar em defesa própria antes de serem condenados. Ouve-me, Frankenstein. Acusas-me de assassinato e, no entanto, querias, de consciência satisfeita, destruir a tua própria criatura. Ah, seja louvada a eterna justiça do homem! Mas não te peço que me poupes; escuta-me e, em seguida, se puderes e se quiseres, destrói o trabalho de tuas mãos.

— Por que me fazes lembrar — retorqui — circunstâncias sobre as quais, se eu refletir, estremeço, de que fui infelizmente a origem e o autor? Maldito seja o dia, diabo odiado, em que viste pela primeira vez a luz! Malditas sejam (embora com isso me maldiga a mim mesmo) as mãos que te formaram! Tu me tornaste indizivelmente desgraçado. Não me deixaste o poder de julgar se sou ou não justo contigo. Fora daqui! Livra-me da visão da tua forma detestada.

— Assim te livro, meu criador — disse ele e colocou suas odiadas mãos diante dos meus olhos, as quais afastei de mim com violência —, assim te tiro uma visão que abominas. Não podes, porém, ouvir-me e dar-me a tua compaixão. Peço-te isto pelas virtudes que eu antes possuía. Ouve a minha história; é longa e estranha, e a temperatura deste lugar não é adequada a tuas finas sensações; vem à cabana no topo da montanha. O sol ainda vai alto no céu; antes que ele desça para se esconder atrás dos precipícios nevados e ilumine outro mundo, já terás ouvido a minha história e poderás tomar uma decisão. Está em tuas mãos decidir se deixarei para sempre a proximidade dos homens e levarei uma vida inofensiva ou me tornarei o flagelo de teus semelhantes e o autor de tua rápida ruína.

Ao dizer isso, ele seguiu adiante através do gelo; eu fui atrás. Meu coração estava aflito e não lhe respondi, mas, ao seguir em frente, ponderei os diversos argumentos de que ele se valera e resolvi pelo menos ouvir a sua história. Em parte, eu era impelido pela curiosidade, e a compaixão fez com que eu me decidisse. Até então supunha que ele era o assassino de meu irmão e buscava com impaciência que ele confirmasse ou negasse isso. Pela primeira vez, também senti quais eram os deveres do criador para com sua criatura, e que devia torná-lo feliz antes de me queixar de sua maldade. Esses motivos levaram-me a consentir ao seu pedido. Atravessamos, pois, o gelo e escalamos a rocha oposta. O ar estava frio, e começou a chover de novo; entramos na cabana, o demônio exultante, eu com o coração pesado e de ânimo abatido. Mas concordei em escutar, e, sentando-me junto ao fogo que meu odioso companheiro acendera, ele começou assim a sua narrativa.

❖

Capítulo 11

"É com grande dificuldade que me lembro da época original de meu ser; todos os acontecimentos daquele período me parecem confusos e indistintos. Uma estranha multiplicidade de sensações tomava conta de mim, e eu via, sentia, ouvia e cheirava ao mesmo tempo; e isso foi, de fato, muito antes de aprender a distinguir entre as operações de meus vários sentidos. Lembro-me de que gradualmente uma luz mais forte pressionou meus nervos e fui obrigado a fechar os olhos. A escuridão, então, me envolveu e perturbou, mas mal sentira isso, e já, ao abrir os olhos, como agora suponho, a luz de novo se derramou sobre mim. Caminhei e, creio, desci, mas agora sentia uma grande mudança em minhas sensações. Antes, corpos escuros e opacos me rodeavam, sem que eu pudesse ver ou tocar; mas agora achava que podia caminhar em liberdade, sem obstáculos que não pudesse ou superar, ou evitar. A luz tornava-se-me mais e mais opressiva, e como o calor me consumisse enquanto caminhava, procurei um lugar onde pudesse ter sombra. Era a floresta próxima a Ingolstadt; e ali me deitei ao lado de um riacho, para descansar, até que senti fome e sede. Isso me fez despertar de meu estado quase dormente, e comi algumas frutas que vi penduradas às árvores ou jogadas ao chão. Matei a sede no riacho e então, deitando-me, fui vencido pelo sono.

Estava escuro quando acordei; sentia frio e estava meio assustado, instintivamente, por me ver tão só. Antes de abandonar o teu apartamento, com uma sensação de frio, cobrira-me com alguns panos, que eram, porém, insuficientes para me proteger do sereno da noite. Eu era um pobre desgraçado, desamparado e miserável; nada sabia e nada podia distinguir; mas, como a sensação de dor me invadia de todos os lados, sentei-me e chorei.

Logo uma luz suave se filtrou pelo céu e me deu uma sensação de prazer. Ergui-me de um salto e vi uma figura radiante aparecer entre as árvores.[1] Observei-a, maravilhado. Movia-se devagar, mas iluminava o meu caminho, e saí de novo em busca de frutas. Ainda sentia frio quando, sob uma das árvores, encontrei uma enorme capa, com a qual me cobri, e me sentei no chão. Nenhuma ideia distinta ocupava a minha mente; tudo estava confuso. Sentia a luz, a fome, a sede e a escuridão; inúmeros sons soavam em meus ouvidos, e, de todos os lados, vários perfumes me saudavam; o único objeto que eu podia distinguir era a lua brilhante, e nela cravei meus olhos com prazer.

Passaram-se diversas mudanças de dia para noite, e o astro noturno diminuíra muito quando comecei a distinguir as minhas sensações umas das outras. Aos poucos vi nitidamente o riacho límpido que me abastecia de água e as árvores que me davam sombra com suas folhagens. Fiquei maravilhado ao descobrir que um som agradável, que muitas vezes saudara meus ouvidos, vinha da garganta de uns animaizinhos alados que com frequência haviam interceptado a luz diante dos meus olhos. Também comecei a observar, com maior precisão, as formas que me cercavam e a perceber os limites do teto radiante que me servia de dossel. Por vezes tentava imitar aqueles sons agradáveis dos pássaros, mas não conseguia. Por vezes queria exprimir as minhas sensações a meu modo, mas os sons desajeitados e inarticulados que emitia levavam-me, assustado, a calar-me de novo.

A lua desaparecera da noite e mais uma vez, com uma forma mais reduzida, se mostrava, enquanto eu permanecia na floresta. Minhas sensações a essa altura se tornaram distintas, e a minha mente recebia a cada dia novas ideias. Meus olhos acostumaram-se com a luz e a perceber os objetos em suas formas corretas; distinguia o inseto da planta e, aos poucos, uma planta da outra. Descobri que o pardal só emitia notas estridentes, ao passo que as do melro e do tordo eram doces e sedutoras.

Um dia em que sentia muito frio, achei uma fogueira que fora deixada por uns mendigos vagabundos e senti um prazer imenso com o calor que experimentei com ela. Em minha alegria, mergulhei a mão na brasa viva, mas logo a retirei com um grito de dor. Que estranho, pensei, que a mesma causa produza efeitos tão opostos! Examinei

[1] A lua. (N. do T.)

os materiais da fogueira e, para minha alegria, vi que fora feita de madeira. Rapidamente juntei uns galhos, mas estavam molhados e não podiam queimar. Fiquei aborrecido com isso e sentei-me calado, a observar o trabalho do fogo. A madeira molhada que pusera junto ao calor se secara e pegara fogo. Refleti sobre isso e, tocando os vários galhos, descobri a causa daquilo e tratei de juntar uma grande quantidade de madeira, que poderia secar e assim obter um grande suprimento de fogo. Quando veio a noite e trouxe consigo o sono, senti um grande medo de que a minha fogueira pudesse apagar-se. Cobri-a cuidadosamente com madeira e folhas secas e coloquei galhos secos sobre ela; e então, esticando a minha capa, deitei no chão e caí no sono.

Já amanhecera quando acordei, e a minha primeira preocupação foi verificar o que seria da fogueira. Descobri-a, e uma leve brisa logo lhe acendeu a chama. Observei aquilo e inventei um leque de ramos que acendia as brasas quando estavam quase extintas. Quando anoiteceu novamente, descobri, com prazer, que a fogueira, além de calor, também dava luz, e essa descoberta foi-me útil quanto ao alimento, pois percebi que alguns dos restos que os viajantes tinham deixado haviam sido assados, e seu sabor era muito melhor do que o das frutas que apanhava nas árvores. Tentei, portanto, preparar a minha comida do mesmo jeito, colocando-a sobre a brasa acesa. Descobri que as frutas se estragavam com essa operação, mas as nozes e as raízes ficavam bem melhores.

A comida, porém, começou a escassear, e muitas vezes passava o dia inteiro procurando em vão algumas bolotas para mitigar a agonia da fome. Quando percebi isso, resolvi deixar o lugar que até então habitara, para procurar outro onde as poucas necessidades que experimentava fossem mais facilmente satisfeitas. Nessa migração lamentei demais a perda do fogo que obtivera acidentalmente e não sabia como reproduzir. Examinei essa dificuldade durante longas horas, mas fui obrigado a abandonar todas as tentativas de resolver o problema, e, enrolando-me em minha capa, enveredei pelo bosque na direção do poente. Passei três dias nessas andanças e por fim descobri o descampado. Caíra uma forte nevasca na noite anterior, e os campos eram de uma brancura uniforme; a aparência era desoladora, e vi meus pés enregelados pela substância úmida e fria que cobria o chão.

Eram quase sete da manhã, e eu queria obter comida e abrigo; finalmente percebi uma pequena cabana, num plano elevado, que sem dúvida fora construída para conveniência de algum pastor. Aquela era uma visão nova para mim, e examinei a estrutura com muita curiosidade. Ao encontrar a porta aberta, entrei. Um velho estava sentado junto à lareira, sobre a qual estava preparando seu desjejum. Voltou-se ao ouvir barulho; ao me perceber, soltou um berro e, deixando a cabana, saiu correndo pelos campos numa velocidade de que seu corpo debilitado dificilmente pareceria capaz. Sua aparência, diferente de tudo o que eu havia visto antes, e sua fuga surpreenderam-me bastante. Mas fiquei encantado com a aparência da cabana; aqui a neve e a chuva não podiam penetrar; o chão estava seco; e me pareceu então um abrigo tão fino e divino quanto Pandemonium parecera aos demônios do inferno depois de sofrerem no lago de fogo. Devorei vorazmente os restos do desjejum do pastor, composto de pão, queijo, leite e vinho; deste último, porém, não gostei. Em seguida, vencido pelo cansaço, deitei-me sobre a palha e dormi.

Já era meio-dia quando acordei e, fascinado pelo calor do sol, que brilhava no solo branco, resolvi recomeçar minhas viagens; e, depositando os restos do desjejum do camponês numa sacola que encontrei, avancei pelos campos durante muitas horas, até que ao pôr do sol cheguei a uma aldeia. Como aquilo me pareceu milagroso! As cabanas, os chalés limpíssimos e as casas imponentes conquistaram a minha admiração, umas após outras. Os legumes nos jardins, o leite e o queijo que vi colocados à janela de alguns chalés abriram o meu apetite. Entrei num dos mais belos deles, mas mal tinha colocado o pé dentro da casa, e as crianças começaram a berrar, e uma das mulheres desmaiou. A aldeia inteira alvoroçou-se; alguns fugiram, outros me atacaram, até que, cruelmente machucado por pedras e muitos outros tipos de projéteis, fugi para o descampado e, amedrontado, refugiei-me num galpão baixo, totalmente despojado, e com uma aparência deplorável depois dos palácios que vira na aldeia. Esse galpão, porém, dava para um chalé de aparência asseada e agradável, mas depois da minha última experiência, pela qual pagara tão caro, não ousei entrar. Meu lugar de refúgio era construído de madeira, mas era tão baixo que ali mal podia sentar-me com a postura ereta. Nenhuma madeira, porém, fora colocada sobre a terra que formava o piso, mas estava seca; e, embora o vento penetrasse por inúmeras fendas, achei-o um abrigo agradável contra a neve e a chuva.

Refugiei-me, então, ali e me deitei feliz por ter achado abrigo, ainda que miserável, contra a inclemência da estação e mais ainda contra a barbárie do homem. Assim que raiou o dia, saí do barraco, para poder ver o chalé adjacente e descobrir se podia permanecer na habitação que encontrara. Ela ficava junto à parte de trás do chalé e era rodeada, nos lados expostos, por um chiqueiro e por um tanque de águas claras. Uma parte estava aberta, e fora por ela que eu havia entrado; mas agora cobri cada fenda, por onde pudesse ser percebido, com pedras e paus, mas de maneira que os pudesse mover para sair; toda a luz de que gozava vinha do chiqueiro, e aquilo era o suficiente para mim.

Tendo assim arrumado e acarpetado com palha limpa a minha morada, pus-me lá dentro, pois vi a distância a figura de um homem e me lembrava bem demais do tratamento que recebera na noite anterior para expor-me à sua vista. Antes, porém, havia providenciado o meu sustento do dia com pão preto, que roubara, e uma taça com a qual podia beber, melhor do que só com as mãos, da água pura que corria perto do meu abrigo. O solo era um pouco elevado e assim se mantinha perfeitamente seco e, por sua proximidade da chaminé do chalé, se conservava razoavelmente quente.

Estando assim equipado, resolvi morar naquele galpão até acontecer alguma coisa que pudesse mudar a minha decisão. Era, sem dúvida, um paraíso em comparação com a floresta deserta, minha residência anterior, os galhos de onde pingava a chuva e a terra escura. Comi com prazer o desjejum e estava prestes a remover uma tábua para obter um pouco de água quando ouvi passos e, olhando por uma pequena fenda, vi passar diante do galpão uma criatura jovem, com um balde sobre a cabeça. A moça era de porte gentil, ao contrário das moradoras dos chalés e das criadas com quem me deparara até então. Estava malvestida, porém; uma saia azul de pano rústico e um casaco de linho compunham a sua única vestimenta; seus cabelos loiros estavam trançados, porém sem adornos: parecia resignada, mas triste. Perdi-a de vista, e cerca de 15 minutos depois ela voltou carregando o balde, agora quase cheio de leite. Enquanto ela caminhava com dificuldade por causa do peso, encontrou-a um rapaz cujo rosto exprimia um desalento mais profundo. Pronunciando alguns sons com um ar melancólico, pegou o balde da cabeça dela e o levou até o chalé. Ela o seguiu, e ambos desapareceram. Depois vi de novo o rapaz, com ferramentas nas mãos, atravessar o campo atrás do chalé; e a menina também estava ocupada, ora na casa, ora no jardim.

Ao examinar a minha cabana, descobri que uma das janelas do chalé antes ocupara uma parte dela, mas as vidraças haviam sido substituídas por tábuas. Numa delas havia uma minúscula e quase imperceptível fenda, através da qual os olhos mal podiam espreitar.

Por essa fissura se podia ver uma salinha, caiada e limpa, mas de mobiliário muito pobre. Num canto, perto de uma lareirinha, estava sentado um velho, com a cabeça apoiada nas mãos, numa postura desconsolada. A mocinha estava ocupada em arrumar o chalé; mas então tirou algo de uma gaveta, o que ocupou as suas mãos, e se sentou ao lado do velho, que, pegando um instrumento, começou a tocar e a produzir sons mais doces do que a voz do tordo ou do rouxinol. Era uma linda imagem, mesmo para mim, pobre desgraçado que nunca havia visto nada de belo antes. Os cabelos prateados e a expressão bondosa do velho morador do chalé conquistaram a minha reverência, enquanto as maneiras gentis da menina excitaram o meu amor. Ele tocou uma ária doce e triste que vi fazer rolarem lágrimas dos olhos de sua adorável companheira, o que não foi percebido pelo velho, até que os soluços dela se tornassem audíveis; ele, então, pronunciou alguns sons, e a loirinha, abandonando o trabalho, ajoelhou-se a seus pés. Ele a ergueu e sorriu com tal bondade e afeto que experimentei sensações de uma natureza estranha e poderosíssima; eram uma mistura de dor e prazer, como eu nunca experimentara antes, nem com a fome, nem com o frio, com calor ou com alimento; e me afastei da janela, incapaz de suportar essas emoções.

Logo em seguida, o rapaz voltou, trazendo nos ombros um fardo de lenha. A menina foi encontrá-lo à porta, ajudou a descarregar o fardo e, levando um pouco do combustível para dentro do chalé, lançou-o na lareira; então ela e o rapaz se afastaram até um canto, e ele lhe mostrou um pão grande e um pedaço de queijo. Ela pareceu contente e foi até o jardim pegar algumas raízes e plantas, que colocou na água e em seguida sobre o fogo. Depois disso continuou o seu trabalho, enquanto o rapaz foi ao jardim, onde parecia muito ocupado cavando e extraindo raízes. Depois de se entregar a esse labor por cerca de uma hora, a mocinha foi até ele, e entraram juntos no chalé.

Nesse meio tempo, o velho ficara pensativo, mas ao aparecerem seus companheiros assumiu um ar mais alegre, e se sentaram para comer. A refeição foi rápida. A mocinha tratou de arrumar de novo o chalé, o velho caminhou ao sol por alguns minutos, apoiado ao braço do rapaz. Nada podia superar em beleza o contraste entre aquelas duas excelentes criaturas. Um era velho, com cabelos prateados e um rosto que brilhava de bondade e amor; o mais jovem tinha a figura esbelta e graciosa, e seus traços tinham a mais fina simetria, embora os olhos e a atitude exprimissem profunda tristeza e abatimento. O velho voltou ao chalé, e o jovem, com ferramentas diferentes das que usara pela manhã, caminhou através dos campos.

Logo anoiteceu, mas, para meu grande espanto, descobri que os habitantes do chalé dispunham de um meio de prolongar a luz com o uso de velas e fiquei maravilhado em descobrir que o pôr do sol não punha um ponto-final no prazer que sentira em observar meus vizinhos humanos. À noite, a mocinha e seu companheiro executaram vários trabalhos que eu não entendi; e o velho mais uma vez pegou o instrumento que produzira os divinos sons que me haviam encantado pela manhã. Assim que terminou, o jovem começou, não a tocar, mas a emitir sons monótonos, que não se pareciam nem com a harmonia do instrumento do ancião, nem com os cantos dos pássaros; mais tarde descobri que ele lia em voz alta, mas na época nada sabia da ciência das palavras e das letras.

Depois de ter-se assim ocupado por um breve período, a família apagou as luzes e se retirou, como supus, para descansar."

❖

Capítulo 12

"Deitei-me sobre a palha, mas não consegui dormir. Pensei no que acontecera durante o dia. O que mais me impressionou foram as maneiras gentis daquela gente, e eu ansiava por conhecê-los, mas não ousava. Lembrava-me bem demais do tratamento que, na noite anterior, recebera dos bárbaros aldeãos e resolvi, fosse qual fosse o comportamento que achasse melhor adotar dali para a frente, que por enquanto permaneceria quieto no galpão, observando e tentando descobrir os motivos que influenciavam seus atos.

Os moradores do chalé levantaram-se no dia seguinte antes do nascer do sol. A mocinha arrumou o chalé e preparou a comida, e o rapaz saiu depois do desjejum.

Esse dia passou-se na mesma rotina do anterior. O rapaz esteve constantemente ocupado fora de casa, e a menina em diversas ocupações dentro. O velho, que logo percebi ser cego, passava as horas de lazer com seu instrumento ou em contemplação. Não podia ser maior o amor e o respeito que os jovens do chalé demonstravam pelo seu venerável companheiro. Realizavam com gentileza todas as pequenas tarefas de afeto e dever para com ele, que os recompensava com seus sorrisos bondosos.

Não eram completamente felizes. O rapaz e sua companheira muitas vezes iam para um canto e pareciam chorar. Não via causa para aquela infelicidade, mas me comovia muito com ela. Se criaturas tão adoráveis eram infelizes, era menos estranho que eu, um ser imperfeito e solitário, fosse desgraçado. Mas por que seriam infelizes aqueles seres tão gentis? Possuíam uma linda casa (pois assim era aos meus olhos) e todos os luxos; tinham um fogo para aquecer-se e deliciosas carnes quando tinham fome; vestiam excelentes roupas; e, o que é mais importante, gozavam da companhia e da conversação uns dos outros, trocando a cada dia olhares de afeto e delicadeza. Que significavam aquelas lágrimas? Será mesmo que exprimiam dor? No começo, eu não era capaz de resolver essas questões, mas a atenção permanente e o tempo me explicaram muitas aparências que inicialmente haviam sido enigmáticas.

Passou-se um tempo considerável até que eu descobrisse que uma das causas das apreensões daquela adorável família era a pobreza e que eles sofriam desse mal em grau muito aflitivo. Sua alimentação consistia inteiramente de legumes da horta e leite de uma vaca que dava muito pouco no inverno, quando seus donos mal lhe podiam dar comida para sustentá-la. Creio que muitas vezes eles sofreram de modo muito agudo as angústias da fome, em especial os dois moradores mais jovens do chalé, pois várias vezes colocaram comida diante do velho quando não haviam reservado nenhuma para si mesmos.

Esse gesto de bondade muito me comoveu. Acostumara-me a roubar durante a noite parte das suas provisões para o meu próprio consumo, mas quando descobri que, ao fazer aquilo, causava sofrimento aos moradores do chalé, abstive-me e contentei-me com frutas, castanhas e raízes que colhia num bosque vizinho.

Descobri também outro modo de ajudá-los em seus trabalhos. Vi que o rapaz passava grande parte do dia juntando madeira para a lareira da família, e durante a noite eu muitas vezes pegava suas ferramentas, cujo emprego logo descobri, e trazia para a casa lenha suficiente para o consumo de muitos dias.

Lembro que, a primeira vez que fiz isso, a menina, quando abriu a porta de manhã, pareceu muito espantada de ver uma grande pilha de madeira do lado de fora. Pronunciou algumas palavras em voz alta, e o rapaz se juntou a ela, também surpreso. Observei com prazer que ele não foi à floresta aquele dia, mas passou-o reparando o chalé e cultivando a horta.

Aos poucos fiz uma descoberta de importância ainda maior. Descobri que aquela gente dispunha de um método de comunicar experiências e sentimentos uns aos outros, por meio de sons articulados. Percebi que as palavras que diziam produziam ora prazer, ora dor, ora sorrisos, ora tristeza na mente e no rosto dos ouvintes. Essa era, sem dúvida, uma ciência divina, e desejei ardentemente aprendê-la. Mas fracassei em todas as tentativas que fiz nesse sentido. Sua pronúncia era rápida, e não tendo as palavras que diziam nenhuma conexão aparente com os objetos visíveis, eu não conseguia descobrir nenhuma pista para desvendar o mistério de sua referência. Com grande aplicação, porém, e depois de ter permanecido durante o espaço de muitas revoluções da lua em meu galpão, descobri os nomes de alguns dos mais familiares objetos de conversação; aprendi e apliquei as palavras 'fogo', 'leite', 'pão' e 'madeira'. Também aprendi os nomes dos moradores do chalé. O jovem e sua companheira tinham cada um diversos nomes, mas o velho tinha só um, que era 'pai'. A menina era chamada de 'irmã' ou 'Agatha', o rapaz de 'Felix', 'irmão' ou 'filho'. Foi indescritível o prazer que senti ao aprender as ideias apropriadas para cada um deles e ser capaz de pronunciá-los. Distingui diversas outras palavras, sem ser ainda capaz de entendê-las ou aplicá-las, como 'bom', 'caríssimo' ou 'infeliz'.

Passei assim o inverno. As maneiras gentis e a beleza dos moradores do chalé fizeram com que gostasse muito deles; quando estavam tristes, sentia-me deprimido; quando estavam alegres, compartilhava o seu júbilo. Vi poucos seres humanos ao lado deles, e, se acontecia de algum outro entrar no chalé, suas maneiras ríspidas e sua atitude grosseira só davam maior relevo à superioridade dos meus amigos. Pude perceber que o velho sempre se preocupava em encorajar os filhos, como vi que às vezes os chamava, para dissipar sua melancolia. Falava-lhes em tom alegre, com uma expressão de bondade que dava prazer até mesmo a mim. Agatha ouvia respeitosa, com os olhos às vezes cheios de lágrimas que ela tentava secar sem ser percebida; mas eu sempre achava que sua fisionomia e sua voz eram mais alegres depois de ter ouvido as exortações do pai. O mesmo não acontecia com Felix. Era sempre o mais triste do grupo e, até mesmo para os meus inexperientes sentidos, parecia ter sofrido mais profundamente do que seus familiares. Mas, se sua expressão era mais dolorosa, sua voz era mais alegre do que a da irmã, em especial quando se dirigia ao velho.

Poderia mencionar inúmeros casos que, embora singelos, ilustravam o temperamento daqueles amáveis moradores do chalé. Em meio à pobreza e à carência, Felix levou com prazer à irmã a primeira florzinha branca que brotou sobre o chão coberto de neve. De manhã cedo, antes que ela se levantasse, ele retirava a neve que obstruía o caminho dela até o curral, tirava água do poço e trazia madeira do barracão, que, para seu perpétuo espanto, encontrava sempre reabastecido por uma mão invisível. De dia, acho que às vezes ele trabalhava para um fazendeiro das vizinhanças, pois muitas vezes saía e só voltava para o jantar, sem trazer nenhuma madeira. Outras vezes, trabalhava na horta, mas, como pouco havia a fazer na estação gelada, lia para o velho e para Agatha.

Essa leitura confundira-me extremamente no começo, mas aos poucos descobri que ele pronunciava muitos sons que eram os mesmos quando lia e quando falava. Supus, portanto, que ele encontrasse no papel sinais para a fala, sinais que ele compreendia e que desejei ardentemente compreender também; mas como era possível, se eu nem sequer entendia os sons para os quais eles serviam de signos? Fiz, porém, progressos consideráveis nessa ciência, mas não o suficiente para acompanhar todo tipo de conversa, embora me aplicasse com toda a minha inteligência nesse esforço, pois percebia com facilidade que, embora ansiasse profundamente por revelar-me aos moradores do chalé, não devia fazer a tentativa sem antes dominar sua língua, um conhecimento que poderia permitir-me fazê-los deixar de lado a deformidade de minha figura, pois também disso o contraste sempre presente aos meus olhos me fizera consciente.

Eu admirara as formas perfeitas de meus vizinhos — sua graça, beleza e pele delicada; mas como me apavorei quando vi a mim mesmo numa poça transparente! Primeiro dei um salto para trás, incapaz de acreditar que aquilo refletido no espelho fosse realmente eu; e, quando me convenci plenamente de que eu era de fato o monstro que sou, enchi-me das mais amargas sensações de desânimo e mortificação. Pobre de mim! Ainda não conhecia todos os efeitos fatais desta miserável deformidade!

Conforme o sol se tornava mais quente, e a luz do dia, mais longa, a neve desapareceu, e vi as árvores nuas e a terra negra. A partir daí, Felix esteve mais ocupado, e as comoventes indicações de fome iminente também desapareceram. A alimentação deles, como mais tarde verifiquei, era ordinária, mas sadia, e eles a obtinham em boa quantidade. Diversos novos tipos de plantas nasceram na horta que eles cultivavam; e esses sinais de conforto eram cada vez mais numerosos à medida que a estação avançava.

O velho, apoiado no filho, fazia todos os dias uma caminhada ao meio-dia, quando não chovia, como descobri que se dizia quando o céu derramava suas águas. Isso acontecia com frequência, mas um vento alto logo secava a terra, e a estação se tornou muito mais agradável do que antes.

Meu modo de vida no galpão era sempre o mesmo. De manhã, acompanhava os movimentos de meus vizinhos e, quando eles se dispersavam em diferentes ocupações, eu dormia; o resto do dia eu passava observando meus amigos. Depois que se retiravam para repousar, se houvesse luar ou fosse uma noite estrelada, ia aos bosques e colhia minha própria comida e lenha para o chalé. Quando voltava, tantas vezes quantas necessário, tirava a neve do caminho e fazia os trabalhos que vi serem feitos por Felix. Mais tarde descobri que esses serviços, prestados por uma invisível mão, muito os espantava; e uma ou duas vezes os ouvi, nessas ocasiões, pronunciar as palavras 'bons espíritos' e 'maravilhoso'; mas eu não entendia o significado dessas expressões.

Meus pensamentos tornaram-se então mais ativos, e ansiava por descobrir as intenções e os sentimentos daquelas criaturas adoráveis; estava louco para saber por que Felix parecia tão desolado e Agatha, tão triste. Pensei (estúpido desgraçado!) que podia estar em meu poder trazer de volta a felicidade àquelas pessoas tão dignas dela. Quando dormia ou estava ausente, os vultos do venerável pai cego, da gentil Agatha e do excelente Felix pairavam à minha frente. Eu os considerava seres superiores, que seriam os árbitros de meu futuro destino. Formei na imaginação mil cenas em que me apresentava a eles, e eles me recebiam. Imaginei que sentiriam repulsa, até que, pelo meu comportamento gentil e por minhas palavras conciliadoras, conseguisse primeiro conquistar seu favor e depois o seu amor.

Tais pensamentos me animavam e me levavam a me empenhar com novo afinco na aquisição da arte da linguagem. Meus órgãos eram, sem dúvida, desarmoniosos, mas ágeis; e, embora a minha voz fosse muito diferente da doce música da deles, eu pronunciava com razoável facilidade as palavras que compreendia. Era como o asno e o cãozinho de estimação; certamente o gentil asno, cujas intenções eram cheias de afeto, embora suas maneiras fossem grosseiras, merecia um tratamento melhor do que pancadas e ódio.

Os agradáveis aguaceiros e o revigorante calor da primavera mudaram em muito o aspecto da terra. Homens que antes da mudança pareciam ter-se escondido em cavernas espalhavam-se e eram empregados em diversas artes de cultivo. Os pássaros cantavam com notas mais alegres, e as folhas começaram a nascer nas árvores. Felicíssima terra! Morada apropriada para deuses, que, há tão pouco tempo, estava nua, úmida e insalubre. Sentia-me bem-disposto pela encantadora aparência da natureza; o passado apagara-se de minha memória, o presente era tranquilo e o futuro, iluminado pelos brilhantes raios de esperança e perspectivas de felicidade."

Capítulo 13

"Apresso-me agora a chegar à parte mais emocionante da minha história. Vou narrar acontecimentos que me marcaram com sentimentos que, do que eu fora, me transformaram no que sou.

A primavera avançava rapidamente; o tempo tornara-se excelente, e o céu, sem nuvens. Surpreendeu-me que o que antes era deserto e sombrio agora vicejava com as mais belas flores e plantas. Tudo era gratificante e refrescante aos meus sentidos, com mil perfumes de prazer e mil visões de beleza.

Foi num desses dias, quando meus vizinhos descansavam periodicamente do trabalho — o velho tocava seu violão, e os filhos o ouviam —, que observei que a fisionomia de Felix estava indizivelmente melancólica; suspirava sem parar. Seu pai parou de tocar, e supus por seu comportamento que perguntava sobre a causa da tristeza do filho. Felix respondeu num tom alegre, e o velho estava recomeçando a tocar quando alguém bateu à porta.

Era uma dama a cavalo, acompanhada por um camponês que lhe servia de guia. A dama vestia um conjunto escuro e estava coberta por um espesso véu negro. Agatha fez uma pergunta, à qual a desconhecida respondeu pronunciando apenas o nome de Felix. Sua voz era musical, mas diferente da de todos os meus amigos. Ao ouvir aquela palavra, Felix correu até a dama, que, ao vê-lo, ergueu o véu, e pude ver um rosto de angélica beleza e expressão. Seus cabelos eram de um negro brilhante e profundo e curiosamente trançados; seus olhos eram escuros, mas gentis, embora vivazes; suas feições, de proporção regular, e sua pele, maravilhosamente clara, com as faces tingidas de um adorável rosa.

Felix parecia cheio de entusiasmo ao vê-la, todos os traços de angústia desapareceram de seu rosto, e de imediato exprimiu um grau de júbilo extático, de que dificilmente o julgara capaz; seus olhos brilhavam, enquanto suas faces coravam de prazer; e nesse momento o julguei tão belo quanto a desconhecida. Ela parecia aflita por diferentes sentimentos; limpando as lágrimas de seus lindos olhos, estendeu a mão para ele, que a beijou extasiado e a chamou, pelo que pude entender, de 'sua doce árabe'. Ela pareceu não compreendê--lo, mas sorriu. Ele a ajudou a apear e, despedindo o guia, levou-a para dentro do chalé. Foram trocadas algumas palavras entre ele e o pai, e a jovem desconhecida ajoelhou-se aos pés do velho, querendo beijar-lhe a mão, mas ele a ergueu e a abraçou carinhosamente.

Logo percebi que, embora a desconhecida emitisse sons articulados e parecesse ter sua própria língua, não era entendida pelos meus vizinhos nem tampouco os entendia. Eles fizeram vários sinais que não compreendi, mas vi que a presença dela trouxe alegria ao chalé, dispersando a tristeza como o sol dissipa a neblina matinal. Felix parecia especialmente feliz e, com sorrisos de satisfação, deu as boas-vindas à sua árabe. Agatha, a sempre gentil Agatha, beijou as mãos da adorável desconhecida e, apontando para o irmão, fez sinais que indicavam que ele estivera triste até a sua chegada. Passaram-se assim algumas horas, enquanto eles, por suas fisionomias, demonstravam uma alegria cuja causa não compreendi. Descobri, então, pela frequente recorrência de alguns sons que a desconhecida repetia após eles, que ela estava tentando aprender a língua deles; e imediatamente me ocorreu a ideia de que devia valer-me das mesmas instruções, para o mesmo fim. A desconhecida aprendeu cerca de 20 palavras na primeira lição, em sua maioria, de fato, aquelas que eu já havia compreendido, mas tirei proveito das outras.

Quando caiu a noite, Agatha e a árabe foram deitar cedo. Ao se separarem, Felix beijou a mão da desconhecida e disse: 'Boa noite, doce Safie'. Ficou acordado até muito mais tarde, conversando com o pai, e pela frequente repetição do nome dela supus que a linda hóspede era o assunto da conversa. Desejava ardentemente entendê-los e me vali de todas as faculdades nesse sentido, mas foi completamente impossível.

Na manhã seguinte, Felix saiu para trabalhar, e, depois de terminadas as ocupações habituais de Agatha, a árabe sentou-se aos pés do velho e, tomando o seu violão, tocou algumas canções tão extasiantemente belas que tiraram dos meus olhos lágrimas ao mesmo tempo de tristeza e de alegria. Ela cantava, e sua voz fluía numa cadência rica, crescendo ou esmorecendo como um rouxinol dos bosques.

Ao terminar, deu o violão a Agatha, que a princípio o recusou. Tocou uma canção simples, e sua voz a acompanhou com acentos suaves, mas diferentes do maravilhoso canto da desconhecida. O velho parecia extasiado e disse algumas palavras que Agatha tentou explicar a Safie e com as quais ele parecia querer exprimir que com sua música lhe proporcionara grande prazer.

Agora os dias se passavam tão tranquilos como antes, com a única diferença de que a alegria tomara o lugar da tristeza nos rostos de meus amigos. Safie estava sempre contente e feliz; ela e eu fizemos rápidos progressos no conhecimento do idioma, e assim em dois meses comecei a compreender a maioria das palavras pronunciadas por meus protetores.

Nesse meio tempo, também o chão escuro se cobriu de ervas, e as encostas verdejantes se cobriram de um sem-número de flores, doces ao olfato e aos olhos, estrelas de pálida radiação entre os bosques enluarados; o sol tornou-se mais quente; as noites, claras e refrescantes; e minhas caminhadas noturnas eram extremamente prazerosas para mim, embora tivessem sido consideravelmente abreviadas pelo pôr do sol tardio e o amanhecer precoce, pois eu nunca me arriscava a sair à luz do dia, temeroso de receber o mesmo tratamento dispensado na primeira aldeia onde entrei.

Eu passava os dias em constante atenção, para poder dominar mais rapidamente o idioma; e posso gabar-me de ter progredido mais depressa que a árabe, que entendia muito pouco e conversava com forte sotaque, ao passo que eu compreendia e podia imitar quase todas as palavras que eram pronunciadas.

Enquanto aperfeiçoava a minha fala, também aprendia a ciência das letras, tal como era ensinada à desconhecida, e isso me abria um amplo espaço para o espanto e o prazer.

O livro com o qual Felix instruía Safie era *Ruínas dos impérios*, de Volney.[1] Eu não teria entendido o teor do livro se Felix, ao lê-lo, não

[1] Obra de Constantin-François Chassebœuf, Conde de Volney (1757-1820), filósofo e historiador liberal francês, publicada em 1791. (N. do T.)

o tivesse explicado minuciosamente. Disse que escolhera aquela obra porque o estilo declamatório imitava os autores orientais. Com aquela obra obtive um conhecimento superficial da História e uma visão geral dos diversos impérios atualmente existentes no mundo; ele me deu uma noção dos costumes, dos governos e das religiões das diferentes nações da terra. Conheci os indolentes asiáticos, a atividade mental e o gênio estupendo dos gregos, as guerras e a maravilhosa virtude dos primeiros romanos — e sua posterior decadência —, o declínio daquele poderoso império, a cavalaria, a Cristandade e os reis. Soube da descoberta do hemisfério americano e chorei com Safie sobre o trágico destino de seus primeiros habitantes.

Essas narrativas maravilhosas me inspiraram estranhos sentimentos. Seria o homem tão poderoso, tão virtuoso e magnífico, mas também tão mau e vil? Ora ele parecia um mero rebento do princípio do mal; ora tudo o que se pode imaginar de nobre e santo. Ser um grande homem, cheio de virtude, parecia a mais alta honra que um ser sensível possa alcançar; ser vil e mau, como muitos o foram na História, parecia a pior degradação, uma condição mais abjeta que a da cega toupeira ou do inofensivo verme. Por muito tempo, não conseguia entender como um homem podia chegar a matar seu semelhante ou mesmo por que havia leis e governos; mas, quando ouvi pormenores do vício e das carnificinas, minha admiração cessou, e eu me afastei com repulsa e pesar.

Toda conversa entre os moradores do chalé agora era motivo para novos espantos. Enquanto ouvia as instruções que Felix dava à árabe, era-me explicado o estranho sistema da sociedade humana. Fui informado sobre a divisão da propriedade, da imensa riqueza e da sórdida pobreza, da condição social, da linhagem e do sangue nobre.

As palavras levaram-me a voltar-me sobre mim mesmo. Aprendi que as posses mais estimadas por nossos semelhantes eram uma linhagem alta e impoluta, unida à riqueza. Um homem pode ser respeitado só com uma dessas vantagens, mas sem nenhuma é considerado, com raras exceções, um vagabundo e um escravo, fadado a gastar suas capacidades em proveito de uns poucos eleitos! E eu, que era? De minha criação e de meu criador, era absolutamente ignorante, mas sabia que não tinha dinheiro, nem amigos, nem propriedades. Além disso, era dotado de uma figura medonhamente deformada e asquerosa; não tinha sequer a mesma natureza que o homem. Era mais ágil do que eles e podia subsistir com uma dieta mais rudimentar; suportava o calor e o frio extremos sem maiores danos ao meu corpo; minha estatura excedia a deles. Quando olhava ao meu redor, não via nem ouvia ninguém como eu. Era, então, um monstro, uma aberração da terra, de que todos os homens fugiam e que todos os homens renegavam?

Não posso descrever-lhe a agonia que essas reflexões provocaram em mim; tentei livrar-me dela, mas quanto mais aprendia, maior era a angústia. Ah, tivesse eu permanecido em meu bosque natal, sem nada conhecer nem sentir além das sensações de fome, sede e calor!

Que estranha é a natureza do conhecimento! Gruda-se à mente quando o adquirimos como o líquen à rocha. Às vezes desejava livrar-me de todos os pensamentos e sentimentos, mas aprendi que só havia um modo de superar a sensação de dor: a morte, um estado que eu temia, embora não entendesse. Admirava a virtude e os bons sentimentos e amava as maneiras gentis e as excelentes qualidades dos meus vizinhos, mas era impedido de me relacionar com eles, salvo por meios furtivos, quando não era visto nem conhecido, o que aumentava mais do que satisfazia o desejo que eu tinha de me unir aos meus companheiros. As palavras gentis de Agatha e os sorrisos espirituosos da encantadora árabe não eram para mim. As brandas exortações do ancião e a animada conversação do querido Felix não eram para mim. Miserável, infeliz desgraçado!

Outras lições gravavam-se em mim ainda mais profundamente. Ouvi falar da diferença dos sexos e do nascimento e do crescimento das crianças, de como o pai se encantava com os sorrisos do bebê, das coisas engraçadas que as crianças mais velhas diziam, de como toda a vida e todas as preocupações da mãe se resumiam ao fardo precioso, de como a mente do jovem se expandia e adquiria conhecimentos, do irmão, da irmã e de todos os parentescos que ligam um ser humano aos outros, em laços recíprocos.

Mas onde estavam meus amigos e parentes? Nenhum pai cuidara de mim quando bebê, nenhuma mãe me abençoara com sorrisos e carinhos; ou se o fizeram, toda a minha vida era agora um borrão, um vazio cego em que eu nada enxergava. Desde as minhas mais antigas lembranças, sempre tivera a mesma altura e proporção. Ainda não havia visto nenhum ser como eu ou que quisesse relacionar-se comigo. Que era eu? A pergunta voltava mais uma vez, para ser respondida só por gemidos.

Logo explicarei a que tendiam esses sentimentos, mas permita-me voltar agora aos moradores do chalé, cuja história provocava em mim tão variados sentimentos de indignação, prazer e admiração, mas que terminavam todos em mais amor e reverência por meus protetores (pois assim eu gostava de chamá-los, numa maneira inocente e um tanto dolorosa de iludir-me a mim mesmo).”

❖

Capítulo 14

"Demorou certo tempo para que eu entendesse a história dos meus amigos. Ela era tal que não podia deixar de se gravar fundo em minha mente, revelando um sem-número de circunstâncias interessantes e maravilhosas para alguém tão inexperiente como eu.

O nome do ancião era De Lacey. Descendia de uma boa família da França, onde vivera durante muitos anos na abastança, respeitado pelos superiores e benquisto pelos pares. Seu filho fora educado para servir a pátria, e Agatha tivera a mesma condição social de damas da mais alta distinção. Alguns meses antes de minha chegada, viviam numa grande e luxuosa cidade chamada Paris, rodeados de amigos e gozando de todos os prazeres que a virtude, o refinamento do intelecto ou o gosto, acompanhados por uma razoável fortuna, podiam proporcionar.

O pai de Safie fora a causa da ruína deles. Era um mercador turco e residira em Paris durante muitos anos, quando, por alguma razão que não consegui entender, se tornou intolerável para o governo. Foi capturado e preso no mesmo dia em que Safie chegava de Constantinopla para juntar-se a ele. Foi julgado e condenado à morte. A injustiça de sua sentença era mais do que flagrante; Paris inteira estava indignada; e julgava-se que sua religião e sua riqueza, mais do que o crime que lhe fora imputado, haviam sido a causa da condenação.

Por acaso, Felix estava presente ao julgamento; seu horror e sua indignação foram incontroláveis quando ouviu o veredicto do tribunal. Naquele momento, fez uma promessa solene de que o libertaria e em seguida procurou descobrir um modo de fazê-lo. Após muitas tentativas infrutíferas de ser admitido na prisão, descobriu uma janela com sólidas grelhas numa parte não vigiada do prédio. Essa janela iluminava a masmorra do infeliz maometano, que, pesadamente acorrentado, aguardava desesperado a execução da bárbara sentença. Felix visitou a grelha à noite e comunicou ao prisioneiro seus planos de fuga. O turco, surpreso e contente, tratou de atiçar o zelo de seu libertador com promessas de recompensas e riqueza. Felix rejeitou a oferta com desdém, mas, quando viu a linda Safie, que tinha permissão de visitar o pai e que por gestos exprimiu sua profunda gratidão, o jovem não pôde deixar de reconhecer consigo mesmo que o cativo possuía um tesouro que recompensaria plenamente seus esforços e os riscos que corria.

O turco logo percebeu a impressão que sua filha causara no coração de Felix e tratou de vinculá-lo mais estreitamente a seus interesses com a promessa de conceder-lhe a mão dela em casamento assim que fosse levado a um lugar seguro. Felix era delicado demais para aceitar a oferta, mas sonhava com a probabilidade do evento como a consumação de sua felicidade.

Nos dias seguintes, enquanto estavam em andamento os preparativos para a fuga do mercador, o empenho de Felix foi estimulado por várias cartas que recebeu daquela linda moça, que pôde exprimir seus pensamentos no idioma do namorado com a ajuda de um velho, um criado do seu pai que entendia francês. Ela lhe agradeceu nos termos mais ardentes pelo que planejava fazer com o pai e ao mesmo tempo deplorava delicadamente sua própria sorte.

Tenho cópias dessas cartas, pois consegui durante a minha permanência no galpão obter os instrumentos de escrita; e as cartas estavam sempre nas mãos de Felix ou Agatha. Antes de partir eu as dar-te-ei; provarão a veracidade da minha história; mas no momento, como o sol já declinou bastante, só terei tempo de te repetir o essencial delas.

Contava Safie que sua mãe era uma cristã árabe, capturada e escravizada pelos turcos; graças à beleza, conquistara o coração do pai de Safie, que se casara com ela. A moça falava com muito entusiasmo da mãe, que, tendo nascido livre, rejeitava a servidão a que estava agora reduzida. Ensinou à filha os dogmas de sua religião e como aspirar a mais altas capacidades intelectuais e a uma independência de espírito proibida às seguidoras femininas de Maomé. A dama morreu, mas suas lições gravaram-se indelevelmente na mente de Safie, a quem aborrecia a ideia de voltar à Ásia e ser enclausurada entre as paredes de um harém, com permissão apenas para se ocupar com diversões infantis, inadequadas à índole de sua alma, agora acostumada a ideias grandiosas e a uma nobre emulação da virtude. Fascinava-a a perspectiva de casar com um cristão e permanecer num país onde as mulheres podiam ter uma posição na sociedade.

O dia da execução do turco estava marcado, mas na noite anterior ele deixara a prisão e antes de amanhecer já estava a muitas léguas de distância de Paris. Felix conseguiu passaportes em nome do pai, da irmã e dele mesmo. Comunicou previamente o seu plano ao primeiro, que ajudou na armação saindo de casa, com o pretexto de uma viagem, e se escondeu com a filha num canto obscuro de Paris.

Felix conduziu os fugitivos através da França, até Lyon e através do monte Cenis até Livorno, onde o mercador decidira aguardar uma oportunidade favorável para ganhar algum ponto do território turco.

Safie resolveu permanecer com o pai até a partida dele, quando o turco renovou sua promessa de que ela se casaria com seu libertador; e Felix permaneceu com eles, na expectativa do evento; e nesse meio tempo ele desfrutou a companhia da árabe, que lhe dedicava o mais simples e terno afeto. Conversavam por intermédio de um intérprete e às vezes com a interpretação dos olhares; e Safie cantava para ele as divinas árias do seu país natal.

O turco permitia as intimidades entre eles e encorajava as esperanças dos jovens namorados, embora em seu coração tivesse planos muitos diferentes. Odiava a ideia de que sua filha se unisse a um cristão, mas temia o ressentimento de Felix se se mostrasse desinteressado, pois sabia que ainda estava em poder do seu libertador entregá-lo ao estado italiano em que residiam. Concebeu mil planos para prolongar a trapaça até que não fosse mais necessária e levasse secretamente a filha consigo ao partir. Seus planos foram facilitados pelas notícias que chegaram de Paris.

O governo da França estava furioso com a fuga da vítima e não poupou esforços para identificar e punir seu libertador. O plano de Felix logo foi descoberto, e De Lacey e Agatha foram presos. As notícias chegaram até Felix e o despertaram de seu sonho de delícias. Seu pai, cego e idoso, e sua gentil irmã jaziam numa fétida masmorra enquanto ele gozava do ar livre e da companhia daquela que amava. Essa ideia era uma tortura para ele. Apressou-se em combinar com o turco que se este último achasse uma boa oportunidade de fuga antes que Felix pudesse voltar à Itália, Safie deveria permanecer como hóspede de um convento em Livorno; e então, separando-se de sua linda árabe, correu para Paris e se entregou à vingança da lei, esperando com isso libertar De Lacey e Agatha.

Não foi bem-sucedido. Permaneceu preso durante cinco meses antes que houvesse um julgamento, cujo veredicto lhes confiscou a fortuna e os condenou ao exílio perpétuo do país natal.

Encontraram um miserável abrigo na Alemanha, naquele chalé, onde os descobri. Felix logo ficou sabendo que o traiçoeiro turco, por quem ele e sua família sofreram aquela opressão inaudita, ao descobrir que seu libertador estava assim reduzido à pobreza e à ruína, traiu os bons sentimentos e a honra e deixou a Itália com a filha, enviando a Felix, de maneira insultante, uma soma insignificante de dinheiro para ajudá-lo, segundo disse, a se manter dali em diante.

Foram esses os acontecimentos que consumiam o coração de Felix e o tornavam, quando o vi pela primeira vez, o mais miserável da família. Poderia ter suportado a pobreza, e uma vez que o seu infortúnio fora a recompensa da virtude, orgulhava-se dele; mas a ingratidão do turco e a perda de sua amada Safie eram desgraças mais amargas e irreparáveis. A chegada da árabe dera agora vida nova à sua alma.

Quando chegou a Livorno a notícia de que Felix perdera a fortuna e a posição social, o mercador ordenou à filha que esquecesse o namorado e se preparasse para voltar ao país natal. A natureza generosa de Safie sentiu-se ultrajada com aquela ordem; tentou discutir com o pai, mas ele, furioso, a deixou, reiterando sua tirânica injunção.

Poucos dias depois, o turco entrou nos aposentos da filha e lhe disse apressadamente que tinha razões para acreditar que sua permanência em Livorno fora descoberta e que logo seriam entregues ao governo francês; assim, tinha fretado um navio para levá-lo a Constantinopla, para onde deveria zarpar em poucas horas. Pretendia deixar a filha sob os cuidados de um criado de confiança, para seguir viagem quando lhe fosse oportuno, com a maior parte dos pertences dele, que ainda não chegara a Livorno.

Ao ficar sozinha, Safie elaborou interiormente o plano de ação que lhe convinha adotar naquela emergência. Morar na Turquia era-lhe odioso; sua religião e seus sentimentos eram igualmente avessos a isso. Por alguns papéis do pai que caíram entre suas mãos, soube do exílio do namorado e o nome do lugar onde ele passara a residir. Hesitou por algum tempo, mas por fim se decidiu. Levando consigo algumas joias que lhe pertenciam e certa quantia de dinheiro, deixou a Itália com uma acompanhante, nativa de Livorno, mas que entendia a língua comum da Turquia, e partiu para a Alemanha.

Chegou em segurança a uma cidade a cerca de 20 léguas do chalé de De Lacey, quando sua acompanhante ficou gravemente doente.

Safie cuidou dela com a mais atenciosa afeição, mas a pobre moça morreu, e a árabe ficou sozinha, sem conhecer a língua do país e completamente ignorante dos costumes do mundo. Caiu, porém, em boas mãos. A italiana mencionara o nome do lugar para onde se dirigiam, e depois de sua morte a mulher da casa em que haviam ficado tomou as providências necessárias para que ela chegasse em segurança ao chalé do namorado."

❖

Capítulo 15

"Essa era a história de meus queridos vizinhos. Ela muito me impressionou. Com as perspectivas sobre a vida social que ela abria, aprendi a admirar suas virtudes e a condenar os vícios da humanidade.

Como ainda considerava o crime um mal distante, a bondade e a generosidade estavam sempre presentes à minha frente, fortalecendo dentro de mim o desejo de tornar-me um ator no agitado palco onde tantas qualidades admiráveis eram convocadas e exibidas. Mas, ao narrar os progressos intelectuais, não devo omitir uma situação que ocorreu no começo do mês de agosto daquele mesmo ano.

Certa noite, durante minha costumeira visita ao bosque da vizinhança onde obtinha comida e trazia lenha para os meus protetores, encontrei no chão uma mala de couro com diversas peças de roupa e alguns livros. Apropriei-me avidamente do prêmio e voltei com ele ao galpão. Felizmente, os livros estavam escritos na língua cujos rudimentos aprendera no chalé; eram o *Paraíso perdido*,[1] um volume das *Vidas* de Plutarco[2] e *Os sofrimentos do jovem Werther*.[3] A posse desses tesouros encheu-me de alegria; passei a estudar e exercitar a minha mente continuamente com aquelas histórias, enquanto meus amigos se dedicavam a suas ocupações cotidianas.

---

[1] Poema épico do poeta inglês John Milton (1608-1674). (N. do T.)

[2] Historiador romano de origem grega (46-120 d.C.), autor das *Vidas paralelas*, um dos livros mais lidos na Europa durante vários séculos. (N. do T.)

[3] Romance do poeta alemão Johann Wolfgang von Goethe (1749-1832) publicado em 1774. (N. do T.)

É difícil descrever os efeitos desses livros. Suscitaram em mim uma infinidade de novas imagens e sentimentos, que às vezes me levavam ao êxtase, mas com maior frequência me faziam cair numa profunda depressão. *Em Os Sofrimentos do jovem Werther*, além do interesse de sua simples e comovente história, muitas opiniões são pintadas, e tantas luzes são lançadas sobre assuntos que até então haviam sido obscuros para mim que encontrei ali uma fonte inesgotável de especulação e espanto. As maneiras gentis e familiares que descreve, associadas aos sentimentos elevados, que tinham como objeto algo além de si mesmos, combinavam bem com a minha experiência entre os meus protetores e com as carências que estavam sempre vivas em meu peito. Mas julgava o próprio Werther um ser mais divino do que todos os que vira ou imaginara; seu personagem não tinha pretensões, mas era profundo. As considerações sobre a morte e o suicídio eram perfeitas para me encher de assombro. Não pretendia entrar no mérito do caso, mas inclinava-me para as opiniões do herói, cuja morte chorei, sem a entender precisamente.

Enquanto lia, porém, prestava muita atenção em meus próprios sentimentos e condição. Achava-me semelhante, mas ao mesmo tempo estranhamente diferente dos seres sobre os quais lia e daqueles cuja conversação escutava. Simpatizava com eles e em parte os entendia, mas eu era informe quanto à mente; não dependia de ninguém nem tinha parentesco com ninguém. 'O caminho de saída continuava livre', e não havia ninguém para lamentar minha aniquilação. Minha pessoa era odiosa, e minha estatura, gigantesca. Que significava isso? Quem era eu? Que era eu? De onde vinha? Qual era o meu destino? Essas perguntas sempre voltavam, mas eu não conseguia resolvê-las.

O volume das *Vidas* de Plutarco que eu possuía continha as histórias dos pais fundadores das repúblicas antigas. O livro teve sobre mim um efeito muito diferente de *Os sofrimentos do jovem Werther*. Aprendi o desalento e a tristeza com as imaginações de Werther, mas Plutarco me ensinou pensamentos elevados; ergueu-me acima da mesquinha esfera das minhas próprias reflexões, para admirar e amar os heróis dos tempos passados. Muita coisa que li ultrapassava meu entendimento e minha experiência. Tinha um conhecimento muito confuso dos reinos, amplos territórios, rios potentes e mares sem fim. Mas estava perfeitamente familiarizado com as cidades e as grandes multidões de homens. O chalé de meus protetores fora a única escola em que estudara a natureza humana, mas este livro desenvolvia novas e mais poderosas cenas de ação. Li a respeito de homens preocupados com a coisa pública, que governavam ou massacravam sua espécie. Senti erguer-se dentro de mim um grande fervor pela virtude e ódio ao vício, na medida em que compreendia o significado desses termos, relativos que eram, tal como eu os aplicava, apenas ao prazer e à dor. Induzido por tais sentimentos, era, é claro, levado a admirar os legisladores pacíficos, Numa, Sólon e Licurgo, de preferência a Rômulo e Teseu. A vida patriarcal dos meus protetores fazia que essas impressões se gravassem em minha mente; talvez, se a minha primeira introdução à humanidade tivesse sido feita por um jovem soldado, ardente de glória e massacre, eu me houvesse imbuído de sensações diferentes.

Mas o *Paraíso perdido* despertou emoções diferentes e muito mais profundas. Li-o, como os outros livros que caíram em minhas mãos, como uma história verídica. Ele moveu todos os sentimentos de maravilha e de assombro que a pintura de um Deus onipotente em guerra com as suas criaturas era capaz de despertar. Muitas vezes eu relacionava diversas situações, pois sua semelhança me impressionava, com as minhas próprias. Como Adão, eu aparentemente não estava unido por nenhum vínculo com qualquer outro ser existente; mas esse estado era muito diferente do meu sob todos os outros aspectos. Ele saiu das mãos de Deus como uma criatura perfeita, feliz e próspera, protegida pela atenção especial de seu Criador; era-lhe permitido conversar com seres de natureza superior e com eles adquirir conhecimento, mas eu era desgraçado, indefeso e solitário. Muitas vezes considerei Satã o melhor emblema da minha condição, pois não raro, tal qual ele, quando via a alegria de meus protetores, o amargo rancor da inveja se erguia dentro de mim.

Outra circunstância fortaleceu e confirmou esses sentimentos. Logo depois que cheguei ao galpão, descobri alguns papéis no bolso da roupa que trouxera do teu laboratório. Inicialmente, eu não lhes dera importância, mas agora que era capaz de decifrar os caracteres que neles estavam escritos, comecei a estudá-los com afinco. Era o teu diário dos quatro meses que antecederam a minha criação. Descrevias em minúcias naqueles papéis cada passo dado por ti no progresso do teu trabalho; a história estava misturada com narrativas domésticas. Sem dúvida te lembras desses papéis. Aqui estão eles. Neles está relatado tudo o que se refere à minha maldita origem; são expostos todos os pormenores daquela série de circunstâncias repulsivas que a produziram; é dada a mais minuciosa descrição da minha odiosa e repugnante pessoa, numa linguagem que pintava teus próprios horrores e tornava os meus indeléveis. Eu me pus doente ao ler isso. 'Maldito o dia em que recebi a vida!', exclamei em agonia. 'Maldito criador! Por que formaste um monstro tão medonho que até *tu* te afastaste enojado de mim? Deus misericordioso fez o homem belo e atraente, à Sua própria imagem; mas a minha forma é um simulacro nojento da tua, mais horrendo até pela própria semelhança. Satã tinha os diabos como companheiros, que o admiravam e encorajavam, mas eu sou solitário e abominado.'

Eram essas as reflexões dos meus momentos de abatimento e solidão; mas, quando eu contemplava as virtudes dos moradores do chalé, sua natureza amável e bondosa, convencia-me de que quando conhecessem minha admiração por suas virtudes teriam pena de mim e não dariam importância à minha deformação pessoal. Poderiam eles despedir de sua porta alguém que, ainda que monstruoso, solicitava sua compaixão e sua amizade? Resolvi, pelo menos, não me desesperar, mas preparar-me de todos os modos para uma entrevista com aqueles que decidiriam meu destino. Adiei essa tentativa por mais alguns meses, pois a importância que eu dava ao seu sucesso me inspirava terror à ideia de que podia falhar. Além disso, descobri que o meu entendimento melhorava tanto com a experiência cotidiana que não estava disposto a dar início à execução do meu projeto antes que mais alguns meses me tornassem ainda mais sagaz.

Entretanto, muitas mudanças ocorreram no chalé. A presença de Safie espalhou alegria entre os moradores, e também descobri que reinava ali um maior grau de fartura. Felix e Agatha gastavam mais tempo com diversões e conversas e eram auxiliados em seus trabalhos por servos. Não pareciam ricos, mas estavam contentes e felizes; seus sentimentos eram serenos e pacíficos, enquanto os meus eram a cada dia mais tumultuosos. O maior conhecimento só me revelara com maior clareza que infeliz pária eu era. Eu acalentava certa esperança, é bem verdade, mas ela desapareceu quando vi a minha pessoa refletida na água ou a minha sombra ao luar, mesmo como uma frágil imagem e uma sombra inconstante.

Tentei vencer aqueles temores e fortalecer-me para o julgamento a que em poucos meses resolvera submeter-me; e às vezes permitia que meus pensamentos, não refreados pela razão, perambulassem pelos campos do Paraíso e ousassem imaginar amáveis e graciosas criaturas que simpatizassem com meus sentimentos e alegrassem minha tristeza; seus rostos angelicais exalavam sorrisos de consolação. Mas tudo não passava de um sonho; nenhuma Eva abrandava meus sofrimentos nem compartilhava meus pensamentos; eu estava sozinho. Lembrei-me da súplica de Adão ao seu Criador. Mas onde estaria o meu? Ele me abandonara, e na amargura do meu coração amaldiçoei-o.

Assim se passou o outono. Vi com surpresa e dor as folhas murcharem e caírem, e a Natureza mais uma vez ganhar a estéril e deserta aparência de que se revestia quando vi pela primeira vez os bosques e a graciosa lua. Não dei, porém, atenção à desolação do tempo; por minha conformação, era mais apto a suportar o frio do que o calor. Mas meu maior prazer era a visão das flores, dos pássaros e de todo o alegre paramento do verão; quando eles me abandonaram, voltei-me com mais atenção para os moradores do chalé. Sua felicidade não diminuíra com a ausência do verão. Amavam-se e compreendiam-se uns aos outros; e suas alegrias, como dependiam uns dos outros, não eram interrompidas pelos acidentes que ocorriam ao seu redor. Quanto mais os via, maior se tornava o meu desejo de solicitar sua proteção e bondade; meu coração ansiava por ser conhecido e amado por aquelas gentis criaturas; ver seus doces olhares dirigidos para mim com afeição era o limite máximo da minha ambição. Não ousava pensar que se afastariam de mim com desdém e terror. Os pobres que batiam à sua porta jamais eram mandados embora. É verdade que eu pedia tesouros maiores do que um pouco de comida ou de repouso: eu queria bondade e simpatia; não me julgava totalmente indigno disso.

O inverno avançava, e ocorrera toda uma revolução de estações desde que eu despertara para a vida. Nessa época, toda a minha atenção estava voltada apenas para o meu plano de me introduzir na casa dos meus protetores. Fiz muitos projetos, mas aquele em que finalmente me detive foi o de entrar na casa quando o velho cego estivesse sozinho. Eu era sagaz o suficiente para descobrir que a extraordinária hediondez da minha pessoa fora o principal objeto de horror para aqueles que antes me haviam visto. Minha voz, embora estridente, nada tinha de horrível; pensei, pois, que se, na ausência de seus filhos, eu pudesse conquistar a boa vontade e a mediação do velho De Lacey, poderia assim ser tolerado por meus jovens protetores.

Um dia, quando o sol brilhava sobre as folhas vermelhas que se espalhavam pelo chão e propagava alegria, embora negasse calor, Safie, Agatha e Felix partiram para uma longa caminhada pelo campo, e o velho, a seu próprio pedido, foi deixado sozinho no chalé. Quando seus filhos partiram, ele pegou o violão e tocou várias árias tristes mas doces, mais doces e tristes do que tudo o que o ouvira tocar antes. No começo, seu rosto se iluminara de prazer, mas, à medida que ia prosseguindo, seu lugar foi ocupado pelo ensimesmamento e pela tristeza; por fim, deixando de lado o instrumento, entregou-se à reflexão.

Meu coração batia depressa; chegara a hora do julgamento, que decidiria as minhas esperanças ou realizaria os meus temores. Os criados haviam ido a uma feira nas redondezas. Tudo estava silencioso dentro e ao redor do chalé; era uma excelente oportunidade; quando, porém, comecei a pôr em execução o meu plano, minhas pernas me faltaram, e caí no chão. Mais uma vez me ergui e, reunindo toda a firmeza de que dispunha, removi as tábuas que eu colocara diante do meu galpão para camuflar o meu esconderijo. O ar fresco revigorou--me, e com renovada determinação aproximei-me da porta do chalé.

Bati. 'Quem está aí?', disse o velho. 'Entre.'

Entrei. 'Desculpe-me a intrusão', disse eu; 'sou um viajante que precisa de um pouco de repouso; o senhor me faria um grande favor se me permitisse permanecer por alguns minutos diante do fogo.'

'Entre', disse De Lacey, 'e tentarei na medida do possível satisfazer as suas necessidades; infelizmente, porém, os meus filhos não estão em casa, e como sou cego temo que seja difícil oferecer-lhe comida.'

'Não se preocupe, meu gentil anfitrião; tenho comida; é só de calor e de repouso que eu preciso.'

Sentei-me, e se fez silêncio. Sabia que cada segundo me era precioso, mas permanecia indeciso quanto ao modo de começar a conversa quando o velho se dirigiu a mim. 'Por seu idioma, forasteiro, suponho que seja meu compatriota; você é francês?'

'Não; mas fui educado por uma família francesa e só entendo essa língua. Vou agora pedir a proteção de uns amigos, que amo sinceramente e de cujo favor tenho alguma esperança.'

'São alemães?'

'Não, são franceses. Mas mudemos de assunto. Sou uma criatura infeliz e desamparada, olho ao meu redor e não tenho parentes ou amigos no mundo. Essa gente afável que vou encontrar jamais me viu e pouco sabe a meu respeito. Estou com muito medo, pois se eu falhar serei para sempre um pária no mundo.'

'Não se desespere. Não ter amigos é sem dúvida ser infeliz, mas o coração dos homens, quando sem prevenções devidas a óbvios interesses pessoais, é cheio de amor fraterno e de caridade. Confie, portanto, em suas esperanças; e, se esses amigos são bons e afáveis, não desespere.'

'Eles são bons, as melhores pessoas do mundo; mas infelizmente têm preconceitos contra mim. Tenho boas intenções; minha vida até aqui tem sido inofensiva e, de certa maneira, benéfica; mas um preconceito fatal tolda-lhes os olhos, e, onde deveriam ver um amigo sensível e bom, veem apenas um monstro odioso.'

'Isso é realmente mau; mas, se você é de fato inocente, não pode mostrar isso a eles?'

'Estou prestes a executar essa tarefa; e é por isso que sinto tantos terrores imensos. Amo ternamente esses amigos; durante muitos meses tive o costume de lhes fazer o bem, de maneira incógnita; mas eles acham que quero prejudicá-los, e é esse preconceito que tenho de vencer.'

'Onde moram esses amigos?'

'Perto daqui.'

O velho fez uma pausa e em seguida prosseguiu:

'Se você me confiar sem restrições os pormenores de sua história, talvez eu possa conseguir fazer com que mudem de ideia. Sou cego e não posso julgar o seu rosto, mas há algo em suas palavras que me convence de que você está sendo sincero. Sou pobre e estou exilado, mas será para mim um grande prazer poder ser útil a um ser humano.'

'Excelente homem! Eu lhe agradeço e aceito a sua generosa oferta. O senhor ergue-me do chão com sua bondade; e confio em que, com a sua ajuda, não venha a ser excluído da sociedade e da simpatia de seus semelhantes.'

'Deus queira que não! Mesmo se você fosse até um criminoso, pois isso só poderia levá-lo ao desespero e não o encorajaria à virtude. Também eu sou um desafortunado; eu e minha família fomos condenados, embora inocentes; imagine, pois, se não sinto as suas desgraças!'

'Como posso agradecer-lhe, meu bondoso e único benfeitor? De seus lábios ouvi pela primeira vez a voz da bondade dirigida a mim; ser-lhe-ei para sempre grato; e a sua compreensão me dá confiança de ter sucesso com os amigos que estou prestes a encontrar.'

'Posso saber os nomes e o endereço desses amigos?'

Fiz uma pausa. Este, pensei, é o momento decisivo, que vai roubar-me ou propiciar-me para sempre a felicidade. Tentei em vão juntar forças suficientes para responder a ele, mas o esforço destruiu toda a energia que ainda me restava; afundei-me na cadeira, soluçando forte. Naquele momento, ouvi os passos de meus protetores mais jovens. Não tinha tempo a perder, mas segurando a mão do velho exclamei: 'Chegou a hora! Salve-me e proteja-me! O senhor e a sua família são os amigos que procuro. Não me abandone na hora do julgamento!'

'Santo Deus!', exclamou o ancião. 'Quem é você?'

Naquele instante, a porta do chalé se abriu, e entraram Felix, Safie e Agatha. É impossível descrever o horror e a consternação dos três ao me verem. Agatha desmaiou, e Safie, sem poder acudir à amiga, saiu correndo do chalé. Felix arremessou-se para a frente e com força sobrenatural arrancou-me de seu pai, a cujos joelhos me agarrava; num transporte de fúria, jogou-me ao chão e golpeou-me violentamente com um bastão. Eu poderia tê-lo despedaçado, membro após membro, como o leão faz com o antílope. Mas meu coração encheu-se de amargura e me contive. Via-o a ponto de repetir o golpe, quando, vencido pela dor e pela angústia, saí do chalé e no tumulto geral fugi até o galpão, sem ser percebido."

❖

Capítulo 16

"Maldito, maldito criador! Por que estou vivo? Por que, naquele instante, não extingui a centelha da existência que tão irresponsavelmente acenderas? Não sei; o desespero ainda não tomara conta de mim; meus sentimentos eram de ira e desforra. Poderia com prazer ter destruído o chalé e seus moradores e me saciado com seus gritos e sofrimentos.

Quando caiu a noite, saí do meu abrigo e perambulei pelo bosque; e agora, não mais refreado pelo medo de ser descoberto, dei vazão à minha angústia com uivos assustadores. Estava como o animal selvagem que tivesse rompido a armadilha, destruindo os objetos que me obstruíam e percorrendo o bosque com a velocidade de um cervo. Ah, que noite miserável eu passei! As frias estrelas brilhavam irônicas, e as árvores nuas balançavam os galhos sobre mim; de quando em quando a voz doce de um pássaro rompia a calma universal. Tudo, menos eu, estava em repouso ou em alegria; eu, como o arquidiabo, carregava um inferno dentro de mim e, vendo-me repudiado, queria arrancar as árvores, espalhar ruína e destruição ao meu redor e então me sentar e gozar dos destroços.

Mas essa era uma sensação excepcional, que não podia persistir; cansei-me com o excesso de esforço físico e caí na relva úmida, na doentia impotência do desespero. Não havia ninguém entre as multidões de homens existentes que tivesse piedade de mim ou me acudisse; e deveria eu sentir bondade por meus inimigos? Não; a partir desse momento, declarei uma guerra perpétua contra a espécie e, mais do que tudo, contra aquele que me formara e me destinara àquela insuportável miséria.

O Sol nasceu; ouvi vozes de homens e sabia que era impossível voltar ao meu refúgio durante aquele dia. Assim, me escondi num matagal espesso, resolvido a dedicar as horas seguintes à reflexão acerca da minha situação.

A gostosa luz do sol e o ar puro do dia fizeram-me recuperar certo grau de tranquilidade; e, quando considerei o que se passara no chalé, não pude deixar de pensar que fora apressado demais em minhas conclusões. Certamente agi com imprudência. Era evidente que as minhas palavras haviam feito o pai interessar-se por mim, e fui um idiota ao me expor ao horror dos filhos. Deveria ter feito o velho De Lacey familiarizar-se comigo e aos poucos me revelar para o resto da família, para quando estivessem preparados para me conhecer. Mas não achava que meus erros fossem irreparáveis e, depois de muita reflexão, resolvi voltar ao chalé, procurar o velho e, com minhas declarações, fazê-lo tomar o meu partido.

Esses pensamentos me acalmaram, e à tarde caí num sono profundo; mas a febre do meu sangue não me permitiu ter sonhos tranquilos. A horrenda cena do dia anterior estava sempre ante os meus olhos; as mulheres estavam fugindo, e o colérico Felix me fazia soltar os pés de seu pai. Acordei exausto e, ao descobrir que já era noite, saí do esconderijo e parti em busca de comida.

Quando saciei a fome, dirigi-me para a velha trilha que levava ao chalé. Tudo ali estava em paz. Esgueirei-me para dentro do galpão e permaneci em silenciosa espera da hora em que a família costumava despertar. Passada aquela hora, o sol subiu até o alto do céu, mas os moradores do chalé não apareceram. Estremeci violentamente, temendo alguma desgraça terrível. O interior do chalé estava escuro, e não ouvi nenhum movimento; não consigo descrever a agonia daquela incerteza.

Passaram por ali, então, dois camponeses que, parando junto ao chalé, começaram a conversar, gesticulando violentamente; mas não entendi o que diziam, pois falavam a língua do país, que era diferente da dos meus protetores. Logo em seguida, porém, Felix se aproximou com outro homem; fiquei surpreso, pois sabia que ele não deixara o chalé aquela manhã, e aguardei ansiosamente para descobrir por suas palavras o significado daqueles insólitos acontecimentos.

'Você acha', disse a ele o seu companheiro, 'que será obrigado a pagar três meses de aluguel e perder o produto da horta? Não quero tirar nenhum proveito injusto e lhe peço, portanto, que tire alguns dias para examinar a sua decisão'.

'É completamente inútil', replicou Felix; 'jamais poderemos voltar a residir no chalé. A vida do meu pai corre grande perigo, em razão da terrível situação que lhe descrevi. Minha esposa e minha irmã jamais se recuperarão do pavor. Peço-lhe que não discuta mais comigo. Tome posse da sua propriedade e deixe-me fugir deste lugar.'

Felix tremia violentamente ao dizer aquilo. Ele e seu companheiro entraram no chalé, onde permaneceram por alguns minutos, e em seguida partiram. Nunca mais vi ninguém da família de De Lacey.

Continuei o resto do dia em meu galpão, num estado de total e estúpido desespero. Meus protetores haviam partido e com isso romperam o único vínculo que me prendia ao mundo. Pela primeira vez os sentimentos de desforra e de ódio me encheram o peito, e não tentei controlá-los, mas, deixando-me levar, inclinei a mente para a violência e a morte. Quando pensava em meus amigos, na voz branda de De Lacey, nos olhos gentis de Agatha e na fina beleza da árabe, aqueles pensamentos se esvaíam, e um jorro de lágrimas me acalmava um pouco. Mas, quando voltava a refletir que eles me haviam rejeitado e abandonado, a cólera voltava, uma fúria colérica, e, incapaz de ferir algo de humano, dirigia a minha fúria a objetos inanimados. Enquanto a noite avançava, coloquei diversos combustíveis ao redor do chalé e, depois de destruir todo vestígio de cultivo na horta, aguardei com muita impaciência até que a lua se pusesse para começar as minhas operações.

A noite avançava, e um vento furioso se erguia dos bosques, dispersando as nuvens que se haviam retardado no céu; os relâmpagos precipitavam-se como uma grande avalancha e produziam uma espécie de insanidade em meu ânimo que rompia todos os limites da razão e da reflexão. Pus fogo num galho seco de árvore e dancei com fúria ao redor do querido chalé, com os olhos ainda fitos no horizonte ocidental, cuja borda a lua quase tocava. Parte dela finalmente se ocultou, e agitei a minha tocha; ela baixou e com um grito sonoro pus fogo na palha, nos arbustos e nos galhos secos que havia juntado. O vento atiçou o fogo, e o chalé foi rapidamente envolvido pelas chamas, que se grudaram a ele e o lamberam com suas línguas fendidas e destruidoras.

Assim que tive a certeza de que nenhum auxílio poderia salvar alguma parte da casa, deixei o lugar e procurei refúgio nos bosques.

E agora, com o mundo à minha frente, para onde ir? Resolvi fugir do cenário das minhas desgraças; mas para mim, odiado e desprezado, todos os países seriam igualmente horríveis. Por fim, a ideia de ti cruzou a minha mente. Soube por teus papéis que eras meu pai, meu criador; e a quem poderia recorrer com maior razão do que àquele que me dera a vida? Dentre as aulas que Felix dera a Safie, a geografia não fora deixada de lado; nelas aprendi as situações relativas dos diferentes países da Terra. Mencionavas Genebra como o nome de tua cidade natal, e resolvi seguir para esse lugar.

Mas como me orientar? Sabia que deveria viajar na direção sudoeste para chegar ao meu destino, mas o sol era o meu único guia. Não sabia o nome das cidades que deveria atravessar, nem podia pedir informações a nenhum ser humano; mas não me deixei tomar pelo desespero. Só de ti poderia esperar socorro, embora para contigo só tivesse sentimentos de ódio. Insensível e desalmado criador! Deste-me percepções e paixões e em seguida me jogaste fora, como um objeto de desprezo e de horror para a humanidade. Mas só de ti tinha direito a exigir piedade e compensação e junto a ti decidi procurar aquela justiça que tentara em vão obter de qualquer outro ser que tivesse a forma humana.

Minhas viagens foram longas e intensos os meus sofrimentos. Era fim de outono quando deixei a região onde residira por tanto tempo. Viajava só à noite, temeroso de encontrar o rosto de um ser humano. A natureza definhava ao meu redor, e a luz do sol perdia o calor; caíam chuva e neve ao meu redor; poderosos rios congelavam-se; a superfície da terra era dura, gelada e nua, e eu não encontrava abrigo. Ah, terra, quantas vezes não roguei pragas contra a causa da minha existência! A doçura da minha natureza já se fora, e tudo dentro de mim se transformara em rancor e amargura. Quanto mais me aproximava de tua residência, mais profundamente sentia o espírito de desforra inflamar-se em meu coração. A neve caía, e as águas estavam congeladas, mas eu não descansava. Alguns incidentes aqui e ali me serviram de orientação, e eu possuía um mapa do país; mas muitas vezes me desviava do meu caminho. A agonia dos meus sentimentos não me dava trégua; não ocorreu nenhum incidente do qual a minha cólera e miséria não pudesse extrair seu alimento; mas algo que aconteceu quando cheguei às fronteiras da Suíça, quando a luz do sol já recuperara seu calor, e a terra começava a parecer verde de novo, confirmou de um modo especial a amargura e o horror dos meus sentimentos.

Eu geralmente descansava durante o dia e só viajava quando estava protegido pela noite da vista do homem. Certa manhã, porém, vendo que meu caminho passava por um bosque cerrado, aventurei-

-me a continuar a jornada depois que o sol já nascera; o dia, que era um dos primeiros da primavera, dava alegria até mesmo a mim, pela graça da luz do sol e pelo perfume do ar. Senti emoções de suavidade e prazer, que havia muito pareciam mortas, reviverem dentro de mim. Meio surpreso pela novidade daquelas sensações, deixei-me levar por elas e, esquecendo a solidão e a deformidade, ousei ser feliz. Ternas lágrimas orvalharam de novo minhas faces, e eu até ergui meus olhos úmidos para o abençoado sol, em agradecimento por conceder-me tamanha alegria.

Continuei a serpentear pelas trilhas do bosque, até chegar ao seu limite, representado por um rio fundo e rápido, para o qual muitas árvores inclinavam seus ramos, agora florescentes com a chegada da primavera. Parei um pouco ali, sem saber exatamente que caminho tomar, quando ouvi o som de vozes que me induziram a me esconder sob a sombra de um cipreste. Mal tivera tempo de me esconder quando uma menininha veio correndo para o lugar onde eu estava escondido, rindo, como se corresse de alguém por brincadeira. Ela continuou correndo ao longo das margens escarpadas do rio, quando de repente escorregou e caiu na rápida corrente do rio. Corri do meu esconderijo e, com extremo esforço, livrei-a da força da corrente, salvei-a e a arrastei até a margem. Ela estava desacordada, e eu tentava de todas as maneiras a meu alcance reanimá-la quando fui bruscamente interrompido pela aproximação de um sujeito grosseiro, que era provavelmente a pessoa de quem ela estava fugindo por brincadeira. Ao me ver, ele se lançou sobre mim e, arrancando a menina de meus braços, correu para as partes mais cerradas do bosque. Eu rapidamente o segui, mal sei por que; mas, quando o sujeito viu que eu me aproximava, apontou uma arma que portava consigo para o meu corpo e atirou. Caí no chão, e aquele que me feriu, com rapidez ainda maior, fugiu pelo bosque.

Então era esse o prêmio de minha benevolência! Eu havia salvado um ser humano da destruição e como recompensa agora me contorcia, sob uma dor miserável, por um ferimento que me despedaçara a carne e o osso. Os sentimentos de bondade e gentileza que tivera apenas alguns momentos antes deram lugar a uma cólera infernal e a ranger de dentes. Excitado pela dor, jurei eterno ódio e vingança a toda a humanidade. Mas venceu-me a agonia do meu ferimento; meu pulso tornou-se mais fraco, e eu perdi a consciência.

Durante algumas semanas, levei uma vida dolorosa nos bosques, tentando curar o ferimento que recebera. A bala entrara pelo ombro, e eu não sabia se tinha permanecido ali ou se o atravessara; de qualquer modo, não tinha como a extrair. Meus sofrimentos aumentaram também pelo opressivo sentimento de injustiça e de ingratidão. Jurei vingança todos os dias — uma vingança profunda e mortal que compensasse sozinha os ultrajes e a angústia que sofrera.

Depois de algumas semanas, minha ferida sarou, e segui viagem. As fadigas que suportei não seriam mais aliviadas pelo brilho do sol ou pela doce brisa da primavera; toda a alegria não passava de um escárnio que insultava a minha desolação e me fazia sentir mais doloridamente que eu não fora feito para o gozo do prazer.

Mas meus afãs chegavam agora perto do fim, e dois meses depois alcancei os arredores de Genebra.

Já era noite quando cheguei, e me refugiei num esconderijo em meio aos campos que a rodeiam para refletir sobre a maneira como devia dirigir-me a ti. Estava exausto pelo cansaço e pela fome e infeliz demais para gozar das doces brisas da noite ou da perspectiva do pôr do sol por trás das estupendas montanhas do Jura.

Nesse ponto, aliviou-me da dor da reflexão um leve sono, que foi perturbado pela aproximação de um lindo menino, que veio correndo ao abrigo que eu escolhera, com toda a alegria da infância. De repente, ao olhar para ele, ocorreu-me a ideia de que aquela pequena criatura não tinha preconceitos e vivera pouco tempo demais para ter adquirido o horror da deformidade. Se, portanto, eu pudesse capturá-lo e educá-lo como companheiro e amigo, não estaria tão isolado nesta populosa terra.

Levado por esse impulso, segurei o menino enquanto ele passava e puxei-o para mim. Assim que ele viu a minha forma, colocou as mãos diante dos olhos e soltou um grito estridente; tirei à força sua mão de sobre o rosto e disse: 'Que é isso, menino? Não pretendo machucar você; ouça-me'.

Ele se debateu violentamente. 'Deixe-me ir embora', gritava ele; 'monstro! Feio desgraçado! Você quer me comer e me fazer em pedacinhos. Você é um ogro. Deixe-me ir embora, ou vou falar com o papai.'

'Menino, você nunca mais vai ver seu pai; vai ter de vir comigo.'

'Monstro horroroso! Deixe-me ir embora. Meu papai é síndico — ele é o Sr. Frankenstein; ele vai castigar você. Nem ouse me segurar.'

'Frankenstein! Você pertence, então, ao meu inimigo — a ele, contra o qual jurei eterna vingança; você vai ser a minha primeira vítima.'

A criança ainda se debateu e me encheu de adjetivos que levaram o desespero ao meu coração; agarrei-o pela garganta para fazê-lo calar-se, e logo ele jazia morto aos meus pés.

Observei a minha vítima, e o meu coração encheu-se de júbilo e de infernal triunfo; batendo as mãos, exclamei: 'Também eu posso criar desolação; meu inimigo não é invulnerável; esta morte vai levá-lo ao desespero, e mil outras desgraças vão atormentá-lo e destruí-lo!'

Quando fitei os olhos na criança, vi algo brilhante em seu peito. Peguei aquilo; era o retrato de uma mulher lindíssima. Apesar da minha maldade, aquilo me comoveu e me atraiu. Por alguns momentos, observei extasiado seus olhos escuros, toldados de longos cílios, e seus graciosos lábios; mas então minha cólera voltou; lembrei que jamais teria os prazeres que tais criaturas podiam propiciar e que aquela cujo retrato eu contemplava, se me olhasse, teria trocado aquele ar de divina bondade por uma expressão de repulsa e pavor.

É de espantar que aqueles pensamentos me enchessem de raiva? Só me espanta que naquele momento, em vez de desabafar as minhas sensações por exclamações e agonia, não me tenha precipitado entre os homens e perecido na tentativa de destruí-los.

Enquanto era tomado por esses sentimentos, deixei o local onde cometera o crime e, buscando um esconderijo mais isolado, entrei num celeiro que parecia estar vazio. Uma mulher estava dormindo sobre a palha; era jovem, não tão bonita quanto aquela cujo retrato trazia comigo, mas de aspecto agradável e florescente na graça da juventude e da saúde. Aqui está, pensei, uma daquelas cujos sorrisos que irradiam alegria são oferecidos a todos, menos a mim. E então me debrucei sobre ela e sussurrei: 'Acorda, minha linda, teu amado está próximo — aquele que daria a vida só para ganhar um olhar de afeição de teus olhos; minha amada, acorda!'.

A adormecida mexeu-se; senti um arrepio de terror. E se ela acordasse, e me visse, e me amaldiçoasse, e denunciasse o assassino? Com certeza seria isso que ela faria se seus olhos cerrados se abrissem, e ela me visse. O pensamento era insano; ele despertou o demônio dentro de mim: quem vai sofrer não sou eu, e sim ela; o assassinato que cometi porque sou sempre frustrado de tudo o que ela poderia dar-me, ela vai expiar. O crime tinha origem nela; seja ela a punida! Graças às lições de Felix e às sanguinárias leis do homem, eu agora aprendera a agir com malícia. Debrucei-me sobre ela e coloquei o retrato em segurança numa das pregas de sua roupa. Ela se moveu novamente, e eu fugi.

Por alguns dias rondei o lugar onde aquelas cenas se haviam passado, ora querendo ver-te, ora decidido a dizer para sempre adeus a este mundo e a suas misérias. Por fim, caminhei na direção destas montanhas e vaguei por seus imensos recessos, consumido por uma paixão ardente que só tu podes satisfazer. Não podemos separar-nos antes que prometas aceitar a minha exigência. Sou solitário e infeliz; nenhum ser humano se associará a mim; mas alguém tão deformado e tão horrível quanto eu não há de se negar a mim. Minha companheira deve ter a mesma espécie e os mesmos defeitos. Terás de criar esse ser."

Capítulo 17

O ser parou de falar e cravou os olhos em mim, na expectativa de uma resposta. Mas eu estava desnorteado, perplexo e incapaz de coordenar as ideias para entender todo o alcance da sua proposta. Ele prosseguiu:

— Tens de criar para mim uma mulher, com quem eu possa viver na correspondência de sentimentos necessária para a minha existência. Só tu podes fazer isso, e peço-o a ti como um direito que não deves recusar-me.

A última parte de sua história reavivara dentro de mim a ira que se dissipara enquanto ele narrava sua vida pacífica junto aos moradores do chalé, e, enquanto ele dizia aquilo, não pude abafar a raiva que me queimava por dentro.

— Recuso — repliquei —, e nenhuma tortura jamais extrairá de mim um consentimento. Podes tornar-me o mais desgraçado dos homens, mas jamais me tornarás vil a meus próprios olhos. Criar outro ser como tu para que se unam e desolem o mundo! Fora daqui! Essa é a minha resposta. Podes torturar-me, mas eu jamais consentirei!

— Estás errado — tornou o demônio —; e, em vez de ameaçar, estou disposto a raciocinar contigo. Sou mau porque sou infeliz. Não sou evitado e odiado por toda a humanidade? Tu, meu criador, me farias em pedaços com todo gosto; lembra-te disso e depois me dize por que eu deveria ter mais compaixão pelo homem do que ele tem por mim? Não chamarias de assassinato jogar-me numa dessas fendas de gelo e destruir meu corpo, o trabalho de tuas próprias mãos. Devo respeitar o homem quando me condena? Se vivesses em paz comigo, em vez de violência, eu te faria todos os favores, com lágrimas de gratidão por tua aceitação. Mas isso não é possível; os sentidos humanos são barreiras insuperáveis à nossa união. Não me submeterei, porém, à abjeta escravidão. Vingarei as minhas injúrias; se não posso inspirar amor, vou provocar medo, e principalmente a meu arqui-inimigo, por ser meu criador, juro dedicar inextinguível ódio. Toma cuidado; vou trabalhar para a tua destruição e não descansarei até ter desolado o teu coração, para que amaldiçoes a hora em que nasceste.

Uma cólera demoníaca o animava quando disse aquilo; seu rosto franzia-se em contorções horríveis demais para olhos humanos; mas então ele se acalmou e prosseguiu:

— Eu tinha a intenção de argumentar. Esta paixão me é prejudicial, pois não te dás conta de que *tu* és a causa do meu excesso. Se alguém tivesse sentimentos bondosos para comigo, eu lhe retribuiria cem vezes o cêntuplo; pois por aquela criatura eu faria as pazes com toda a espécie! Mas agora me entrego a sonhos de felicidade que não podem realizar-se. O que te peço é razoável e moderado; peço uma criatura do outro sexo, mas tão horrenda quanto eu; a gratificação é pequena, mas é tudo o que posso receber, e ficarei contente com ela. É bem verdade que seremos monstros, exilados do mundo; mas por isso mesmo teremos maior apego um com o outro. Nossa vida não será feliz, mas seremos inofensivos e não teremos a angústia que agora sinto. Ah, meu criador, faz-me feliz; deixa-me ser grato a ti por esse único favor! Mostra-me que eu provoco a compaixão de algum ser vivo; não recuses o meu pedido!

Fiquei comovido. Arrepiava-me ao pensar sobre as possíveis consequências de meu consentimento, mas sentia que havia certa justiça em seu pedido. Sua história e os sentimentos que agora exprimia demonstravam que ele era uma criatura de sentimentos delicados, e eu, como seu criador, não lhe devia toda a parte de felicidade que estivesse em meu poder conceder-lhe? Ele percebeu a minha mudança e prosseguiu:

— Se concordares, nem tu, nem qualquer outro ser humano jamais tornareis a nos ver; irei para as vastas florestas da América do Sul. Minha alimentação não é a do homem; não destruo o cordeiro e o cabrito para saciar meu apetite; bolotas e frutas são suficientes para me nutrir. Minha companheira terá a mesma natureza que eu e ficará contente com a mesma ração. Faremos nosso leito com folhas secas; o sol brilhará sobre nós como sobre os homens e sobre o nosso alimento. O quadro que te apresento é pacífico e humano, e hás de admitir que só podes recusá-lo gratuitamente por prepotência e crueldade. Por mais implacável que tenhas sido sempre comigo, vejo agora compaixão em teus olhos; deixa-me aproveitar o momento favorável e convencer-te a prometer o que tão ardentemente desejo.

— Propões — tornei eu —, fugir da sociedade dos homens, morar naquelas florestas onde as feras do mato serão tuas únicas companheiras. Como poderás tu, que tanto desejas o amor e a simpatia dos homens, suportar tal exílio? Vais voltar e de novo procurar seus favores e te depararás com o ódio deles; tuas más paixões renascerão, e então terás uma companheira para ajudar-te no trabalho de destruição. Isso não pode ser; não me peças mais isso, pois não posso consentir.

— Como são inconstantes os teus sentimentos! Um só momento atrás estavas comovido com a minha história e por que agora voltas a te mostrar insensível às minhas queixas? Juro-te, pela terra onde habito e por ti que me fizeste, que com a companheira que me darás abandonarei a vizinhança dos homens e viverei, ao acaso, no mais selvagem dos lugares. As minhas más paixões desaparecerão, pois encontrarei simpatia! Minha vida passará tranquilamente, e na hora de minha morte não amaldiçoarei o meu criador.

Suas palavras tiveram um estranho efeito sobre mim. Tive pena dele e às vezes sentia vontade de consolá-lo, mas, quando olhava para ele, quando via a asquerosa massa que se mexia e falava, sentia-me enojado, e meus sentimentos passavam a ser de horror e ódio. Eu tentava sufocar essas sensações; achava que, uma vez que não conseguia simpatizar com ele, não tinha direito de lhe tirar a pequena parte de felicidade que ainda estava em meu poder conceder-lhe.

— Prometes — disse eu —, ser inofensivo; mas já não demonstraste um grau de maldade que me faz naturalmente desconfiar de ti? Isso não pode ser um pretexto para aumentar o teu triunfo, dando maior amplitude à tua vingança?

— Que é isso? Não admito brincadeiras e exijo uma resposta. Se eu não tiver amizades nem afetos, o ódio e o vício hão de ser o meu quinhão; o amor de outra pessoa destruirá a causa dos meus crimes, e ninguém saberá de minha existência. Meus defeitos são filhos de uma solidão forçada que odeio, e as minhas virtudes forçosamente florescerão quando viver em comunhão com uma igual. Sentirei a afeição de um ser sensível e estabelecerei um vínculo com a corrente de vida e de acontecimentos de que agora me vejo excluído.

Parei por algum tempo para refletir sobre tudo o que ele contara e sobre os vários argumentos que usara. Pensei na promessa de virtudes que ele exibira no começo de sua existência e na subsequente perda de todos os sentimentos afetuosos pelo ódio e pelo desprezo que seus protetores manifestaram para com ele. Não omiti seu poder e suas ameaças nos meus cálculos; uma criatura que podia sobreviver nas cavernas geladas dos glaciares e esconder-se dos perseguidores junto às arestas de precipícios inacessíveis era um ser possuidor de capacidades que seria vão contrariar. Depois de uma longa pausa para reflexão, concluí que a justiça devida tanto a ele quanto aos meus semelhantes exigia que eu aceitasse o seu pedido. Voltando-me para ele, portanto, disse:

— Consinto com teu pedido, sob juramento solene de deixares a Europa para sempre e todos os outros lugares nas vizinhanças do homem, assim que eu te entregar uma fêmea que te acompanhe no exílio.

— Eu juro — exclamou ele — que, se atenderes à minha súplica, enquanto existirem o sol e o céu azul e o fogo de amor que arde em meu coração, nunca tornarás a me ver. Volta para casa e dá início aos trabalhos; vou observar teus progressos com indizível ansiedade; quando o trabalho estiver terminado, eu vou aparecer.

Ao dizer isso, ele bruscamente me deixou, temeroso, talvez, de alguma mudança em meus sentimentos. Vi-o descer a montanha com rapidez maior que a do voo da águia e logo o perdi entre as ondulações do mar de gelo.

Sua história ocupara o dia inteiro, e o sol estava sobre a linha do horizonte quando parti. Sabia que devia apressar-me para descer até o vale, pois logo seria envolvido pelas trevas; mas meu coração estava pesaroso, e meus passos eram lentos. O trabalho de seguir as serpenteantes trilhas da montanha e de apoiar firmemente os pés enquanto avançava deixava-me perplexo, pois estava ocupado com as emoções provocadas pelos acontecimentos do dia. A noite estava bem avançada quando cheguei ao lugar de repouso situado no meio do caminho, e me sentei ao lado de uma fonte. As estrelas brilhavam intermitentemente quando as nuvens passavam sobre elas; os pinheiros escuros erguiam-se à minha frente, e aqui e ali uma árvore caída jazia no chão; era um cenário de maravilhosa solenidade e inspirava estranhos pensamentos dentro de mim. Chorei amargamente e, batendo as mãos em agonia, exclamei:

— Ó estrelas, e nuvens, e ventos, estais reunidos para zombar de mim; se realmente tendes pena de mim, esmagai toda sensação e memória; reduzi-me a nada; mas se não, parti, parti e deixai-me nas trevas!

Esses eram pensamentos tempestuosos e infelizes, mas não posso descrever-lhe como o eterno piscar das estrelas pesava sobre mim e como ouvia cada rajada de vento como se fosse um sombrio e ameaçador siroco que viesse consumir-me.

O sol raiou antes que eu chegasse à aldeia de Chamonix; voltei imediatamente a Genebra, sem sequer descansar. Nem mesmo em meu íntimo eu conseguia dar expressão aos meus sentimentos — eles pesavam sobre mim como uma montanha e esmagavam a minha agonia. Voltei para casa, e minha aparência abatida e descuidada provocou grande preocupação, mas não respondi a nenhuma pergunta e quase não falei. Senti-me como se estivesse sob ostracismo — como se não tivesse o direito de pedir-lhes compreensão —, como se nunca mais pudesse gozar de camaradagem com eles. Mesmo assim, porém, eu os amava com adoração; e, para salvá-los, resolvi dedicar-me à mais odiada tarefa. A perspectiva de tal trabalho fazia com que qualquer outra situação passasse à minha frente como um sonho e que só o pensamento tivesse para mim a realidade da vida.

❖

Capítulo 18

Dia após dia, semana após semana se passaram desde que eu voltara a Genebra; e não consegui reunir forças para recomeçar meu trabalho. Temia a vingança do demônio decepcionado, mas não conseguia superar a repugnância à tarefa que me cabia. Percebi que não podia formar uma fêmea sem mais uma vez devotar muitos meses ao estudo aprofundado e à laboriosa pesquisa. Soubera de algumas descobertas que haviam sido feitas por um filósofo inglês, cujo conhecimento era crucial para o meu bom êxito, e às vezes pensava em obter o consentimento de meu pai para visitar a Inglaterra com esse propósito; mas apegava-me a qualquer pretexto de adiamento e relutava em dar o primeiro passo numa aventura cuja necessidade começava a me parecer menos absoluta. Ocorrera, de fato, uma mudança em mim; a minha saúde, que até então declinara, estava agora muito melhor; e minha disposição, quando não perturbada pela recordação da minha infeliz promessa, melhorava na mesma proporção. Meu pai viu a mudança com satisfação e começou a pensar no melhor método de erradicar os restos de minha melancolia, que de quando em quando voltava e com um devorador negrume toldava o sol que se aproximava. Nesses momentos, eu me refugiava na mais completa solidão. Passava dias inteiros sozinho no lago, num barquinho, a observar as nuvens e a ouvir o agitar das ondas, silencioso e monótono. Mas o ar livre e o brilho do sol raramente deixavam de me fazer recuperar certo grau de tranquilidade, e ao voltar respondia às saudações de meus familiares com um sorriso mais pronto e um coração mais alegre.

Foi ao voltar de um desses passeios que meu pai, chamando-me à parte, assim me falou:

— Estou feliz por ver, meu querido filho, que reatou com seus antigos prazeres e parece estar voltando a ser o que era. E, no entanto, ainda está infeliz e ainda evita a nossa companhia. Por algum tempo me perdi em conjeturas sobre a causa disso, mas ontem me ocorreu uma ideia, e, se ela tiver fundamento, peço-lhe que o admita. O silêncio sobre isso seria não só inútil, mas traria uma tripla desgraça a todos nós.

Estremeci violentamente ante esse exórdio, e meu pai prosseguiu:

— Confesso, meu filho, que sempre ansiei por seu casamento com a nossa querida Elizabeth como o coroamento de nosso conforto doméstico e o esteio de nossos anos de declínio. Vocês se apegaram um ao outro desde criancinhas; estudaram juntos e pareciam, em temperamento e gostos, inteiramente feitos um para o outro. Mas é tão cega a experiência do homem que o que entendia ser os melhores assistentes para o meu plano o arruinaram completamente. Você talvez a considere sua irmã, sem nenhum desejo de que ela se torne sua mulher. Além disso, pode ter encontrado outra mulher que talvez você ame; e considerando-se comprometido pela honra com Elizabeth, essa luta talvez seja a causa da pungente angústia que parece sentir.

— Meu querido pai, tranquilize-se. Eu amo terna e sinceramente a minha prima. Nunca vi nenhuma outra mulher que despertasse, como Elizabeth, a minha mais ardente admiração e afeição. Minhas esperanças e meus planos para o futuro estão completamente ligados à expectativa da nossa união.

— A expressão dos seus sentimentos a esse respeito, meu caro Victor, dá-me mais satisfação do que tive nos últimos tempos. Se é assim que você se sente, com certeza seremos felizes, ainda que os acontecimentos presentes nos deprimam. Mas o que eu quero dissipar é esse desalento que parece ter tomado conta de sua mente com muita intensidade. Diga-me, portanto, se você tem alguma objeção à imediata celebração do casamento. Temos sido infelizes, e os últimos acontecimentos tiraram de nós a tranquilidade do dia a dia, conveniente à minha idade e às minhas fraquezas. Você é mais jovem; não acho, porém, que, sendo dono de uma fortuna considerável, um casamento precoce vá de alguma forma interferir em algum plano futuro de honra e utilidade que possa ter concebido. Não creia, porém, que eu lhe queira impor a felicidade ou que um adiamento de sua parte provoque em mim alguma grave apreensão. Interprete as minhas palavras com simplicidade e me responda, eu lhe imploro, com confiança e sinceridade.

Escutei meu pai em silêncio e permaneci por certo tempo incapaz de responder. Revolvia em minha mente um sem-número de pensamentos e me esforçava por chegar a uma conclusão. Ai de mim! A ideia de uma união imediata com a minha Elizabeth me provocava horror e consternação. Estava comprometido por uma promessa solene que ainda não cumprira e não ousava romper ou, se o fizesse, que multidão de desgraças não cairia sobre mim e minha querida família! Poderia participar dos festejos com esse peso mortal ainda pendente ao redor do meu pescoço e curvando-me para o chão? Tinha de executar o que prometera e deixar o monstro partir com sua companheira antes de permitir-me gozar o prazer de uma união da qual esperava a paz.

Lembrei-me também da necessidade que se me impunha de viajar para a Inglaterra ou iniciar uma longa correspondência com os filósofos daquele país, cujos conhecimentos e descobertas eram indispensáveis ao meu atual projeto. O segundo método de obter a informação desejada era dilatório e insatisfatório; além disso, eu tinha uma aversão insuperável à ideia de me entregar à minha repugnante tarefa na casa de meu pai, convivendo com as pessoas que amava. Sabia que mil terríveis acidentes poderiam ocorrer, e o menor deles revelaria uma história que faria todos os ligados a mim terem calafrios de horror. Também estava ciente de que eu iria muitas vezes perder completamente o autocontrole, toda capacidade de esconder as angustiantes emoções que tomariam conta de mim durante a evolução de minha fantasmagórica ocupação. Eu tinha de me afastar de tudo o que amava enquanto trabalhasse naquilo. Uma vez iniciado, o trabalho logo seria concluído, e eu poderia voltar para a família em paz e felicidade. Uma vez cumprida a minha promessa, o monstro iria embora para sempre. Ou (como imaginava em sonhos) poderia, entretanto, acontecer algum acidente que o destruísse e pusesse um ponto-final definitivo em minha escravidão.

Esses sentimentos ditaram a minha resposta ao meu pai. Exprimi o desejo de visitar a Inglaterra, mas sem revelar as verdadeiras razões do pedido; encobri meus desejos sob um disfarce que não provocou suspeitas, insistindo com uma veemência que logo levou meu pai a anuir. Depois de um período tão longo de absorvente melancolia, semelhante à loucura em sua intensidade e em seus efeitos, ele estava feliz por descobrir que eu era capaz de me alegrar com a ideia de tal viagem e esperava que a mudança de clima e as diversões variadas me fizessem tornar a ser o que eu era já antes de voltar a Genebra.

A duração da minha ausência foi deixada a meu critério; o período estimado era de alguns meses ou, no máximo, um ano. Ele tomara uma precaução delicada e paternal para garantir que eu teria companhia. Sem me comunicar com antecedência, combinara com Clerval, de concerto com Elizabeth, que este fosse encontrar-me em Estrasburgo. Isso prejudicava a solidão que eu almejava para a execução do meu trabalho; no começo da minha jornada, porém, a presença do meu amigo não poderia de modo algum ser um estorvo, e eu realmente fiquei satisfeito, porque assim me seriam poupadas muitas horas de reflexão solitária e enlouquecedora. Além disso, Henry poderia ficar entre mim e a intrusão de meu inimigo. Se eu estivesse sozinho, não iria ele de vez em quando impor a sua abominável presença, para não me deixar esquecer minha tarefa ou para observar o seu progresso?

Para a Inglaterra, portanto, eu partia, ficando combinado que o meu casamento com Elizabeth ocorreria assim que eu retornasse. A idade de meu pai o tornava extremamente avesso ao adiamento. E eu prometia a mim mesmo um prêmio para os meus detestados trabalhos — um consolo para os meus sofrimentos sem-par; era a perspectiva do dia em que, liberto da minha miserável escravidão, poderia reivindicar Elizabeth e esquecer o passado em meu casamento com ela.

Comecei a fazer os preparativos para a viagem, mas um sentimento me perseguia e me enchia de medo e agitação. Durante a minha ausência, deixaria meus familiares inconscientes da existência de seu inimigo e desprotegidos de seus ataques, pois ele poderia exasperar-se com a minha partida. Mas ele havia prometido seguir-me para onde quer que eu fosse; não me acompanharia então até a Inglaterra? Imaginá-lo era terrível em si mesmo, mas ao mesmo tempo tranquilizador, pois implicava a segurança de meus familiares. Estava angustiado com a ideia da possibilidade de que acontecesse o contrário daquilo. Mas, durante todo o tempo em que era um escravo de minha criatura, deixei-me levar pelos impulsos do momento; e minhas sensações presentes sugeriam vivamente que o diabo me seguiria, e minha família ficaria livre de suas maquinações.

Deixei novamente o meu país natal em fins de setembro. Minha viagem era ideia minha, e Elizabeth, portanto, concordou com ela, mas sentia-se nervosa à ideia de eu sofrer longe dela os ataques da tristeza e do pesar. Fora a sua atenção que me providenciara a companhia de Clerval —, e, no entanto, o homem é cego a mil minúsculas circunstâncias que chamam a atenção persistente da mulher. Ela desejava pedir-me que apressasse a volta; mil emoções conflitantes tornaram-na muda ao me dar um choroso e silencioso adeus.

Joguei-me para dentro da carruagem que me levaria embora, mal sabendo aonde ia e sem me preocupar com o que se passava ao meu redor. Só me lembrei — e foi com amargo pesar que pensei naquilo — de pedir que meus instrumentos químicos fossem empacotados para seguirem comigo. Cheio de imaginações sombrias, atravessei muitas belas e majestosas paisagens, mas meus olhos permaneceram fixos, sem nada observar. Só conseguia pensar no objetivo da viagem e no trabalho que me ocuparia enquanto ela durasse.

Depois de alguns dias passados numa indolência apática, durante os quais percorri muitas léguas, cheguei a Estrasburgo, onde aguardei Clerval durante dois dias. Ele chegou. Ai, como era grande o contraste entre nós! Ele estava atento a cada nova paisagem, entusiasmado com a visão das belezas do pôr do sol e mais feliz quando o via nascer e recomeçar um novo dia. Mostrava-me as cores cambiantes da paisagem e da aparência do céu.

— Isto é que é viver — exclamou ele —; como a existência me dá prazer! Mas você, meu caro Frankenstein, por que está desconsolado e pesaroso?

Na verdade, estava ocupado com sombrios pensamentos e não vi nem o declínio da estrela Vésper, nem a dourada aurora no Reno. E você, meu amigo, se divertiria muito mais com o diário de Clerval, que observava o cenário com olhos sensíveis e alegres, do que ouvindo as minhas reflexões. Eu, um desgraçado infeliz, perseguido por uma maldição que barrava todos os caminhos para o prazer.

Tínhamos combinado descer o Reno de barco, de Estrasburgo até Roterdã, onde poderíamos embarcar para Londres. Durante a viagem, passamos por diversas ilhas cobertas de salgueiros e vimos muitas belas cidades. Passamos um dia em Mannheim e, no quinto desde a partida de Estrasburgo, chegamos a Mogúncia. O curso do Reno abaixo de Mogúncia torna-se muito mais pitoresco. O rio desce rapidamente e serpenteia entre montes, não altos, mas escarpados e de belas formas. Vimos muitos castelos em ruínas às bordas de precipícios, rodeados por bosques negros, altos e inacessíveis. Essa parte do Reno, de fato, apresenta uma paisagem singularmente variada. Num ponto vemos colinas acidentadas, castelos arruinados a dominar tremendos precipícios, com o escuro Reno a correr embaixo; e, na súbita virada de um promontório, vinhas florescentes, com margens inclinadas e um rio sinuoso e cidades populosas a ocuparem o palco.

Viajávamos na época da vindima e ouvíamos o canto dos lavradores enquanto deslizávamos corrente abaixo. Mesmo eu, de mente deprimida e de ânimo continuamente agitado por sentimentos sombrios, mesmo eu estava contente. Deitava no fundo do barco e observava o céu azul sem nuvens, parecia extasiar-me numa serenidade de que havia muito não participava. E se essas eram as minhas sensações, quem poderia descrever as de Henry? Ele se sentia como se tivesse sido transportado para um país encantado e estava feliz como raramente um homem pode sê-lo.

— Eu vi — disse ele — as mais belas paisagens do meu país; visitei os lagos de Lucerna e Uri, onde as montanhas nevadas descem quase perpendicularmente até as águas, lançando sombras negras e impenetráveis, o que lhes daria uma aparência sombria e lúgubre, se não fossem as mais verdejantes ilhas que repousam os olhos com sua aparência alegre; vi aquele lago ser agitado pela tempestade, quando o vento arranca turbilhões de água e nos dá uma ideia do que deve ser uma tromba-d'água no oceano; e as ondas golpeiam com fúria a base da montanha, onde o sacerdote e sua amada foram surpreendidos por uma avalancha e dizem que suas vozes moribundas ainda podem ser ouvidas entre as pausas do vento noturno; vi as montanhas de La Valais e o Pays de Vaud; mas esta região, Victor, me agrada mais do que todas aquelas maravilhas. As montanhas da Suíça são mais majestosas e estranhas, mas há um encanto nas margens deste rio divino como nunca vi igual. Olhe aquele castelo que domina o precipício; e também aquele na ilha, quase escondido entre as folhagens daquelas graciosas árvores; e agora aquele grupo de lavradores que vem de suas vinhas; e aquele burgo meio oculto nos recessos da montanha. Ah, com certeza o espírito que habita e protege este lugar tem uma alma mais em harmonia com o homem do que os que amontoam o glaciar ou se retiram nos picos inacessíveis das montanhas de nosso país.

Clerval! Querido amigo! Mesmo hoje me dá prazer lembrar suas palavras e me entregar ao elogio que você tanto merece. Ele era um ser formado na "autêntica poesia da natureza". Sua imaginação selvagem e entusiasta era moderada pela sensibilidade do coração. Sua alma transbordava de afeições ardentes, e sua amizade tinha a natureza dedicada e maravilhosa que os de espírito mundano nos ensinam a só procurar na imaginação. Mas mesmo a empatia com as coisas humanas não bastava para satisfazer sua mente entusiasta. O cenário da natureza exterior, que outros encaram apenas com admiração, ele amava apaixonadamente:

The sounding cataract
Haunted him like a passion: the tall rock,
The mountain, and the deep and gloomy wood,
Their colours and their forms, were then to him
An appetite; a feeling, and a love,
That had no need of a remoter charm,
By thought supplied, or any interest
Unborrow'd from the eye.[1]

E onde está ele agora? Estará esse ser gentil e amável perdido para sempre? Aquela mente tão repleta de ideias, imaginações ricas e magníficas, que formava um mundo cuja existência dependia da vida de seu criador, terá aquela mente perecido? Só existe ele agora em minha memória? Não, não é assim; sua forma tão divinamente trabalhada e de resplandecente beleza corrompeu-se, mas seu espírito ainda visita e consola o seu infeliz amigo.

Perdoe-me este desabafo doloroso; estas inúteis palavras são apenas um pequeno tributo ao valor sem-par de Henry, mas aliviam meu coração, tomado pela angústia que sua lembrança cria. Darei sequência à minha história.

Para além de Colônia, descemos às planícies da Holanda e resolvemos percorrer a cavalo o resto do caminho, pois o vento era contrário, e a corrente do rio, fraca demais para nos ajudar. A viagem perdeu a partir daí o interesse oferecido pelo belo cenário, mas em poucos dias chegamos a Roterdã, de onde partimos por mar para a Inglaterra. Era uma manhã luminosa, nos últimos dias de dezembro, quando vi pela primeira vez os brancos penhascos da Grã-Bretanha. As margens do Tâmisa apresentavam uma nova paisagem; eram

---

[1] ... A sonora catarata
Perseguia-o como uma paixão: a alta rocha,
A montanha e o bosque profundo e escuro,
Suas cores e formas eram para ele
Um apetite; um sentimento e um amor
Que não precisavam de um encanto mais distante,
Oferecido pelo pensamento, ou algum interesse
Que não tivesse origem nos olhos.

["*Tintern Abbey*", de Wordsworth]. (N. do T.)

planas, mas férteis, e quase todas as cidades eram assinaladas por alguma história. Vimos Tilbury Fort e recordamos a Invencível Armada, Gravesend, Woolwich e Greenwich — lugares de que ouvira falar mesmo em meu país.

Vimos, por fim, os numerosos campanários de Londres, com St. Paul a dominar todos eles, e a Torre famosa na história inglesa.

❖

Capítulo 19

Londres era agora nosso lugar de repouso; decidimos permanecer vários meses naquela maravilhosa e célebre cidade. Clerval queria relacionar-se com os homens de gênio e talento que floresciam naquela época, mas isso era para mim um objetivo secundário; estava interessado principalmente em saber como obter as informações necessárias para o cumprimento da minha promessa e logo me vali das cartas de apresentação que trouxera comigo, dirigidas aos mais distintos filósofos naturais.

Se a viagem tivesse ocorrido durante os meus dias de estudo e felicidade, ter-me-ia proporcionado um prazer indizível. Mas uma praga caíra sobre a minha existência, e eu só visitava aquelas pessoas pelas informações que podiam dar-me sobre o assunto que me interessava de modo terrivelmente profundo. Toda companhia me irritava; quando estava sozinho, podia encher a alma com as visões do céu e da terra; a voz de Henry acalmava-me, e assim eu podia iludir-me com uma paz transitória. Mas rostos absortos, desinteressantes e alegres trouxeram de volta o desespero ao meu coração. Via uma barreira insuperável colocada entre mim e meus semelhantes; essa barreira estava selada com o sangue de William e Justine, e refletir sobre os acontecimentos relacionados com esses nomes era algo que enchia a minha alma de angústia.

Mas em Clerval eu via a imagem de minha antiga personalidade; tinha curiosidade e ansiava por ganhar experiência e instrução. A diferença de costumes que ele observava era para ele uma fonte inesgotável de instrução e diversão. Ele também estava perseguindo um objetivo que havia tempos tinha em vista. Seu plano era visitar a Índia, na crença de que, com seu conhecimento de suas várias línguas e com as perspectivas que obtivera sobre a sua sociedade, dispunha dos meios para auxiliar materialmente o progresso da colonização e do comércio europeus. Só na Grã-Bretanha poderia ele promover a execução do seu plano. Estava sempre ocupado, e o único obstáculo à sua alegria era a minha mente dolorosa e desalentada. Eu tentava o máximo possível ocultar-lhe esse meu estado, para não privar dos prazeres naturais a quem estava entrando numa nova fase da vida, livre de toda preocupação ou lembrança amarga. Sempre me recusava a acompanhá-lo, alegando algum outro compromisso, para poder permanecer sozinho. Eu também estava começando a coletar os materiais necessários à minha nova criação, e isso era para mim como a tortura dos pingos-d'água que caem continuamente, um por um, sobre a cabeça. Cada pensamento que dedicava ao assunto era para mim uma tortura extrema, e cada palavra que dizia com referência a ele fazia com que meus lábios tremessem e meu coração palpitasse.

Depois de passarmos alguns meses em Londres, recebemos da Escócia uma carta de uma pessoa que algum tempo antes nos visitara em Genebra. Mencionava as belezas de seu país natal e nos perguntava se aqueles não seriam incentivos suficientes para nos levar a prolongar a nossa viagem mais para o norte, até Perth, onde morava. Clerval desejava muito aceitar o convite, e eu, embora odiasse a sociedade, queria ver de novo as montanhas e os rios e todas as maravilhosas obras com que a Natureza adorna seus lugares prediletos. Tínhamos chegado à Inglaterra no começo de outubro, e já estávamos em fevereiro. Assim, decidimos começar a nossa viagem para o norte no fim de mais um mês. Nessa jornada, não pretendíamos seguir a grande estrada para Edimburgo, mas visitar Windsor, Oxford, Matlock e os lagos Cumberland, resolvidos a chegar ao término da excursão em fins de julho. Empacotei meus instrumentos químicos e os materiais que juntara, decidido a terminar meu trabalho em algum recanto obscuro dos planaltos do norte da Escócia.

Saímos de Londres em 27 de março e permanecemos alguns dias em Windsor, passeando por sua bela floresta. Aquele era um cenário novo para nós, montanheses; os majestosos carvalhos, a quantidade de caça e as manadas de imponentes cervos eram completas novidades para nós.

De lá partimos para Oxford. Ao entrarmos na cidade, nossas mentes se encheram de recordações dos acontecimentos que lá se haviam passado, mais de um século e meio antes. Foi ali que Carlos I reunira as suas forças. Essa cidade permanecera-lhe fiel, depois que toda a nação abandonara a sua causa para aderir ao estandarte do parlamento e da liberdade. A memória daquele rei infeliz e de seus companheiros, o gentil Falkland, o insolente Goring, a rainha e o filho, dava um interesse especial a cada parte da cidade que supostamente teriam habitado. O espírito dos velhos tempos encontrou morada ali, e nos deliciamos seguindo os seus rastros. Se esses sentimentos não tivessem tido uma gratificação imaginária, a própria aparência da cidade por si mesma já tinha beleza suficiente para conquistar a nossa admiração. Os *colleges* são antigos e pitorescos; as ruas chegam quase a ser magníficas, e o delicado Isis, que corre ao seu lado entre prados de fina verdura, se alarga numa plácida extensão de águas que refletem sua majestosa reunião de torres, flechas e cúpulas, acalentadas entre velhas árvores.

Eu apreciava o cenário, e, no entanto, a minha satisfação era amargurada pela memória do passado e pela previsão do futuro. Eu fora criado para a felicidade tranquila. Durante a juventude, a insatisfação nunca visitou a minha alma, e se às vezes o tédio tomava conta de mim, a vista do que é belo na natureza ou o estudo do que é excelente e sublime nas obras do homem sempre podiam interessar o meu coração e comunicar elasticidade ao meu ânimo. Mas sou uma árvore atingida pelo raio que penetrou a minha alma; e eu sentia então que devia sobreviver para mostrar o que logo deixarei de ser — um miserável espetáculo de humanidade destroçada, lamentável para os outros e intolerável para mim mesmo.

Passamos um tempo razoável em Oxford, passeando pelos arredores e tentando identificar cada local que pudesse estar relacionado com a mais animada época da história inglesa. Nossas pequenas jornadas de descoberta eram não raro prolongadas pelos sucessivos objetos que se apresentavam. Visitamos o túmulo do ilustre Hampden[1] e o campo onde tombou aquele patriota. Por um instante, a minha alma se elevou de seus degradantes e miseráveis temores para contemplar as divinas ideias de liberdade e de sacrifício de si mesmo, das quais essas visões eram os monumentos e os mementos. Por um instante ousei romper as minhas cadeias e olhar ao meu redor com um espírito livre e altaneiro, mas o ferro havia penetrado em minha

[1] John Hampden (1595-1643), político inglês, um dos nomes mais importantes da Revolução Inglesa. (N. do T.)

carne, e eu me afundei mais uma vez, trêmulo e desesperado, na minha miserável pessoa.

Deixamos Oxford a contragosto e seguimos para Matlock, que era o nosso seguinte lugar de repouso. Os campos nos arredores dessa aldeia se pareciam muito com o cenário da Suíça; mas tudo em menor escala, e as colinas verdejantes carecem da coroa branca dos distantes Alpes, sempre presentes sobre as montanhas cobertas de pinheiros de meu país natal. Visitamos a maravilhosa caverna e os pequenos gabinetes de história natural, onde as curiosidades estão dispostas da mesma maneira que nas coleções de Servox e Chamonix. Este segundo nome fez-me estremecer ao ser pronunciado por Henry, e apressei-me em deixar Matlock, com que aquela terrível cena passou a estar, assim, associada.

Depois de Derby, ainda rumando para o norte, passamos dois meses em Cumberland e Westmorland. Agora eu podia quase me imaginar nas montanhas da Suíça. Os pequenos retalhos de neve que ainda restavam nas encostas setentrionais das montanhas, os lagos e o ímpeto das correntes descendo pelas rochas, tudo eram visões familiares e queridas para mim. Aqui também conhecemos algumas pessoas que quase conseguiram dar-me a ilusão da felicidade. O prazer de Clerval era proporcionalmente maior do que o meu; sua inteligência se ampliou na companhia de homens de talento, e ele descobriu em sua própria natureza capacidades e recursos maiores do que ele mesmo imaginava ter enquanto se associava a seus inferiores.

— Poderia passar a vida aqui — disse-me ele —; e entre estas montanhas teria poucas saudades da Suíça e do Reno.

Mas ele descobriu que a vida do viajante tem muita dor misturada às alegrias. Seus sentimentos estão sempre no limite; e, quando começa a repousar, se vê obrigado a abandonar aquilo sobre o qual repousa em paz, em troca de algo novo, que chama a sua atenção e que ele também abandonará por outras novidades.

Mal tínhamos visitado os vários lagos de Cumberland e Westmorland e feito certa amizade com alguns dos seus habitantes quando a data do encontro com o nosso amigo escocês se aproximou, e os deixamos para seguir viagem. Eu, por meu lado, não o lamentei; havia negligenciado a minha promessa durante algum tempo e temia os efeitos da decepção do demônio. Ele podia ter permanecido na Suíça e exercer sua vingança sobre os meus parentes. Essa ideia me perseguia e me atormentava a todo instante, quando, se não fosse por isso, poderia ter conseguido repouso e paz. Esperava a correspondência com impaciência febril; se ela se atrasava, eu me sentia arrasado e tomado de mil temores; e, quando chegava e eu via o sobrescrito de Elizabeth ou de meu pai, mal ousava ler e conhecer o meu destino. Às vezes achava que o demônio me seguia e podia punir meu desleixo, assassinando o meu companheiro. Quando esses pensamentos tomavam conta de mim, eu não queria deixar Henry nem por um momento, mas o seguia como uma sombra, para protegê-lo da imaginária cólera de seu destruidor. Sentia-me como se houvesse cometido um grande crime, e a consciência disso me perseguisse. Eu era inocente, mas havia sem dúvida atraído sobre mim uma horrível maldição, tão mortal quanto a do crime.

Visitei Edimburgo com mente e olhos apáticos; e, no entanto, aquela cidade poderia ter interessado até o ser mais desgraçado. Clerval não gostou tanto dela quanto de Oxford, pois a antiguidade desta última lhe era mais agradável. Mas a beleza e a regularidade da cidade nova de Edimburgo, seu romântico castelo e seus arredores, os mais encantadores do mundo, Arthur's Seat, St. Bernard's Well e as colinas de Pentland compensavam-no da mudança e o enchiam de entusiasmo e admiração. Mas eu estava impaciente por chegar ao término da viagem.

Deixamos Edimburgo depois de uma semana, atravessando Coupar, St. Andrew's, ao longo das margens do Tay, até Perth, onde o nosso amigo nos aguardava. Mas eu não me sentia com disposição para rir e conversar com desconhecidos ou para participar de seus sentimentos ou planos com o bom humor que se espera de um convidado; e por isso disse a Clerval que desejava fazer sozinho a excursão pela Escócia.

— Divirta-se — disse eu —, e este será o nosso ponto de encontro. Talvez eu me ausente por um ou dois meses; mas lhe peço que não interfira em minhas andanças; deixe-me por um tempo em paz e só; e quando eu voltar, espero que seja com um coração mais leve, mais afim ao seu próprio temperamento.

Henry quis dissuadir-me, mas ao ver que eu não desistiria do plano, parou de reclamar. Pediu-me que lhe escrevesse com frequência.

— Preferia estar com você — disse ele —, em seus passeios solitários, a ficar com estes escoceses, que não conheço; volte logo, meu querido amigo, para que eu possa sentir-me de novo um pouco em casa, o que não conseguirei na sua ausência.

Tendo-me despedido de meu amigo, decidi visitar algum lugar remoto da Escócia e terminar o meu trabalho em meio à solidão. Não tinha dúvida de que o monstro me seguira e viria ter comigo quando eu tivesse terminado, para poder receber sua companheira. Com essa determinação, atravessei os planaltos do norte e adotei uma das mais longínquas das Orkney Islands como cenário de meus trabalhos. Era um lugar adequado a tal empreendimento, sendo pouco mais do que um rochedo cujas escarpas eram continuamente fustigadas pelas ondas. O solo era árido e mal podia oferecer pastagem a umas poucas vacas magras e farinha de aveia para os habitantes, que consistiam em cinco pessoas, cujos membros esqueléticos e macilentos demonstravam quão miserável era sua alimentação. Os vegetais e o pão, quando se permitiam tal luxo, e até a água fresca deviam ser trazidos da terra firme, que ficava a oito quilômetros dali.

Em toda a ilha só havia três miseráveis barracos, e um deles estava desocupado quando cheguei. Aluguei-o. Tinha só dois cômodos, e eles exibiam toda a sordidez da mais miserável penúria. O telhado desabara, as paredes estavam sem estuque, e a porta se soltara dos gonzos. Mandei consertar tudo, comprei alguns móveis e tomei posse, algo que sem dúvida teria provocado surpresa se a mente dos habitantes não estivesse obnubilada pelas privações e pela sórdida pobreza. Assim, vivia inobservado e imperturbado, e raramente me agradeciam pela ração e pelas roupas que eu lhes dava, de tal modo são embotados pelo sofrimento os mais básicos sentimentos dos homens.

Nesse retiro, eu dedicava as manhãs ao trabalho; mas à tarde, quando o tempo permitia, caminhava pela praia coberta de pedras, para ouvir as ondas que bramiam e rebentavam aos meus pés. Era um cenário monótono, mas sempre em mudança. Pensava na Suíça; era muito diferente dessa paisagem desolada e aterradora. Seus montes são cobertos de vinhedos, e seus chalés espalham-se densamente pelas planícies. Seus magníficos lagos refletem um céu azul e gentil, e, quando açoitados pelos ventos, seu tumulto não passa de uma brincadeira de criança travessa em comparação com os rugidos do oceano gigante.

Assim distribuí as minhas ocupações quando cheguei, mas, à medida que meu trabalho avançava, ele se tornava a cada dia mais horrível e irritante para mim. Às vezes não conseguia convencer-me a entrar no laboratório durante vários dias; outras vezes dava duro dia e noite para concluir o trabalho. Era, sem dúvida, um processo imundo em que eu estava envolvido. Durante a minha primeira experiência, uma espécie de frenesi de entusiasmo cegara-me para o horror do meu trabalho; toda a minha atenção estava concentrada na consumação do meu plano, e meus olhos estavam fechados para o horror dos meus procedimentos. Agora, porém, eu o realizava com toda presença de espírito, e o meu coração se enojava com o trabalho das minhas mãos.

Assim situado, entregue à mais hedionda das ocupações, imerso numa solidão em que nada podia desviar a minha atenção do cenário real no qual estava envolvido, meu humor tornou-se irregular; fiquei inquieto e nervoso. A cada momento temia deparar-me com o meu perseguidor. Às vezes eu me sentava com os olhos fitos no chão, com medo de erguê-los para não encontrar o que tanto receava ver. Tinha medo de afastar-me da vista de meus semelhantes, para que ele não viesse ter comigo quando estivesse sozinho, para reclamar a sua companheira.

Entretanto, eu continuava o meu trabalho, que já estava consideravelmente avançado. Encarava a sua conclusão com uma esperança trêmula e impaciente, que eu não ousava questionar, mas na qual se misturavam obscuros e maus presságios que dilaceravam o coração no meu peito.

❖

Capítulo 20

Estava sentado uma noite em meu laboratório; o sol se pusera, e a lua acabava de erguer-se do mar; não dispunha de luz suficiente para trabalhar e fiquei desocupado, numa pausa para decidir se devia deixar o meu trabalho para a noite ou apressar a sua conclusão, dando--lhe uma atenção ininterrupta. Enquanto estava ali parado, ocorreu-me uma série de reflexões que me levaram a considerar os efeitos do que estava fazendo. Três anos antes, estava empenhado da mesma maneira e criara um ser demoníaco cuja barbárie sem-par desolara o meu coração e o enchera para sempre do mais amargo remorso. Estava agora prestes a formar outro ser cujas disposições igualmente ignorava; ela podia tornar-se dez mil vezes mais maligna do que seu companheiro e pura e simplesmente divertir-se com assassinatos e desgraças. Ele jurara abandonar as proximidades do homem e esconder-se em desertos, mas não ela; e ela, que muito provavelmente devia tornar-se um animal pensante e raciocinante, poderia recusar-se a aceitar um acordo feito antes da sua criação. Podiam até odiar-se um ao outro; a criatura que já vivia odiava sua própria deformidade e não poderia ter uma repulsa ainda maior por ela quando lhe aparecesse sob forma feminina? Ela também podia afastar-se dele com nojo, em favor da beleza superior do homem; poderia abandoná-lo, e ele ficar sozinho de novo, exasperado pela recente provocação de ter sido abandonado por alguém de sua própria espécie.

Mesmo se deixassem a Europa e fossem viver nos desertos do Novo Mundo, uma das primeiras consequências daquela simpatia por que o demônio tanto ansiava seriam os filhos, e uma raça de demônios se propagaria pela terra, podendo fazer da própria existência da espécie humana uma condição precária e cheia de terror. Tinha eu o direito, para proveito próprio, de lançar essa maldição perpétua às futuras gerações? Deixara-me antes comover pelos sofismas do ser que criara; suas ameaças diabólicas embotaram os meus sentidos; mas agora, pela primeira vez, via claramente a malignidade da minha promessa; estremeci ao pensar que as épocas futuras poderiam amaldiçoar-me como sua peste, cujo egoísmo não hesitara em comprar a paz para si mesmo ao preço, porém, da existência de toda a raça humana.

Estremeci, e meu coração disparou dentro de mim, quando, olhando para cima, vi pela janela a figura do demônio à luz do luar. Um risinho medonho franzia os seus beiços enquanto ele olhava para mim, que trabalhava para cumprir a tarefa a que ele me forçara. Sim, ele me seguira em minhas viagens; passara o tempo nas florestas, escondera-se em cavernas ou refugiara-se em grandes matas desertas; e vinha agora verificar o meu progresso e exigir o cumprimento da minha promessa.

Quando olhei para ele, sua fisionomia mostrava a máxima malícia e perfídia. Pensei com uma sensação de loucura na minha promessa de criar outro ser como ele e, tremendo violentamente, fiz em pedaços a coisa em que estava trabalhando. O demônio viu-me destruir a criatura de cuja futura existência dependia a sua felicidade e, com um uivo de desespero e desforra, partiu.

Deixei a sala e, trancando a porta, fiz em meu coração uma promessa solene de jamais retomar os trabalhos; e então, com passos trêmulos, me dirigi para o meu quarto. Estava sozinho; ninguém estava perto de mim para dissipar o desalento e livrar-me da mórbida opressão dos mais terríveis devaneios.

Passaram-se muitas horas, e eu permanecia junto à janela, a observar o mar; ele estava quase imóvel, pois os ventos se haviam aquietado, e toda a natureza descansava sob o olho da calma lua. Só alguns navios pesqueiros salpicavam as águas, e de quando em quando a brisa delicada soprava o som das vozes dos pescadores a chamar uns aos outros. Sentia o silêncio, embora mal estivesse consciente de sua extrema profundidade, até que os meus ouvidos subitamente se concentraram na batida de remos perto da praia, e uma pessoa desembarcou perto da minha casa.

Poucos minutos depois, ouvi o rangido da porta, como se alguém a tentasse abrir silenciosamente. Tremi dos pés à cabeça; senti um pressentimento de quem era e quis acordar um dos camponeses que moravam num barraco não longe do meu; mas tomara conta de mim a sensação de desespero, tantas vezes sentida no terror dos pesadelos, quando tentamos em vão fugir de um perigo iminente e ficamos presos ao chão. Agora eu ouvia o som de passos no corredor; a porta abriu-se, e apareceu o demônio que eu tanto temia.

Fechando a porta, ele se aproximou e disse com voz abafada:

— Destruíste o trabalho iniciado; que pretendes com isso? Como ousas quebrar a promessa? Enfrentei o trabalho duro e o sofrimento; deixei a Suíça contigo; percorri escondido as margens do Reno, entre as ilhas cobertas de salgueiros e sobre o cume dos montes. Vivi durante muitos meses nas charnecas da Inglaterra e nos desertos da Escócia. Suportei fadigas infinitas, e o frio, e a fome; como ousas destruir as minhas esperanças?

— Vai embora! Vou quebrar a promessa, sim; jamais criarei outro ser como tu, deformado e mau.

— Escravo, antes eu argumentei contigo, mas demonstraste não ser digno da minha condescendência. Lembra-te de que tenho a força; crês ser infeliz, mas posso fazer-te tão desgraçado que a luz do dia te será abominável. És o meu criador, mas eu sou teu senhor; obedece!

— Passou a hora da minha indecisão, e chegou a hora do teu poder. Tuas ameaças não podem convencer-me a executar uma ação má, mas fortalecem a minha resolução de não criar a tua companheira de malignidade. Devo eu, em sã consciência, soltar no mundo um demônio cujo prazer é a morte e a destruição? Fora daqui! Já tomei a minha decisão, e tuas palavras só vão exasperar a minha cólera.

O monstro percebeu a determinação em meu rosto e rangeu os dentes na impotência da ira.

— Encontrará cada homem — gritou ele — uma esposa para o seu coração, e cada animal terá sua companheira, e eu ficarei sozinho? Tenho sentimentos afetuosos que são retribuídos pelo desprezo e pelo desdém. Homem! Podes odiar, mas cuidado! Tuas horas vão passar-se em pavor e miséria, e logo cairá o raio que há de arrebatar-te a felicidade para sempre. Deves ser feliz enquanto rastejo na baixeza da minha desgraça? Podes destruir as minhas outras paixões, mas a sede de vingança permanecerá; a vingança, doravante mais amada do que a luz ou o alimento! Posso morrer, mas antes tu, meu tirano e torturador, hás de amaldiçoar o sol que vê a tua miséria. Cuidado, pois não tenho medo e sou, portanto, poderoso. Vou espreitar-te com a astúcia da serpente, para poder picar com seu veneno. Homem, vais arrepender-te das injúrias que infliges!

— Basta, demônio; e não envenenes o ar com esses sons malignos.

Já te comuniquei a minha decisão e não sou covarde para curvar-me diante de palavras. Deixa-me, pois permanecerei inflexível.

— Muito bem. Vou embora; mas lembra-te, vou estar contigo na tua noite de núpcias!

Dei um pulo para a frente e exclamei:

— Canalha! Antes de assinar a minha sentença de morte, certifica--te de estares tu mesmo em segurança!

Quis agarrá-lo, mas ele se esquivou de mim e deixou a casa correndo. Em poucos momentos eu o vi em seu barco, que disparou em meio às águas como uma flecha e logo se perdeu entre as vagas.

Tudo estava silencioso novamente, mas suas palavras ecoavam em meus ouvidos. Estava louco para perseguir o assassino da minha paz e precipitá-lo no oceano. Andei de um lado para o outro em meu quarto, febril e perturbado, enquanto a minha imaginação invocava mil imagens para me atormentar e atiçar. Por que não o seguira para travar com ele um duelo mortal? Mas eu o deixara partir, e ele seguira para terra firme. Estremecia ao imaginar quem seria a próxima vítima sacrificada à sua vingança insatisfeita. E então me ocorreram de novo as suas palavras: "Vou estar contigo em tua noite de núpcias". Era essa, pois, a data marcada para a consumação do meu destino. Naquela hora eu morreria e ao mesmo tempo satisfaria e extinguiria a sua malignidade. Essa perspectiva não provocava medo; quando pensava em minha amada Elizabeth, porém, em suas lágrimas e em sua infinita tristeza quando visse seu amado tão barbaramente arrancado dela, as primeiras lágrimas em muitos meses jorraram de meus olhos, e resolvi não tombar diante do meu inimigo sem antes travar um duro combate.

A noite passou, e o sol se ergueu do oceano; meus sentimentos tornaram-se mais calmos, se é que se pode chamar de calma o que sobrevém quando a violência do ódio cai nas profundezas do desespero. Deixei a casa, o medonho cenário da discussão da noite anterior, e caminhei pela praia, que eu quase considerava como uma barreira insuperável entre mim e meus semelhantes; não só isso, um desejo de que assim fosse percorreu a minha alma. Desejei poder passar a vida naquele árido rochedo, entediado, é verdade, mas imune a qualquer golpe brusco da desgraça. Se voltasse, era para ser sacrificado ou para ver aqueles a quem mais amava morrerem sob as garras de um demônio que eu mesmo havia criado.

Caminhei pela ilha como um espectro agitado, separado de tudo o que amava e infeliz na separação. Ao meio-dia, quando o sol se ergueu mais alto, me deitei sobre a relva e fui vencido por um sono profundo. Ficara acordado toda a noite anterior, meus nervos estavam excitados, e meus olhos, inflamados pela vigília e pela dor. O sono em que caí me revigorou; e quando despertei me senti novamente como membro de uma raça de seres humanos como eu mesmo e comecei a refletir sobre o que se passara com maior serenidade; no entanto as palavras do diabo ainda ecoavam em meus ouvidos como um dobre de finados; pareciam um sonho, mas nítido e opressivo como a realidade.

O sol já descera bastante, e eu continuava sentado na praia, satisfazendo meu apetite, que se tornara voraz, com um bolo de aveia, quando vi um barco pesqueiro desembarcar perto de onde eu estava, e um dos homens trazer-me um pacote; continha cartas de Genebra e uma de Clerval, pedindo que voltasse. Dizia que estava perdendo tempo inutilmente ali onde estava, que cartas dos amigos que fizera em Londres desejavam o seu retorno para ultimar as negociações sobre o seu empreendimento indiano. Não podia mais adiar a partida; mas como a viagem a Londres poderia ser seguida, mais cedo até do que agora supunha, por outra viagem mais longa, ele me pedia que lhe concedesse o máximo possível de minha companhia de que pudesse dispor. Suplicava-me, portanto, que deixasse a minha ilha solitária e fosse encontrá-lo em Perth, para podermos seguir viagem juntos para o sul. Essa carta, até certo ponto, trouxe-me de volta à vida, e decidi deixar a ilha ao cabo de dois dias. Antes de partir, porém, tinha um trabalho a fazer, que só de pensar me dava arrepios; precisava empacotar os meus instrumentos químicos, e para isso tinha de entrar na sala que fora o cenário de meu odioso trabalho e manusear aqueles utensílios cuja mera visão me dava náuseas. Na manhã seguinte, ao nascer do sol, reuni bastante coragem e destranquei a porta do laboratório. Os restos da criatura semiacabada que eu havia destruído estavam esparramados pelo chão, e eu me senti como se tivesse estraçalhado a carne viva de um ser humano. Parei para me recompor e em seguida entrei no quarto. Com mãos trêmulas levei os instrumentos para fora da sala, mas refleti que não devia deixar ali os restos do meu trabalho, o que despertaria o horror e a suspeita dos camponeses; e, assim, eu os pus numa cesta, com grande quantidade de pedras e, guardando-os, decidi lançá-los ao mar naquela noite mesmo; sentei-me, então, junto à praia e tratei de limpar e arrumar os meus aparelhos químicos.

Nada poderia ser mais completo do que a alteração por que passaram os meus sentimentos desde a noite do aparecimento do demônio. Antes eu encarava a minha promessa com um desespero sombrio, como algo que tinha de ser feito, fossem quais fossem as consequências; agora, porém, me sentia como se tivessem tirado uma película de meus olhos, e pela primeira vez eu enxergasse com clareza. A ideia de retomar os trabalhos não me passou pela cabeça nem sequer por um instante; a ameaça que ouvira pesava sobre os meus pensamentos, mas não me ocorrera que um ato voluntário de minha parte pudesse evitá-la. Concluíra comigo mesmo que criar outro ser como o demônio que antes fizera seria um ato do mais vil e atroz egoísmo, e expulsei qualquer pensamento que pudesse levar a uma conclusão diversa.

Entre duas e três da manhã, a lua nasceu; e então eu, pondo a minha cesta dentro de um pequeno esquife, naveguei cerca de seis quilômetros mar adentro. O cenário era de completa solidão; alguns barcos retornavam para terra, mas afastei-me deles. Sentia-me como se estivesse prestes a cometer um crime terrível e evitava com arrepiada ansiedade qualquer encontro com meus semelhantes. A certa altura, a lua, que antes estivera clara, foi de repente coberta por uma nuvem espessa, e aproveitei o momento de escuridão para jogar a cesta ao mar; ouvi o gorgolejar da água enquanto ela afundava e então me afastei do lugar. O céu nublou-se, mas o ar estava puro, ainda que gelado pela brisa do norte que estava então se erguendo. Mas refrescou-me e encheu-me de sensações tão agradáveis que resolvi prolongar a minha estada sobre as águas e, fixando o leme numa posição reta, estiquei-me no fundo do barco. As nuvens ocultavam a lua, tudo estava escuro, e eu ouvia apenas o som do barco a cortar as ondas; o murmúrio embalou-me, e em pouco tempo eu dormia profundamente.

Não sei quanto tempo permaneci naquela situação, mas quando despertei vi que o sol já havia subido consideravelmente. O vento era forte, e as ondas ameaçavam continuamente a segurança do meu esquife. Vi que o vento era nordeste e devia ter-me levado para longe da costa onde embarcara. Tentei mudar o curso, mas logo percebi que, se fizesse mais uma tentativa, o barco imediatamente se encheria de água. Nessa situação, meu único recurso era seguir o vento. Confesso que tive sensações de terror. Não tinha um compasso comigo e conhecia tão pouco a geografia daquela parte do mundo que o sol me era de pouco proveito. Podia ser levado ao vasto Atlântico e sentir as torturas da morte pela fome ou ser engolido pelas imensas águas que bramiam e se agitavam ao meu redor. Já estava fora havia muitas horas e sentia o tormento de uma sede ardente, prelúdio de todos os meus outros sofrimentos. Olhava para o céu, coberto de nuvens que fugiam do vento, só para serem substituídas por outras; olhava para o mar; seria o meu túmulo.

— Demônio — exclamei —, tua tarefa já se cumpriu!

Pensei em Elizabeth, em meu pai e em Clerval — todos os que deixaria para trás e sobre os quais o monstro poderia saciar suas sanguinárias e cruéis paixões. Essa ideia mergulhou-me num devaneio tão desesperado e aterrorizante que até hoje, quando a cena está prestes a se fechar para sempre à minha frente, estremeço ao pensar nele.

Passaram-se assim algumas horas; mas aos poucos, à medida que o sol declinava na direção do horizonte, os ventos abrandaram-se numa doce brisa, e o mar perdeu seus vagalhões. Mas estes deram lugar a um forte balanço; sentia-me enjoado e mal conseguia segurar o leme quando vi de repente uma linha de terras altas, na direção sul.

Quase vencido, como estava, pelo cansaço e pela terrível expectativa que suportei durante muitas horas, essa súbita certeza de vida invadiu o meu coração como um rio de entusiástica alegria, e lágrimas rolaram dos meus olhos.

Como são mutáveis os nossos sentimentos, e como é estranho o teimoso amor à vida que temos até no cúmulo da desgraça! Fiz outra vela com parte da minha roupa e apontei impacientemente o leme para terra. Tinha uma aparência selvagem e rochosa, mas ao me aproximar pude facilmente perceber vestígios de lavoura. Avistei barcos perto da costa e me vi subitamente transportado de volta para as vizinhanças do homem civilizado. Observei com atenção os contornos da terra e fiquei satisfeito ao ver finalmente um campanário atrás de um pequeno promontório. Como estava num estado de extrema fraqueza, resolvi rumar diretamente para a aldeia, lugar onde provavelmente seria mais fácil obter alimento. Por sorte, trazia dinheiro comigo.

Ao contornar o promontório, percebi uma cidadezinha bem cuidada e um bom porto, onde entrei, com o coração a saltar de alegria pela inesperada salvação.

Enquanto estava ocupado amarrando o barco e arrumando as velas, muitas pessoas se aproximaram do lugar onde eu estava. Pareciam muito surpresas com a minha chegada, mas, em vez de oferecerem ajuda, cochichavam uns com os outros, gesticulando de um modo que em qualquer outro momento teria produzido em mim uma leve sensação de alarme. Naquela situação, simplesmente notei que falavam inglês e, portanto, me dirigi a eles nessa língua:

— Meus amigos — disse eu —, posso pedir-lhes a gentileza de me dizer o nome desta cidade e me informar onde estou?

— Você logo vai saber — respondeu um homem de voz rouca. — Talvez tenha vindo a um lugar que não seja muito do seu gosto, mas onde não vão consultá-lo sobre onde ficará hospedado, isso eu lhe garanto.

Fiquei imensamente surpreso por receber uma resposta tão grosseira de um desconhecido, mas também estava desconcertado por perceber os rostos carrancudos e irritados dos seus companheiros.

— Por que essa resposta tão ríspida? — repliquei. — Com certeza não é costume de ingleses receber os estrangeiros com tamanha falta de hospitalidade.

— Não sei — disse o homem — qual seja o costume dos ingleses, mas é costume dos irlandeses odiar canalhas.

Enquanto prosseguia esse estranho diálogo, percebi que a multidão crescia rapidamente. Seus rostos exprimiam um misto de curiosidade e animosidade que me aborreceu e, até certo ponto, alarmou.

Perguntei onde ficava o albergue, mas ninguém respondeu. Segui em frente, então, e um som de murmúrios ergueu-se da multidão que me seguia e rodeava, quando um homem mal-encarado se aproximou, bateu em meu ombro e disse:

— Venha, senhor. Queira acompanhar-me até a casa do sr. Kirwin, para explicar-se.

— Quem é o sr. Kirwin? Por que devo explicar-me? Este não é um país livre?

— Ah, senhor, muito livre para gente honesta. O sr. Kirwin é um magistrado, e o senhor deve explicar a morte de um cavalheiro que foi encontrado assassinado aqui, na noite passada.

A resposta assustou-me, mas logo me recuperei. Era inocente, e isso podia ser provado com facilidade; assim, segui o meu guia em silêncio e fui levado a uma das melhores casas da cidade. Estava a ponto de cair de cansaço e fome, mas, como estava cercado por uma multidão, achei melhor valer-me de toda a minha força, para que a fraqueza física não fosse interpretada como apreensão ou consciência pesada. Nada mais fiz do que esperar a calamidade que em poucos instantes tomaria conta de mim e extinguiria em horror e desespero todo o medo da ignomínia e da morte. Preciso fazer uma pausa aqui, pois vou precisar de todas as forças para trazer à memória os terríveis acontecimentos que vou contar em pormenor.

❖

Capítulo 21

Fui logo levado à presença do magistrado, um bom velho de maneiras calmas e gentis. Olhou para mim, porém, com certa severidade e então, voltando-se para os que me haviam trazido, perguntou quem se apresentava como testemunha.

Cerca de 12 homens se adiantaram; e, sendo um escolhido pelo magistrado, depôs que saíra para pescar na noite anterior com o filho e o cunhado, Daniel Nugent, quando, por volta de 22 horas, observaram uma forte rajada de vento do norte e assim rumaram para o porto. Era uma noite muito escura, pois a lua ainda não surgira; não desembarcaram no porto, mas, como estavam habituados, num riacho cerca de três quilômetros mais abaixo. Ele caminhava à frente, carregando uma parte dos apetrechos de pesca, e seus companheiros o seguiam a certa distância.

Quando avançava pela areia, tropeçou em algo e se estatelou no chão. Seus companheiros vieram socorrê-lo e com a luz da lanterna descobriram que ele caíra sobre o corpo de um homem que tudo indicava estar morto. A primeira hipótese que conceberam foi de que se tratava do cadáver de alguém que se afogara e fora jogado na praia pelas ondas, mas, ao examinarem-no, descobriram que as roupas não estavam úmidas e até que o corpo não estava frio. Imediatamente o levaram para o chalé de uma senhora idosa perto dali e tentaram, em vão, trazê-lo de volta à vida. Era um jovem bonito, de cerca de 25 anos. Aparentemente fora estrangulado, pois não havia sinal de violência, exceto a marca negra dos dedos no pescoço.

A primeira parte do depoimento não me interessou nem um pouco, mas, quando foi mencionada a marca dos dedos, me lembrei do assassinato do meu irmão e me senti extremamente agitado; minhas pernas e braços tremiam, e uma neblina cobriu os meus olhos, o que me obrigou a me apoiar numa cadeira para não cair. O magistrado observou-me com um olhar perspicaz e é lógico que teve um mau pressentimento com o meu comportamento.

O filho confirmou o relato do pai, mas, quando Daniel Nugent foi chamado, jurou positivamente que pouco antes da queda do companheiro viu um barco com uma só pessoa, a pouca distância da praia; e, pelo que podia julgar sob a luz de poucas estrelas, era o mesmo barco em que eu acabara de chegar. Uma mulher depôs que vivia perto da praia e estava de pé à porta do chalé, aguardando a volta dos pescadores, cerca de uma hora antes de saber da descoberta do corpo, quando viu um barco com apenas um homem dentro afastando-se da parte da praia onde mais tarde o corpo foi encontrado.

Outra mulher confirmou o relato do pescador que levara o corpo para a sua casa; ele não estava frio. Puseram-no numa cama e o friccionaram, e Daniel foi à cidade buscar um farmacêutico, mas a vida já se fora.

Diversos outros homens foram interrogados a respeito do meu desembarque, e todos concordaram que, com o forte vento do norte que soprara durante a noite, era muito provável que eu tivesse errado por muitas horas e sido obrigado a voltar quase ao mesmo lugar de que partira. Além disso, observaram que parecia que eu trouxera o corpo de outro lugar, e era provável que, como eu não parecia conhecer a costa, talvez tivesse entrado no porto sem saber a distância da cidade de *** até o lugar onde depositara o corpo.

O sr. Kirwin, ao ouvir essa prova, quis que eu fosse levado para a sala onde o corpo jazia à espera de ser sepultado, para que se observasse que efeito a vista dele produziria em mim. A ideia provavelmente foi sugerida pela extrema agitação que exibi quando foi descrito o modo do crime. Fui, assim, levado pelo magistrado e diversas outras pessoas à hospedaria. Eu não podia deixar de estar surpreso com as estranhas coincidências ocorridas nessa noite agitada; mas, sabendo que estivera conversando com diversas pessoas na ilha onde morei na hora em que o corpo fora encontrado, estava totalmente tranquilo quanto às consequências do caso. Entrei na sala onde o corpo jazia e fui levado até o caixão. Como poderia descrever as minhas sensações ao vê-lo? Sinto ainda arder o terror dentro de mim e não posso pensar naquele momento terrível sem arrepios e agonia. O interrogatório, a presença do magistrado e das testemunhas passaram como um sonho da minha memória quando vi o cadáver de Henry Clerval deitado à minha frente. Tentei respirar e, jogando-me sobre o corpo, exclamei:

— Minhas maquinações assassinas tiraram a vida também de você, meu caríssimo Henry? Já destruí duas pessoas; outras vítimas aguardam seu destino; mas você, Clerval, meu amigo, meu benfeitor...

O corpo humano não poderia resistir por mais tempo às agonias que suportei, e fui levado para fora da sala tomado de fortes convulsões. Veio em seguida a febre. Fiquei durante dois meses entre a vida e a morte; meus delírios, como soube mais tarde, eram horrendos; chamei a mim mesmo assassino de William, de Justine e de Clerval. Ora pedia aos que me tratavam que me ajudassem a destruir o demônio que me atormentava; ora sentia os dedos do monstro já a agarrar o meu pescoço e gritava com agonia e terror. Felizmente, como eu falava a minha língua materna, só o sr. Kirwin me entendia; mas meus gestos e os gritos amargurados bastavam para apavorar as outras testemunhas. Por que não morri? Mais miserável do que nenhum homem jamais o foi, por que não me afundei no esquecimento e no repouso? A morte arrebata muitas crianças em flor, as únicas esperanças de seus pais amorosos; quantas noivas e jovens namoradas estavam um dia na flor da saúde e no dia seguinte se tornaram presas dos vermes e da corrupção do túmulo! De que material era eu feito que podia resistir assim a tantos choques que, como o girar de uma roda, renovavam sem cessar a tortura?

Mas estava fadado a viver e em dois meses me vi despertando de um sonho, numa prisão, deitado numa cama miserável, rodeado de carcereiros, guardas, trancas e todo o miserável aparato de uma masmorra. Era de manhã, lembro-me, quando recuperei a consciência; havia esquecido os pormenores do que acontecera e me sentia apenas como se uma grande desgraça se tivesse abatido de repente sobre mim; mas, quando olhei ao meu redor e vi as janelas com grades e a miséria da cela onde estava, fez-se um clarão em minha memória e gemi amargamente. Aquele som perturbou uma velha que dormia numa cadeira ao meu lado. Era uma enfermeira contratada, a mulher de um dos carcereiros, e sua fisionomia exprimia todas aquelas más qualidades que muitas vezes caracterizam essa classe. Os traços de seu rosto eram duros e grosseiros, como os das pessoas acostumadas a ver a miséria sem compaixão. Sua voz exprimia sua total indiferença; dirigiu-se a mim em inglês, e a voz pareceu-me uma das que ouvi durante os meus tormentos.

— Está melhor agora, senhor? — disse ela.

Respondi na mesma língua, com a voz débil:

— Creio que sim; mas, se tudo isso for verdade, se realmente não sonhei, lamento ainda estar vivo para sentir esta miséria e horror.

— Quanto a isso — replicou a velha —, se se refere ao cavalheiro que o senhor assassinou, creio que seria melhor estar morto, pois imagino que as coisas ficarão pretas para o senhor! Mas isso não é da minha conta; estou aqui como enfermeira para tratá-lo bem; faço o meu trabalho com a consciência tranquila; seria bom que todos fizessem o mesmo.

Virei o rosto com asco daquela mulher capaz de dirigir tão insensíveis palavras a uma pessoa que acabara de se salvar, à beira da morte; mas me sentia abatido e incapaz de refletir sobre tudo o que se passara. A sequência inteira da minha vida apresentou-se a mim como num sonho; às vezes duvidava que tudo fosse realmente verdade, pois nunca se mostrava à minha mente com a força da realidade.

À medida que as imagens que vagavam à minha frente ficavam mais distintas, eu me tornava febril; as trevas se acumulavam ao meu redor; não havia ninguém junto a mim para me aliviar com a doce voz do amor; nenhuma mão amada me amparava. O médico veio e receitou remédios, e a velha os preparou para mim; mas era visível a total indiferença do médico, e a expressão de brutalidade estava profundamente marcada no rosto da enfermeira. Quem poderia interessar-se pela sorte de um assassino a não ser o carrasco que receberia seu salário?

Eram essas as minhas reflexões, mas logo soube que o sr. Kirwin demonstrara extrema delicadeza por mim. Fez com que a melhor cela da prisão fosse preparada (a qual, mesmo sendo a melhor, era de fato miserável); e foi ele quem me providenciou um médico e uma enfermeira. É bem verdade que ele raramente vinha ver-me, pois, embora quisesse ardentemente aliviar os sofrimentos de todas as criaturas humanas, não queria estar presente às agonias e aos miseráveis delírios de um assassino. Ele vinha, portanto, às vezes para verificar se eu não estava sendo maltratado, mas essas visitas eram breves e espaçadas por longos intervalos. Certo dia, enquanto aos poucos me recuperava, estava sentado numa cadeira, de olhos entreabertos e com as faces lívidas como as de um morto. O desânimo e a infelicidade me haviam dominado, e muitas vezes eu refletia que mais valia procurar a morte do que desejar permanecer num mundo que para mim estava repleto de aflição. A certa altura, cheguei a pensar se não deveria declarar-me culpado e sofrer as penas da lei, pois era menos inocente do que a pobre Justine. Tais eram os meus pensamentos quando a porta da cela se abriu, e o sr. Kirwin entrou. Sua fisionomia exprimia simpatia e compaixão; arrastou uma cadeira para junto da minha e me dirigiu a palavra em francês:

— Receio que este lugar seja repelente para o senhor; posso fazer algo para torná-lo mais cômodo?

— Muito obrigado, mas tudo o que Vossa Excelência mencionou não é nada para mim; em toda a terra não há conforto que eu possa receber.

— Sei que a simpatia de um desconhecido não pode ser de muito auxílio para alguém como o senhor, abatido por uma tão estranha desgraça. Mas espero que logo supere este melancólico abrigo, pois sem dúvida se podem facilmente apresentar provas que o absolvam da acusação de crime.

— Esta é a minha última preocupação; tornei-me, por uma série de estranhos acontecimentos, o mais desgraçado dos mortais. Perseguido e torturado como sou e fui, pode a morte ser um mal para mim?

— Nada, com efeito, poderia ser mais desventurado e aflitivo do que os estranhos acasos que têm ocorrido ultimamente. O senhor foi jogado, por um surpreendente acidente, neste litoral famoso pela hospitalidade, imediatamente capturado e acusado de assassinato. A primeira visão que lhe foi apresentada foi o cadáver do seu amigo, assassinado de maneira totalmente inexplicável e colocado, por assim dizer, por um demônio em seu caminho.

Quando o sr. Kirwin disse isso, apesar da agitação que sentia por aquele retrospecto dos meus sofrimentos, também senti uma grande surpresa pelo conhecimento que ele parecia ter a meu respeito. Suponho que a minha fisionomia exibia certo espanto, pois ele se apressou em dizer:

— Imediatamente depois que o senhor adoeceu, me foram apresentados todos os papéis que trazia consigo, e os examinei para ver se conseguia descobrir algum indício pelo qual pudesse enviar à sua família um relato de seu infortúnio e enfermidade. Descobri diversas cartas e, entre outras, uma que descobri pelo seu início que era de seu pai. Escrevi de imediato para Genebra; cerca de dois meses se passaram desde o envio da carta. Mas o senhor está doente; até hoje o senhor treme, mas não pode de modo algum se agitar.

— Esta incerteza é mil vezes pior do que a pior realidade; diga--me que outra cena de morte se deu e de quem é a morte que devo lamentar agora?

— A sua família está perfeitamente bem — disse o sr. Kirwin com delicadeza —; e alguém, um amigo, vem visitar o senhor.

Não sei por qual sequência de pensamentos a ideia me ocorreu, mas imediatamente me veio à mente que o assassino quisera zombar de minha desgraça e escarnecer da morte de Clerval, como mais um estímulo para me fazer anuir a seus infernais desejos. Cobri os olhos com a mão e exclamei agoniado:

— Ah, leve-o embora! Não posso vê-lo; pelo amor de Deus, não o deixe entrar!

O sr. Kirwin encarou-me com uma expressão perturbada. Não podia deixar de considerar a minha exclamação um indício de culpa e falou em tom bastante grave:

— Julguei, meu rapaz, que a presença de seu pai seria bem-vinda, em vez de provocar uma repugnância tão violenta.

— Meu pai! — exclamei, enquanto todas as minhas feições e todos os meus músculos se abrandavam, passando da angústia ao prazer. — Meu pai veio mesmo? Quanta gentileza, quanta gentileza! Mas onde está ele, por que não correu para me ver?

Minha mudança de atitude surpreendeu o magistrado e o deixou satisfeito; talvez tenha pensado que a minha primeira exclamação fosse um retorno momentâneo do delírio, e imediatamente retomou sua benevolência inicial. Ergueu-se e saiu da cela com a enfermeira, e logo em seguida meu pai entrou.

Nada naquele momento me haveria proporcionado maior prazer do que a chegada do meu pai. Estendi a mão a ele e exclamei:

— Então o senhor está a salvo... e Elizabeth... e Ernest?

Meu pai acalmou-me, garantindo que estavam bem, e tentou animar o meu humor melancólico, tratando dos assuntos que mais interessavam ao meu coração; mas logo percebeu que a prisão não pode ser um lugar de alegria.

— Que lugar é este onde você reside, meu filho! — disse ele, olhando aflito para as janelas com grades e a miserável aparência da cela. — Viajou em busca de felicidade, mas uma fatalidade parece perseguir você. E o pobre Clerval...

O nome de meu infeliz amigo assassinado foi um baque muito forte para que eu, debilitado como estava, pudesse suportar; chorei copiosamente.

— Ai! É, meu pai — disse eu —, um destino da mais terrível espécie está suspenso sobre mim, e tenho de viver para cumpri-lo, ou com certeza teria morrido sobre o féretro de Henry.

Não recebemos autorização para conversar por muito tempo, pois o estado precário da minha saúde tornava necessárias todas as precauções que pudessem garantir a minha tranquilidade. O sr. Kirwin entrou e insistiu que as minhas forças não deveriam ser exauridas pelo esforço excessivo. Mas o aparecimento de meu pai foi para mim como o do meu bom anjo, e aos poucos recuperei a saúde.

Enquanto a enfermidade me deixava, fui tomado por uma lúgubre e negra melancolia que nada podia dissipar. A imagem de Clerval, medonho e assassinado, estava sempre à minha frente. Mais de uma vez a agitação que essas reflexões provocavam em mim fez com que meus amigos temessem uma perigosa recaída. Pobre de mim! Por que preservavam uma vida tão desgraçada e detestada? Decerto para que eu pudesse cumprir o meu destino, que está agora chegando a um desfecho. Cedo, ah, muito cedo, a morte vai extinguir essas palpitações e aliviar-me do duro peso da angústia que me curva até o chão; e, ao fazer justiça, também eu poderei descansar em paz. Na época, a aparência da morte era distante, embora o desejo dela estivesse sempre presente aos meus pensamentos; e muitas vezes eu ficava sentado durante horas, imóvel e calado, desejando alguma revolução que pudesse sepultar-me a mim e ao meu destruidor em suas ruínas.

Aproximava-se a hora das audiências. Eu já passara preso três meses e, embora ainda estivesse fraco e em contínuo perigo de recaída, fui obrigado a viajar cerca de 160 quilômetros até a capital, onde o tribunal se reunia. O sr. Kirwin encarregou-se com toda atenção de reunir as testemunhas e compor a minha defesa. Fui poupado da desgraça de aparecer em público como um criminoso, pois o caso não foi levado ao tribunal que decide sobre a vida e a morte. O júri principal recusou a denúncia, porque ficou provado que eu estava nas Orkney Islands na hora em que o corpo do meu amigo foi encontrado; e duas semanas depois de minha transferência fui solto.

Meu pai ficou muito contente ao me ver livre das humilhações de um processo criminal e porque eu podia novamente respirar o ar livre e retornar ao meu país natal. Eu não compartilhava esses sentimentos, pois para mim as paredes de uma masmorra ou de um palácio eram igualmente odiosas. A taça da vida estava para sempre envenenada, e embora o sol brilhasse sobre mim como sobre os de coração feliz e contente, via ao meu redor apenas trevas espessas e apavorantes, não penetradas por nenhuma luz além do reflexo de dois olhos que se cravavam em mim. Às vezes eram os olhos expressivos de Henry, desfalecentes na morte, as órbitas escuras quase cobertas pelas pálpebras e as longas pestanas negras que as franjavam; outras vezes eram os olhos lacrimosos e nublados do monstro, como os vira pela primeira vez no meu quarto, em Ingolstadt.

Meu pai tentava despertar em mim os sentimentos de afeição. Falava de Genebra, que eu logo iria visitar, de Elizabeth e de Ernest; mas essas palavras só tiravam de mim profundos gemidos. Às vezes, de fato, sentia um desejo de felicidade e pensava com melancólico prazer em minha amada prima ou desejava, com saudades devoradoras, ver mais uma vez o lago azul e o rápido Ródano, que me foram tão queridos na infância; mas meu estado sentimental geral era um torpor em que a prisão era uma residência tão bem-vinda quanto a mais divina paisagem natural; e esse estado de espírito raramente era interrompido, a não ser por paroxismos de angústia e desespero. Nesses momentos, eu muitas vezes tentava pôr fim à existência, que eu abominava, e eram necessárias atenção e vigilância ininterruptas para impedir-me de cometer algum terrível ato de violência.

Eu tinha, porém, mais um dever a cumprir, cuja lembrança finalmente fez com que eu vencesse o meu desespero egoísta. Era necessário voltar imediatamente a Genebra, para velar pela vida dos que eu amava tão ternamente e ficar à espreita do assassino, para que, se algum acaso me levasse ao seu esconderijo ou se ele ousasse mais uma vez prejudicar-me com sua presença, eu pudesse, com pontaria certeira, pôr fim à existência da monstruosa imagem que eu dotara de um simulacro de alma ainda mais monstruoso. Meu pai queria ainda adiar a nossa partida, temeroso de que eu não conseguisse suportar as fadigas da viagem, pois estava em frangalhos — a sombra de um ser humano. Meu vigor se fora. Estava um esqueleto, e a febre roía dia e noite o meu corpo desgastado. Mesmo assim, como eu insistia ansiosa e impacientemente em deixar a Irlanda, meu pai achou melhor consentir. Compramos passagem para um navio com destino a Havre-de-Grâce e navegamos com bom vento da costa irlandesa. Era meia-noite. Eu estava deitado no convés, a olhar as estrelas e a ouvir o marulho das ondas. Saudava a escuridão que tirava a Irlanda de minha vista, e meu pulso batia com alegria febril quando pensava que logo veria Genebra. O passado aparecia-me à luz de um terrível sonho; o navio onde estava, porém, o vento que com seu sopro me afastava do detestado litoral da Irlanda e o mar que me rodeava diziam-me enfaticamente que eu não estava sendo iludido por nenhuma visão e que Clerval, meu amigo e mais querido companheiro, tombara vítima de mim e do monstro de minha criação. Passei em revista na memória a minha vida inteira: a tranquila felicidade quando morava com a família em Genebra, a morte da minha mãe e a partida para Ingolstadt. Lembrei, a estremecer, o doido entusiasmo que me empurrou para a criação de meu medonho inimigo e recordei a noite em que pela primeira vez ele viveu. Não conseguia prosseguir naquela linha de pensamento; mil sentimentos oprimiam-me e chorei amargamente. Desde que me recuperara da febre, costumava tomar todas as noites uma pequena quantidade de láudano, pois só com essa droga eu conseguia o repouso necessário para a preservação da vida. Agitado pela lembrança de meus diversos infortúnios, tomei o dobro da minha dose normal e logo caí num sono profundo. Mas o sono não me deu trégua das preocupações e da desgraça; meus sonhos apresentaram--me mil objetos assustadores. Pela manhã, estava possuído por uma espécie de pesadelo; sentia que o demônio agarrava a minha garganta e eu não conseguia me livrar dele; gemidos e gritos ressoavam em meus ouvidos. Meu pai, que me assistia, ao perceber minha agitação, despertou-me; as impetuosas ondas estavam ao meu redor, o céu nublado sobre mim, o demônio não estava ali: uma sensação de segurança, um sentimento de que se estabelecera uma trégua entre o momento presente e o irresistível e desastroso futuro davam-me uma espécie de calmo esquecimento, ao qual a mente humana é, por sua estrutura, particularmente suscetível.

❖

Capítulo 22

A viagem chegou ao fim. Desembarcamos e seguimos para Paris. Logo descobri que exigira demais das minhas forças e que tinha de repousar antes de poder seguir viagem. A atenção e os cuidados de meu pai eram infatigáveis, mas ele não conhecia a origem dos meus sofrimentos e seguia métodos errôneos para remediar o mal incurável. Queria que eu procurasse diversão na sociedade. Mas as pessoas me deixavam aborrecido. Eu não deveria me sentir assim, pois eram meus irmãos, meus semelhantes, e eu me via atraído até pelo mais repelente deles, como criatura de natureza angelical. Mas sentia que não tinha o direito de compartilhar esse comércio. Eu havia soltado entre eles um inimigo cujo prazer era derramar sangue e divertir-se com seus gemidos. Como todos eles me abominariam e me expulsariam do mundo se conhecessem meus atos ímpios e os crimes que tinham origem em mim!

Meu pai finalmente anuiu ao me desejo de evitar companhia e procurou de todos os modos dissipar o meu desespero. Às vezes ele achava que eu sentia profundamente a humilhação de ser obrigado a responder a uma acusação de assassinato e tentava provar-me a futilidade do orgulho.

— Ai, meu pai — disse eu —, como o senhor me conhece mal. Os seres humanos, seus sentimentos e paixões seriam sem dúvida degradados se um desgraçado como eu sentisse orgulho. Justine, a pobre e infeliz Justine, era tão inocente quanto eu e sofreu a mesma acusação; morreu por ela; e eu sou a causa disso... eu a assassinei. William, Justine e Henry... todos eles morreram pelas minhas mãos.

Meu pai ouvira-me muitas vezes fazer a mesma afirmação quando eu estava preso; quando eu me acusava desse modo, ora parecia querer uma explicação, ora parecia considerar que aquilo era fruto do delírio e que durante a minha enfermidade uma ideia desse tipo se apresentara à minha imaginação, e eu preservara a lembrança dela em minha convalescença.

Eu evitava dar explicações e mantinha um silêncio contínuo acerca do monstro que eu criara. Estava convencido de que me julgariam louco, e só isso já teria feito calar-me para sempre. Mas, além disso, não podia revelar um segredo que encheria de consternação o meu interlocutor e faria do medo e do horror inatural moradores de seu coração. Freei, pois, a minha impaciente sede de compaixão e calei-me quando daria o mundo para confiar o segredo fatal. Mas mesmo assim palavras como as que mencionei acima escapavam incontrolavelmente de mim. Não podia explicá-las, mas a veracidade delas em parte aliviava o fardo da minha misteriosa desgraça. Naquela ocasião, meu pai disse com uma expressão de infinito espanto:

— Meu caríssimo Victor, que insensatez é essa? Meu querido filho, peço-lhe que nunca mais faça tal afirmação.

— Não sou louco — exclamei energicamente —, o sol e os céus, que viram os meus atos, podem confirmar a minha veracidade. Sou o assassino daquelas inocentíssimas vítimas; elas morreram por minhas maquinações. Mil vezes eu deveria ter derramado meu próprio sangue, gota a gota, para salvar a vida delas; eu não podia, meu pai, não podia mesmo sacrificar toda a raça humana.

Essas palavras finais convenceram meu pai de que a minha mente estava perturbada, e imediatamente ele mudou de assunto e tratou de alterar o curso dos meus pensamentos. Queria apagar o máximo possível a memória das cenas que haviam ocorrido na Irlanda, e nunca fazia qualquer alusão a elas ou permitia que eu falasse das minhas desgraças.

Com o passar do tempo, eu me tornei mais calmo; a infelicidade estabelecera-se em meu coração, mas eu não mais falava daquela maneira incoerente sobre os meus crimes; bastava-me a consciência deles. Violentando-me ao extremo, calei a imperiosa voz da desolação, que às vezes desejava acusar-se ante o mundo inteiro, e meu comportamento era mais calmo e mais sossegado do que jamais fora desde a viagem ao mar de gelo. Alguns dias antes de deixar Paris a caminho da Suíça, recebi a seguinte carta de Elizabeth:

"Meu querido amigo,

Proporcionou-me grande prazer receber uma carta de meu tio, datada de Paris; vocês já não estão a uma distância enorme, e posso ter a esperança de vê-los em menos de duas semanas. Meu pobre primo, como você deve ter sofrido! Minha expectativa é vê-lo parecer ainda mais doente do que quando partiu de Genebra. Este inverno passou de maneira muito triste, pois a ansiosa incerteza me atormentava; espero, porém, ver paz em sua fisionomia e descobrir que o seu coração não está completamente carente de conforto e tranquilidade.

Temo, porém, que ainda existam os mesmos sentimentos que o tornaram tão infeliz um ano atrás, talvez até agravados pelo tempo. Eu não gostaria de perturbá-lo agora, quando tantas desgraças pesam sobre você, mas uma conversa que tive com meu tio antes da partida dele torna necessárias algumas explicações antes de nos encontrarmos. Explicações! Talvez você diga: o que Elizabeth pode ter para explicar? Se você realmente disser isso, minhas perguntas já terão sido respondidas, e todas as minhas dúvidas, satisfeitas. Mas você está longe de mim, e é possível que possa aterrorizar-se e, no entanto, gostar desta explicação; e na probabilidade de ser esse o caso, não ouso adiar por mais tempo escrever o que, durante a sua ausência, muitas vezes quis expressar-lhe, mas nunca tive a coragem de começar.

Você bem sabe, Victor, que o nosso casamento fora o projeto predileto de nossos pais, desde a nossa infância. Diziam-nos isso quando éramos crianças, e aprendemos a esperar por isso como algo que certamente aconteceria. Éramos afetuosos companheiros de brincadeiras durante a infância e, creio, queridos e bons amigos quando crescemos. Mas irmão e irmã muitas vezes têm um com o outro um vivo afeto, sem desejarem uma união mais íntima; será que não é esse o nosso caso? Diga-me, querido Victor. Responda-me, peço-lhe pela felicidade de nós dois, com a simples verdade: você ama outra mulher?

Você viajou; passou muitos anos da vida em Ingolstadt; e confesso-lhe, meu amigo, que, quando o vi tão infeliz no outono passado, fugindo da companhia de todos para a solidão, não pude deixar de supor que talvez você lamente a nossa relação e se creia obrigado pela honra a cumprir os desejos de seus pais, embora se contraponham às suas inclinações. Mas esse é um raciocínio falacioso. Confesso-lhe, meu amigo, que o amo e que em meus etéreos sonhos sobre o futuro você tem sido meu constante amigo e companheiro. Mas é a sua felicidade que desejo tanto quanto a minha quando lhe digo que o nosso casamento me tornaria eternamente infeliz, a menos que seja decidido livremente por você. Agora mesmo choro ao pensar que, abatido como está pelos mais cruéis infortúnios, você pode sufocar, com a palavra 'honra', toda a esperança desse amor e dessa felicidade que são as únicas coisas que podem fazê-lo voltar a ser o que era. Eu, que tenho um amor tão desinteressado por você, posso multiplicar por dez as suas desgraças se for um obstáculo aos seus desejos. Ah, Victor, pode ter certeza de que a sua prima e companheira de brincadeiras tem por você um amor sincero demais para não se sentir infeliz diante dessa suposição. Seja feliz, meu amigo; e, se me obedecer nesse meu único pedido, tenha a certeza de que nada no mundo poderá perturbar a minha tranquilidade.

Não deixe esta carta incomodar você; não a responda amanhã, nem depois de amanhã, nem até voltar, se isso o perturbar. Meu tio me enviará notícias de sua saúde, e, se eu vir um sorriso nos seus lábios quando nos encontrarmos, ocasionado por esta ou qualquer outra iniciativa minha, não vou precisar de nenhuma outra felicidade.

Elizabeth Lavenza
Genebra, 18 de maio de 17..."

Essa carta trouxe-me de volta à memória o que eu havia esquecido, a ameaça do diabo: "Vou estar contigo na tua noite de núpcias!". Era essa a minha sentença, e naquela noite o demônio usaria de todas as artes para destruir-me e arrancar-me do vislumbre de felicidade que prometia consolar-me, em parte, dos meus sofrimentos. Naquela noite ele decidira consumar seus crimes com a minha morte. Que assim seja; uma luta mortal certamente se travará então, da qual, se ele sair vitorioso, ficarei em paz, e seu poder sobre mim se acabará. Se ele for vencido, serei um homem livre. Ai de mim! Que liberdade? Como a de que goza o camponês quando sua família é massacrada à sua frente, seu casebre incendiado, suas terras abandonadas, e ele é deixado sem rumo, sem lar, sem dinheiro e sozinho, mas livre. Assim será a minha liberdade, exceto pelo fato de ter em Elizabeth um tesouro, infelizmente ofuscado por esses horrores de remorso e culpa que me perseguirão até a morte.

Doce e amada Elizabeth! Li e reli a sua carta, e alguns sentimentos brandos se insinuaram em meu coração e ousaram sussurrar-me sonhos paradisíacos de amor e júbilo; mas a maçã já foi comida, e o braço do anjo já se mostrou, afastando-me de toda esperança. Eu morreria, porém, para fazê-la feliz. Se o monstro executar a ameaça, a morte será inevitável; no entanto considerei mais uma vez se o casamento precipitaria o meu destino. Minha destruição poderia, de fato, acontecer alguns meses antes, mas, se o meu torturador suspeitar que eu o adiei, influenciado por suas ameaças, decerto encontrará outro e, talvez, mais terrível modo de se vingar.

Prometera *estar comigo na minha noite de núpcias*, mas não considerou que nesse meio tempo a ameaça o obrigasse à paz, pois, como se para me mostrar que ainda não se saciara de sangue, assassinara Clerval imediatamente depois de anunciar suas ameaças. Resolvi então que, se a minha imediata união com a minha prima levaria à felicidade dela ou de meu pai, os planos de meu adversário contra a minha vida não deviam postergá-la nem por uma hora.

Nesse estado de espírito, escrevi para Elizabeth. A minha carta era calma e afetuosa:

"Temo, minha menina adorada", disse eu, "que pouca felicidade ainda nos reste sobre a terra; no entanto toda a que um dia poderei gozar está centrada em você. Enxote seus vãos temores; só a você dedico a minha vida e os meus esforços de felicidade. Tenho só um segredo, Elizabeth, e ele é terrível; quando o revelar a você, fará seu corpo arrepiar-se de horror, e então, longe de se surpreender com a minha desgraça, se admirará de eu ter sobrevivido ao que suportei. Confiar-lhe-ei esta história de desgraça e terror no dia seguinte ao nosso casamento, pois, minha doce prima, deve haver total confiança entre nós. Mas até lá, suplico-lhe, não faça menção ou alusão a esse segredo. Isso eu lhe rogo com toda a veemência e sei que você vai concordar".

Depois de cerca de uma semana da chegada da carta de Elizabeth, voltamos a Genebra. A doce menina deu-me as boas-vindas com caloroso afeto, mas havia lágrimas em seus olhos vendo meu corpo macérrimo e minhas faces febris. Também reparei numa mudança nela. Estava mais magra e perdera muito da vivacidade celestial que antes me encantara; mas sua gentileza e os meigos olhares de compaixão faziam dela uma companheira mais adequada para alguém abalado e infeliz como eu. A tranquilidade que eu gozava agora não durou muito. A memória trouxe consigo a loucura, e, quando pensava no que acontecera, tomava conta de mim uma verdadeira insanidade;

ora ficava furioso e ardia de raiva, ora me mostrava deprimido e desesperançado. Não falava nem olhava para ninguém, mas ficava parado, pasmado com a multidão de desgraças que havia caído sobre mim.

Só Elizabeth tinha o poder de me tirar desse estado de espírito; sua voz meiga me acalmaria quando estivesse fora de mim pela paixão e me inspiraria sentimentos humanos quando estivesse prostrado em torpor. Chorava comigo e por mim. Quando eu recuperava a razão, ela me admoestava e tentava inspirar-me resignação. Ah, para o desafortunado é boa a resignação, mas para o culpado não há paz. As agonias do remorso envenenam o prazer que a entrega ao excesso de dor às vezes provoca. Logo depois de minha chegada, meu pai falou do meu imediato casamento com Elizabeth. Eu permaneci calado.

— Você tem, então, alguma outra relação?

— Absolutamente nenhuma. Amo Elizabeth e espero o nosso casamento com impaciência. Marquemos, portanto, o dia; e nele me consagrarei, na vida ou na morte, à felicidade de minha prima.

— Meu querido Victor, não fale assim. Duras desgraças atingiram-nos, mas apeguemo-nos com mais força ao que sobrou e transfiramos o nosso amor por aqueles que perdemos para aqueles que ainda vivem. Nosso círculo será pequeno, porém mais unido pelos laços da afeição e da desgraça recíproca. E, quando o tempo tiver amenizado o seu desespero, novos e queridos objetos de atenção terão nascido para substituir aqueles que tão cruelmente nos foram tirados.

Tais eram as lições de meu pai. Mas voltou-me a lembrança da ameaça; nem é de admirar que, todo-poderoso como havia sido o diabo em seus atos sanguinários, eu o considerasse quase invencível, e que, quando ele pronunciara as palavras "vou estar contigo na tua noite de núpcias", eu julgasse um destino inevitável o cumprimento da ameaça. Mas eu não via a morte como um mal, se a perda de Elizabeth fosse contrabalançada por ela, e, portanto, com o rosto satisfeito e até alegre, concordei com meu pai que, se a minha prima consentisse, a cerimônia realizar-se-ia dentro de dez dias, e assim selei, pelo que imaginava, o meu destino.

Santo Deus, se por um instante eu tivesse pensado qual poderia ser a infernal intenção de meu diabólico adversário, teria preferido fugir para sempre do meu país natal e errar pelo mundo como um pária, sem amigos, a ter consentido esse casamento infeliz. Como se tivesse poderes mágicos, porém, o monstro cegara-me para suas reais intenções; e, quando pensava que ele preparara apenas a minha morte, eu precipitava a de uma vítima muito mais querida.

À medida que ia aproximando-se a data do casamento, quer por covardia, quer por um sentimento profético, eu sentia o meu coração cada vez mais pesaroso. Ocultava os meus sentimentos atrás de uma aparência de alegria, que trouxe sorrisos de contentamento ao rosto do meu pai, mas não conseguiu iludir os olhos belos e sempre alertas de Elizabeth. Ela aguardava a nossa união com plácido contentamento, não sem uma pequena dose de medo, provocado pelos infortúnios passados, de que o que agora parecia uma felicidade certa e tangível logo se dissipasse como um sonho leve, sem deixar nenhum rasto, além de um profundo e perpétuo pesar. Foram feitos os preparativos para a cerimônia, recebemos visitas de felicitações, e tudo ganhou uma aparência risonha. Tranquei tão bem quanto podia em meu coração a ansiedade que ali me consumia e participei com aparente sinceridade dos planos de meu pai, embora só pudessem servir de decoração para a minha tragédia. A pedido de meu pai, parte da herança de Elizabeth fora-lhe concedida pelo governo austríaco. Pertencia-lhe uma pequena propriedade às margens do lago de Como. Ficou acertado que, imediatamente após o casamento, partiríamos para a *Villa* Lavenza e passaríamos os nossos primeiros dias de felicidade à beira do belo lago junto ao qual ela se situava.

Entretanto, eu tomava todas as precauções para defender a minha pessoa no caso de o diabo atacar-me abertamente. Portava pistolas e uma adaga sempre à mão e estava sempre alerta para prevenir ardis, e com isso ganhei mais tranquilidade. De fato, com o tempo, a ameaça parecia cada vez mais uma ilusão que não devia ser considerada digna de perturbar a minha paz, ao passo que a felicidade que eu esperava obter com o casamento ganhava mais firme aparência de certeza à proporção que se aproximava a data marcada para a solenidade, e eu ouvia continuamente falarem dela como de algo que nenhum acidente poderia impedir.

Elizabeth parecia feliz; meu comportamento tranquilo contribuiu muito para acalmá-la. Mas no dia em que devia satisfazer os meus desejos e o meu destino, ela estava triste, e um pressentimento do mal tomou conta dela; e talvez também ela pensasse no terrível segredo que eu prometera revelar-lhe no dia seguinte. Meu pai, entretanto, estava extasiado e no alvoroço dos preparativos só reconhecia na melancolia da sobrinha a timidez da noiva.

Terminada a cerimônia, houve uma grande festa na casa de meu pai, mas ficou acertado que Elizabeth e eu começaríamos a nossa viagem por barco, passando a noite em Evian e prosseguindo a viagem no dia seguinte. O dia estava bonito; o vento, favorável; tudo sorria para o nosso embarque nupcial.

Aqueles foram os últimos momentos de minha vida em que gozei um sentimento de felicidade. Avançávamos rápido; o sol estava quente, mas estávamos protegidos de seus raios por uma espécie de toldo enquanto apreciávamos a beleza da paisagem, ora de um lado do lago, onde víamos o monte Salève, as agradáveis margens do Montalègre e distante, dominando tudo, o belo monte Branco e o agrupamento de montanhas nevadas que tentam em vão emulá-lo; ora, margeando o lado oposto, víamos o poderoso Jura, que opunha suas encostas escuras à ambição de quem gostaria de abandonar o país natal, e uma barreira quase intransponível ao invasor que o quisesse escravizar.

Peguei a mão de Elizabeth.

— Você está triste, meu amor. Ah, se soubesse o que sofri e o que posso ainda sofrer, se esforçaria para me deixar saborear a calma e a ausência de desespero que este dia, pelo menos, me permite ter.

— Seja feliz, querido Victor — tornou Elizabeth —; não há, espero, nada que o angustie; e tenha a certeza de que, se a alegria não está pintada no meu rosto, meu coração está contente. Algo me sugere não confiar demais na perspectiva que se abre à nossa frente, mas não vou dar ouvidos a essa voz sinistra. Veja como avançamos depressa e como as nuvens, que ora obscurecem, ora se erguem por sobre o pico do monte Branco, tornam esta bela paisagem ainda mais interessante. Veja também os inúmeros peixes que estão nadando nas águas límpidas, onde podemos distinguir cada seixo que jaz no fundo. Que dia divino! Como toda a natureza parece feliz e serena!

Assim tentava Elizabeth afastar seus pensamentos e os meus de toda reflexão sobre assuntos lúgubres. Seu humor era instável, porém; a alegria por alguns instantes brilhava em seus olhos, mas sempre dava lugar à distração e ao devaneio.

O Sol baixou nos céus; passamos o rio Drance e observamos seu trajeto entre os abismos das colinas mais altas e as ravinas das mais baixas. Os Alpes aqui ficam perto do lago, e nos aproximamos do anfiteatro de montanhas que forma o seu limite oriental. O campanário de Evian brilhava entre os bosques que o cercavam e a fileira de montanhas que o dominava.

O vento, que até então nos levara com incrível velocidade, amainou e reduziu-se no pôr do sol a uma leve brisa; o ar ameno apenas franzia a água e provocava uma agradável movimentação entre as árvores quando nos aproximávamos das margens, das quais soprava o mais delicioso perfume de flores e de palha. O sol se punha atrás do horizonte quando desembarcamos, e ao descer à terra senti reavivarem-se as preocupações e os temores que logo me agarrariam para nunca mais me soltar.

❖

Capítulo 23

Eram oito horas quando desembarcamos; caminhamos um pouco pela margem do lago, a apreciar a luz transitória, e em seguida nos retiramos para o albergue e contemplamos o lindo cenário de águas, bosques e montanhas, obscurecido pela escuridão, mas ainda a exibir suas negras silhuetas.

O vento, que amainara pelo sul, agora aumentava em violência pelo oeste. A lua atingira seu auge nos céus e estava começando a baixar; as nuvens passavam sobre ela mais velozes do que o voo do abutre e ofuscavam seus raios, enquanto o lago refletia o cenário dos céus agitados, tornados ainda mais agitados pelas ondas inquietas que começavam a crescer. De repente, começou a cair uma tempestade.

Eu estivera calmo durante o dia, mas, assim que a noite obscureceu as formas dos objetos, mil medos surgiram em minha mente. Eu estava ansioso e alerta, enquanto a minha mão direita segurava uma pistola que havia escondido no peito; cada som me aterrorizava, mas decidi que venderia caro a vida e não me esquivaria do conflito até que a minha própria vida ou a do meu adversário estivesse extinta. Elizabeth observou a minha agitação por algum tempo, num silêncio tímido e amedrontado, mas havia algo em meu olhar que comunicou terror a ela, que, tremendo, me perguntou:

— Que o está agitando, meu querido Victor? Que é isso que você teme?

— Calma, calma, meu amor — repliquei —; mais esta noite, e tudo estará bem; mas esta noite será terrível.

Passei uma hora nesse estado de espírito quando de repente me dei conta de como seria temível para a minha esposa o combate que eu aguardava no momento e pedi-lhe encarecidamente que se retirasse, decidido a não ir encontrá-la até que tivesse obtido alguma informação sobre a situação do meu inimigo.

Ela me deixou, e eu continuei por algum tempo indo para cima e para baixo pelos corredores da casa, inspecionando cada canto que pudesse dar abrigo ao meu adversário. Mas não descobri nenhum vestígio dele e estava começando a imaginar que algum acaso feliz impedira a execução das ameaças quando de repente ouvi um grito estridente e apavorante. Vinha do quarto onde Elizabeth se retirara. Quando o ouvi, toda a verdade invadiu a minha mente, meus braços caíram, o movimento de cada músculo e fibra foi suspenso; podia sentir o sangue correndo em minhas veias e formigando na extremidade dos braços e das pernas. Esse estado só durou um instante; repetiu-se o grito, e corri para o quarto. Santo Deus! Por que não morri? Por que estou aqui para contar a destruição da mais alta esperança e da mais pura criatura da terra? Lá estava ela, inanimada e sem vida, jogada na cama, com a cabeça pendente para baixo e com os traços pálidos e disformes meio cobertos pelos cabelos. Em todos os lados para onde me voltava via a mesma figura: seus braços exangues e o corpo relaxado, atirado pelo assassino sobre o seu esquife nupcial. Como pude ver aquilo e sobreviver? Ai, a vida é teimosa e se agarra mais forte quando é mais odiada. Por um momento apenas perdi a consciência; caí sem sentidos ao chão.

Quando voltei a mim, me vi rodeado por pessoas do albergue; seus rostos exprimiam um terror arquejante, mas o horror dos outros parecia apenas um escárnio, uma sombra dos sentimentos que me oprimiam. Fugi deles para o quarto onde jazia o corpo de Elizabeth, meu amor, minha mulher, viva até tão pouco tempo antes, tão querida, tão digna. Haviam mudado sua posição desde que a vira pela primeira vez, e agora, pela postura em que estava, com a cabeça sobre o braço e com um lenço sobre o rosto e o pescoço, poderia supor que estava dormindo. Corri até ela e a abracei ardentemente, mas a languidez mortal e os membros frios diziam-me que o que agora tinha entre os braços cessara de ser a Elizabeth que eu amara e idolatrara. A marca assassina das mãos do demônio estava sobre o pescoço, e a respiração cessara de passar por seus lábios. Enquanto ainda estava debruçado sobre ela na agonia do desespero, ergui por acaso os olhos. Antes, as janelas do quarto haviam sido fechadas, e senti uma espécie de pânico ao ver o luar lívido e amarelado iluminar o quarto. As trancas haviam sido abertas, e, com uma indescritível sensação de horror, vi pela janela aberta a medonha e abominável figura. Havia um sorrisinho no rosto do monstro; ele parecia zombar de mim, quando com o dedo demoníaco apontou para o cadáver da minha esposa. Corri para a janela e, sacando a pistola do peito, atirei; ele, porém, se esquivou, saltou do lugar onde estava e, correndo com a velocidade do relâmpago, mergulhou no lago.

O disparo da pistola atraiu uma multidão para o quarto. Apontei para o lugar onde ele desaparecera, e o perseguimos com barcos; foram lançadas redes, mas em vão. Passadas diversas horas, retornamos desanimados, com a maioria dos companheiros acreditando que se tratava de uma forma criada pela minha imaginação. Depois de desembarcar, passaram a fazer buscas em terra, com grupos indo em diversas direções entre os bosques e as vinhas.

Tentei acompanhá-los e avancei até uma curta distância da casa, mas a minha cabeça girava, meus passos eram como os de um bêbado, e por fim caí num estado de completa exaustão; uma película cobriu os meus olhos, e a minha pele se ressecou com o calor da febre. Nesse estado, fui carregado de volta ao albergue e posto numa cama, inconsciente do que se passara; meus olhos giravam pelo quarto, como se procurassem algo que eu houvesse perdido.

Depois de certo tempo, despertei e, como por instinto, arrastei-me até o quarto onde jazia o cadáver de minha bem-amada. Havia mulheres a chorar ao seu redor; eu me debrucei sobre ela e juntei as minhas tristes lágrimas às delas; durante todo aquele tempo, nenhuma ideia distinta se apresentou à minha mente, mas meus pensamentos dispersavam-se por vários objetos, refletindo confusamente sobre os meus infortúnios e sua causa. Estava desnorteado, numa nuvem de espanto e horror. A morte de William, a execução de Justine, o assassinato de Clerval e por fim de minha mulher; mesmo naquele momento, eu não sabia se os meus amigos restantes estavam livres da malignidade do diabo; meu pai podia estar agora mesmo contorcendo-se entre as suas garras, e Ernest talvez estivesse morto aos seus pés. Essa ideia deu-me arrepios e chamou-me de volta à ação. Ergui-me de um salto e decidi voltar a Genebra a toda velocidade.

Não havia cavalos disponíveis, e tive de voltar pelo lago; mas o vento estava desfavorável e chovia torrencialmente. Ainda não amanhecera, porém, e eu podia razoavelmente esperar chegar a Genebra à noite. Contratei homens para remar e peguei eu mesmo um remo, pois sempre aliviara os meus tormentos mentais com o exercício corporal. Mas a transbordante angústia e a excessiva agitação que sentia agora me tornavam incapaz de qualquer esforço. Larguei o remo e, inclinando a cabeça sobre as mãos, entreguei-me a todas as ideias lúgubres que me ocorreram. Quando erguia os olhos, via cenários que me eram familiares em meus dias felizes e que eu contemplara ainda na véspera em companhia daquela que agora não passava de uma sombra e de uma recordação. As lágrimas jorravam dos meus olhos. A chuva cessara por um momento, e eu vi os peixes a brincar nas águas como algumas horas atrás, quando foram observados por Elizabeth. Nada é tão doloroso à mente humana quanto uma grande e súbita mudança. Podia fazer sol ou o céu cobrir-se de nuvens, mas nada podia parecer como no dia anterior. Um ser diabólico roubara de mim toda esperança de felicidade; nenhuma criatura jamais fora tão desgraçada quanto eu; aquele acontecimento apavorante era único na história do homem.

Mas por que devo alongar-me contando os incidentes que se seguiram a esse último acontecimento excruciante? A minha foi uma história de horrores; alcancei o seu acme, e o que contarei agora só pode ser tedioso para você. Saiba que perdi, um por um, todos os meus amigos; deixaram-me desolado. Minhas forças esgotaram-se, e devo dizer, em poucas palavras, o que resta de minha horrenda narrativa.

Cheguei a Genebra. Meu pai e Ernest ainda estavam vivos, mas o primeiro sucumbiu ante as notícias que lhe trouxe. Vejo-o agora, excelente e venerável ancião! Seus olhos vagavam espantados, pois haviam perdido seu encanto e seu tesouro: sua Elizabeth, sua mais do que filha, que ele idolatrava com todo o afeto que pode sentir o homem que, no declínio da vida, tendo poucas afeições, se apega com mais força às que lhe restam. Maldito, maldito seja o demônio que trouxe desgraça aos seus cabelos grisalhos e o fadou a definhar na desolação! Ele não poderia viver sob os horrores que se acumularam ao seu redor; as molas da vida cederam; não pôde levantar-se da cama e em poucos dias morreu em meus braços.

Que foi, então, de mim? Não sei; perdi a consciência, e correntes e trevas eram as únicas coisas que me oprimiam. Às vezes sonhava que caminhava por campos de flores e vales de delícias com os amigos da juventude, mas acordava e me achava numa masmorra. Sobrevinha a melancolia, mas aos poucos formei uma ideia clara das minhas desgraças e da minha situação e fui libertado da minha prisão. Pois me chamavam de louco, e durante muitos meses, pelo que soube depois, uma cela solitária fora a minha residência.

A liberdade, porém, ter-me-ia sido uma dádiva inútil se eu não tivesse, quando recuperei a consciência, despertado ao mesmo tempo para a vingança. Enquanto a memória dos infortúnios passados me oprimia, comecei a refletir sobre a causa deles — o monstro que eu criara, o miserável demônio que eu soltara no mundo para a minha destruição. Era tomado por uma cólera insana quando pensava nele, e desejava e rezava fervorosamente para que pudesse tê-lo entre as mãos para dar livre curso a uma grande e memorável vingança sobre sua amaldiçoada cabeça.

Tampouco o meu ódio se limitou por muito tempo a vãos desejos; comecei a refletir sobre o melhor modo de capturá-lo; e para tanto, cerca de um mês depois de ser libertado, procurei um juiz criminal da cidade e lhe disse que tinha uma queixa a prestar: sabia quem era o destruidor da minha família e exigia que ele exercesse toda a sua autoridade para a captura do assassino. O magistrado ouviu-me com atenção e gentileza.

— Esteja certo, cavalheiro — disse ele —, de que nenhum esforço de minha parte será poupado para descobrir o criminoso.

— Muito obrigado — tornei eu —; ouça, portanto, o depoimento que tenho de prestar. É, sem dúvida, uma história tão esquisita que eu temeria que Vossa Excelência não acreditasse nela, se não houvesse algo na verdade que, por mais espantosa que ela seja, força a convicção. A história é coerente demais para ser confundida com um sonho, e não tenho motivos para mentir.

Meu comportamento ao dirigir-me assim a ele era comovente, mas calmo; tomara dentro do coração a decisão de perseguir o meu destruidor até a morte, e esse projeto acalmava a minha agonia e durante algum tempo me reconciliou com a vida. Contei, então, a minha história, brevemente mas com firmeza e precisão, apresentando as datas com exatidão e jamais usando de injúrias ou de exclamações.

O magistrado inicialmente pareceu totalmente cético, mas, à medida que eu prosseguia, tornou-se mais atento e interessado; vi-o ora estremecer com horror; ora uma viva surpresa, não misturada à descrença, se mostrava em sua fisionomia. Quando concluí a narrativa, eu disse:

— É esse o ser que acuso e para cuja captura e punição exijo que Vossa Excelência exerça todo o seu poder. É seu dever de magistrado, e creio e espero que os seus sentimentos de homem não se indignem com a execução dessas funções nesta ocasião.

Essas palavras provocaram uma considerável mudança na fisionomia do meu interlocutor. Ele escutara a minha história acreditando apenas em uma parte, como quando se ouve uma história de espíritos e de acontecimentos sobrenaturais; mas, quando exigi que agisse oficialmente, toda a sua incredulidade voltou. Ele, porém, respondeu em tom afável:

— Gostaria muito de lhe dar todo auxílio na busca do seu objetivo, mas a criatura a que o senhor se refere parece ter poderes que tornariam vãos todos os meus esforços. Quem pode perseguir um animal que pode atravessar o mar de gelo e habitar cavernas e antros em que nenhum homem arriscaria introduzir-se? Além disso, passaram-se alguns meses desde que foram perpetrados os crimes, e ninguém pode calcular por onde tem ele andado e em que região habita agora.

— Não duvido que ele ronde por perto do lugar onde habito, e, se de fato se refugiou nos Alpes, pode ser caçado como a camurça e destruído como o animal de rapina. Mas compreendo os seus pensamentos; Vossa Excelência não acredita em minha narrativa e não pretende perseguir o meu inimigo para puni-lo como merece. Enquanto eu falava, a cólera brilhava em meus olhos; o magistrado intimidou-se.

— O senhor está enganado — disse ele. — Vou empenhar-me, e, se estiver a meu alcance capturar o monstro, esteja certo de que ele terá uma punição proporcional aos crimes que cometeu. Mas temo, pelo que o senhor descreveu das propriedades dele, que isso se mostre impraticável; e assim, enquanto são tomadas todas as medidas adequadas, o senhor deve preparar-se para a decepção.

— Isso nunca! Mas tudo o que eu disser será inútil. A minha desforra não tem importância para Vossa Excelência; embora concorde que seja algo mau, confesso que é a única e devoradora paixão da minha alma. Minha cólera é indizível quando penso que aquele assassino, que eu soltei em meio à sociedade, ainda existe. Vossa Excelência recusa o meu justo pedido; não tenho outro recurso senão me dedicar eu mesmo, na vida e na morte, à destruição do monstro.

Eu tremia num excesso de agitação ao dizer isso; havia um frenesi em meu comportamento e algo, não duvido, daquela altiva impetuosidade que os antigos mártires parecem ter possuído. Mas para um magistrado genebrino, cuja mente estava ocupada em coisas muito diferentes da devoção e do heroísmo, essa elevação de espírito tinha toda a aparência da loucura. Ele tratou de me acalmar como uma babá a uma criança e voltou a considerar a minha história o efeito de um delírio.

— Homem — exclamei eu —, como é ignorante em seu orgulho de sabedoria! Pare; não sabe o que diz.

Saí dali irritado e perturbado e me retirei para meditar sobre algum outro modo de ação.

❖

Capítulo 24

Minha situação era tal que todo pensamento voluntário se destruía e se perdia. Eu era fustigado pela fúria; só a desforra me dava força e tranquilidade; ela moldava os meus sentimentos e me permitia ser lúcido e calmo em tempos em que, se não fosse por isso, o delírio e a morte seriam o meu quinhão.

A minha primeira decisão foi deixar Genebra para sempre; meu país, que, quando eu era feliz e benquisto, me era tão caro, agora, em meio à adversidade, se tornara odioso. Embolsei certa soma de dinheiro, com algumas joias que haviam pertencido à minha mãe, e parti. E agora começavam as minhas erranças, que só vão cessar com a minha morte. Atravessei boa parte da terra e suportei todas as privações que os viajantes nos desertos e nos países bárbaros costumam sofrer. Nem eu sei como tenho vivido; não raro estiquei minhas pernas debilitadas sobre a planície arenosa e rezei para morrer. Mas a vingança me manteve vivo; não ousava morrer e deixar vivo o meu adversário.

Quando saí de Genebra, minha primeira preocupação foi conseguir alguma pista que me permitisse seguir os passos de meu diabólico inimigo. Mas o meu plano era confuso, e eu perambulei durante muitas horas pelos limites da cidade, indeciso sobre o caminho a seguir. Ao cair da noite, me achei na entrada do cemitério em que repousavam William, Elizabeth e meu pai. Entrei e me aproximei de suas sepulturas. Tudo estava silencioso, salvo as folhas das árvores, que se agitavam vagarosamente ao vento; a noite estava quase negra, e o cenário teria sido solene e patético até mesmo para um observador desinteressado. Os espíritos dos falecidos pareciam esvoaçar por ali e lançar uma sombra ao redor, que não era vista, mas que eu sentia.

A dor profunda que esse cenário inicialmente provocara deu lugar à raiva e ao desespero. Eles estavam mortos, e eu vivo; o assassino também vivia, e, para destruí-lo, eu tinha de prolongar a minha cansada existência. Ajoelhei-me sobre a grama e com lábios trêmulos exclamei:

— Pela terra sagrada sobre a qual me ajoelho, pelas sombras que vagam ao meu redor, pela profunda e eterna dor que sinto, eu juro; e juro por ti, ó Noite, e pelos espíritos que te governam, perseguir o demônio que causou esta desgraça, até que ele ou eu pereça em combate mortal. Para tanto, eu preservarei a minha vida; para executar esta amada vingança vou mais uma vez ver o sol e pisar a verde relva, que se não fosse por isso desapareceriam para sempre de minha vista. E rogo a vós, espíritos dos mortos, e a vós, errantes ministros da vingança, que me ajudeis e me conduzais em meu trabalho. Que o maldito e infernal monstro beba da agonia em grandes goles; que sinta o desespero que agora me tortura.

Eu iniciara o meu juramento com solenidade e com um terror que quase me assegurava que as sombras de meus amigos assassinados ouviam e aprovavam a minha devoção, mas a fúria tomou conta de mim ao concluir, e a cólera sufocou as minhas palavras.

Responderam-me através da tranquilidade da noite com uma gargalhada estridente e diabólica. Ela ressoou pesadamente em meus ouvidos, por longo tempo; as montanhas a repercutiram, e eu me senti como se todo o inferno me rodeasse com suas zombarias e risadas. Com certeza naquele momento eu teria sido tomado pelo frenesi e teria destruído a minha miserável existência se a minha promessa não tivesse sido ouvida e se eu não me houvesse votado à vingança. A gargalhada desvanecia-se, quando uma conhecida e abominada voz, aparentemente próxima de meu ouvido, se dirigiu a mim num sussurro audível:

— Estou satisfeito, canalha miserável! Decidiste viver, e eu estou contente.

Corri para o lugar de onde vinha o som, mas o demônio esquivou-se de mim. De repente o largo disco da lua se ergueu e brilhou sobre seu vulto medonho e disforme, enquanto ele fugia com rapidez sobre-humana.

Corri ao seu encalço, e durante muitos meses essa tem sido a minha tarefa. Guiado pela mínima pista, segui as curvas do Ródano, mas em vão. O azul Mediterrâneo apareceu, e por um estranho acaso vi o demônio entrar à noite e se esconder num navio cujo destino era o mar Negro. Comprei passagem no mesmo navio, mas ele escapou, não sei como.

Em meio às regiões selvagens da Tartária e da Rússia, embora ele ainda fugisse, segui sempre os seus passos. Ora os camponeses, assustados com a horrenda aparição, me informavam o seu paradeiro; ora ele próprio, temendo que eu me desesperasse e morresse se perdesse todo rastro dele, me deixava algum indício para me orientar. A neve caía sobre a minha cabeça, e vi as suas imensas pegadas sobre a planície branca. Como pode você, que acaba de entrar na vida e para quem as preocupações são novidade e a agonia, desconhecida, como pode você entender o que senti e ainda sinto? O frio, as privações e o cansaço eram os menores males que eu estava fadado a sofrer; eu havia sido amaldiçoado por algum diabo e trazia sempre comigo meu inferno eterno; e, no entanto, um espírito bom me seguia, dirigindo os meus passos e, quando eu mais me queixava, de repente me tirava de dificuldades aparentemente insuperáveis. Às vezes, quando a natureza, vencida pela fome, caía exausta, uma refeição era preparada para mim no deserto, que me revigorava e animava. A comida era grosseira, como as que os camponeses do país comiam, mas não tenho dúvida de que era colocada ali pelos espíritos cuja ajuda eu invocara. Muitas vezes, quando tudo estava seco, e o céu, sem nuvens, e eu morria de sede, uma nuvenzinha escurecia o céu, derramava as poucas gotas que me reanimavam e desaparecia.

Eu seguia, quando possível, as margens dos rios; mas o demônio em geral os evitava, pois era ali que a população da região mais se concentrava. Em outros lugares raramente se viam seres humanos, e eu geralmente subsistia com os animais selvagens que cruzavam o meu caminho. Tinha dinheiro comigo e ganhava a amizade dos aldeãos distribuindo-o; ou trazia comigo algum alimento que eu havia caçado, o qual, depois de separar uma pequena porção para mim, eu sempre presenteava a quem me houvesse fornecido fogo e utensílios de cozinha.

A minha vida, tal como assim se passava, era-me odiosa, e só durante o sono eu podia sentir algum prazer. Oh, sono abençoado! Muitas vezes, quando mais deprimido, me deixava cair para descansar, e meus sonhos embalavam-me até o êxtase. Os espíritos que me protegiam propiciaram-me esses momentos, ou antes horas, de felicidade para que eu pudesse ter forças para prosseguir em minha peregrinação. Sem esses momentos de descanso, eu teria sucumbido sob as minhas tribulações. Durante o dia, era amparado e encorajado pela esperança da chegada da noite, pois em sonhos via meus amigos, minha esposa e minha amada pátria; mais uma vez eu percebia a bondosa fisionomia do meu pai, ouvia os tons prateados da voz de Elizabeth e via Clerval cheio de saúde e juventude. Não raro, quando exausto pela árdua marcha, convencia-me de que estava dormindo, até que a noite viesse, e eu pudesse saborear a realidade nos braços dos meus mais caros amigos. Que agoniado amor eu sentia por eles! Como me agarrava a seus queridos vultos, quando por vezes assombravam até minhas horas de vigília, e me convencia de que ainda estavam vivos! Nesses momentos, a vingança que queimava dentro de mim morria em meu coração, e eu seguia o meu caminho rumo à destruição do demônio mais como uma tarefa imposta pelo céu, como o impulso mecânico de algum poder de que eu era inconsciente, do que como um ardente desejo da minha alma.

Não sei quais eram os sentimentos de quem eu perseguia. Às vezes, ele deixava inscrições nos troncos das árvores ou talhadas na rocha, que me guiavam e atiçavam a minha fúria. "Meu reinado ainda não terminou" — essas palavras podiam ser lidas numa das inscrições. — "Estás vivo, e o meu poder é completo. Segue-me; procuro os gelos eternos do norte, onde sentirás a tortura do frio e do gelo, à qual sou imune. Encontrarás perto daqui, se não chegares tarde demais, uma lebre morta; come e revigora-te. Eia, meu inimigo; ainda temos de travar um combate mortal, mas ainda tens de passar por muitos momentos duros e penosos antes de chegar a hora."

Diabo sarcástico! Mais uma vez eu prometo vingança; mais uma vez te dedico, demônio miserável, à tortura e à morte. Nunca desistirei da minha caçada, até que ele ou eu morra; e então com que êxtase vou encontrar Elizabeth e meus amigos falecidos, que neste momento preparam para mim a recompensa da minha tediosa labuta e desta horrível peregrinação!

À medida que eu prosseguia em minha jornada rumo ao norte, as neves tornavam-se mais espessas, e o frio aumentava a um ponto quase impossível de suportar. Os camponeses trancavam-se em suas choupanas, e só alguns dos mais intrépidos se arriscavam a sair para capturar os animais que a fome obrigara a deixar seus esconderijos em busca de alimento. Os rios estavam cobertos de gelo, e não se podia pescar nenhum peixe; e assim perdi a minha principal fonte de alimentação. O triunfo do meu inimigo aumentava com a dureza das minhas tribulações. Eis uma das inscrições que ele deixou: "Prepara-te! Teus tormentos mal começaram; cobre-te de peles e providencia comida, pois logo vamos iniciar uma jornada em que os teus sofrimentos hão de saciar o meu ódio eterno".

Minha coragem e perseverança revigoravam-se com essas palavras de chacota; resolvi não esmorecer em minha busca e, rogando aos céus que me ajudassem, continuei com fervor inquebrantável a atravessar imensos desertos, até que o oceano apareceu ao longe e compôs a última fronteira do horizonte. Ah, quão dissemelhante dos mares azuis do sul! Coberto de gelo, só se distinguia da terra pela selvageria e pela irregularidade superiores. Os gregos choraram de alegria ao verem o Mediterrâneo desde as colinas da Ásia e saudaram com entusiasmo o fim de seus tormentos. Não chorei, mas me ajoelhei e agradeci de coração ao espírito que me guiava, por conduzir-me em segurança para o lugar onde esperava, apesar das zombarias de meu adversário, encontrá-lo e enfrentá-lo.

Algumas semanas antes, eu havia comprado um trenó de cães e assim atravessara a neve com inconcebível rapidez. Não sabia se o demônio contava com as mesmas vantagens, mas descobri que, como antes havia perdido terreno na perseguição, eu agora o vencia, tanto que, quando vi pela primeira vez o oceano, ele estava só um dia à minha frente, e esperava alcançá-lo antes que ele chegasse à praia. Assim, com novo ânimo, me apressei e em dois dias cheguei a uma miserável aldeia à beira-mar. Interroguei os habitantes acerca do ser diabólico e obtive informações precisas. Um monstro gigântico, disseram, chegara na noite anterior, armado de um fuzil e de muitas pistolas, afugentando os moradores de um chalé solitário pelo pavor de sua medonha figura. Ele retirara da casa o estoque de comida para o inverno, colocou num trenó, capturou uma numerosa matilha de cães treinados, atrelou ao trenó e naquela mesma noite, para alegria dos aldeãos aterrorizados, seguiu viagem através do mar, numa direção que não levava para terra nenhuma; e calculavam que ele logo seria destruído pela ruptura do gelo ou congelado pelos gelos eternos.

Ao ouvir essa informação, tive um ataque de desespero. Ele escapara de mim, e eu tinha de dar início a uma destrutiva e quase sem fim jornada através das montanhas geladas do oceano, num frio que poucos dos habitantes podiam suportar por muito tempo e em que eu, originário de um clima suave e ensolarado, não podia ter esperanças de sobreviver. No entanto, à ideia de que o diabo podia permanecer vivo e triunfante, minha cólera e minha sede de vingança reavivaram-se e, como um vagalhão, esmagaram todos os outros sentimentos. Depois de um breve repouso, durante o qual os espíritos dos mortos esvoaçaram ao meu redor, instigando-me à luta e à desforra, preparei-me para a viagem. Troquei o meu trenó de terra por outro fabricado para as irregularidades do oceano gelado e, comprando um grande estoque de provisões, parti da terra firme.

Não sei quantos dias se passaram desde então, mas padeci desgraças que só o sentimento eterno de uma justa retribuição que arde em meu coração poderia ter-me permitido suportar. Montanhas de gelo, imensas e escarpadas, muitas vezes barravam o meu caminho, e muitas vezes ouvi o troar do mar sob meus pés, que ameaçava minha destruição. Novamente, porém, veio o gelo e tornou seguros os caminhos do mar.

Pela quantidade de mantimentos que eu consumi, acho que passei três semanas naquela jornada; e a contínua prostração da esperança, voltando-se contra o coração, muitas vezes fez com que meus olhos derramassem amargas lágrimas de desalento e dor. O desespero quase garantira a sua presa e logo me venceria. Uma vez, depois que os pobres animais que me transportavam haviam alcançado com incríveis esforços o cume de uma íngreme montanha de gelo, e de um deles, tombando sob o peso da exaustão, ter morrido, via com angústia o amplo espaço à minha frente, quando de repente meus olhos perceberam uma mancha escura sobre a planície sombria. Forcei a vista para descobrir o que podia ser e soltei um potente brado de alegria ao discernir um trenó e dentro dele as proporções distorcidas de uma figura muito conhecida. Ah, com que ardente entusiasmo a esperança tornou a visitar o meu coração! Lágrimas quentes encheram os meus olhos, que eu rapidamente enxuguei, para que não interceptassem a vista que eu tinha do ser demoníaco; mesmo assim, porém, minha visão foi embaçada pelas lágrimas ferventes, até que, extravasando as emoções que me oprimiam, me entreguei a um sonoro pranto.

Mas aquela não era hora para adiamentos; desembaracei os cães de seu companheiro morto, dei-lhes uma ração completa e, depois de uma hora de repouso, que era absolutamente necessária e, no entanto, me irritou amargamente, segui caminho. O trenó ainda era visível, e não o perdi de novo de vista, exceto em momentos em que, por pouco tempo, algum monte de gelo o ocultava atrás de seus penhascos. De fato, aproximava-me visivelmente dele, e quando, depois de quase dois dias de viagem, vi meu inimigo a não mais do que dois quilômetros de distância, meu coração disparou dentro de mim.

Agora, porém, quando tinha o inimigo quase ao meu alcance, minhas esperanças subitamente desapareceram, e perdi todo o rastro dele, mais completamente do que nunca antes. Ouvi o mar bramir sob meus pés; o estrondo de seu avanço, enquanto as águas giravam e avolumavam-se embaixo de mim, tornava-se a cada momento mais sinistro e apavorante. Aumentei a velocidade, mas em vão. Ergueu-se o vento; o mar rugiu; e, como sob o potente choque de um terremoto, o gelo partiu-se com um estrondo tremendo e esmagador. Logo o trabalho estava concluído; em poucos minutos, um mar tumultuoso agitava-se entre mim e o meu inimigo, e fui deixado à deriva num bloco de gelo estilhaçado que não parava de diminuir, preparando para mim uma morte medonha. Passaram-se assim muitas horas aterradoras; morreram muitos dos meus cães, e eu mesmo estava prestes a desfalecer sob o acúmulo de desgraças quando vi o seu navio ancorado e dando-me esperanças de socorro e vida. Eu não tinha ideia de que houvesse navios que chegassem tão para o norte, e fiquei pasmado ante aquela visão. Rapidamente destruí parte do trenó para fazer remos e, com isso pude, com infinito esforço, mover a minha jangada de gelo até a sua embarcação. Eu estava decidido, se você navegasse para o sul, a colocar-me à mercê dos mares, e não abandonar meus planos. Esperava convencê-lo a me oferecer um barco com o qual pudesse perseguir o meu inimigo. Mas você rumava para o norte. Trouxe-me para bordo quando o meu vigor estava exaurido, e eu logo teria sucumbido às minhas múltiplas desgraças, numa morte que me apavora, pois não cumpri a minha missão.

Ah, quando será que o espírito que me guia, conduzindo-me até o demônio, me concederá o repouso que tanto desejo? Ou devo morrer, e ele continuar vivo? Se eu morrer, jure-me, Walton, que ele não escapará, que você partirá à sua caça e realizará a minha vingança com a morte dele. Terei a ousadia de lhe pedir que faça a minha peregrinação, sofra as misérias por que passei? Não; não sou tão egoísta. Quando eu estiver morto, porém, se ele aparecer, se os ministros da vingança o conduzirem até você, jure que ele não vai continuar vivo — jure que ele não triunfará sobre o acúmulo de minhas dores e não sobreviverá para aumentar a lista de seus negros crimes. Ele é eloquente e persuasivo, e certa vez as palavras dele até comoveram o meu coração; mas não confie nele. Sua alma é tão infernal quanto sua figura, cheia de astúcia e diabólica malícia. Não lhe dê ouvidos; lembre-se dos nomes de William, Justine, Clerval, Elizabeth, meu pai e do miserável Victor, e crave a espada no coração dele. Eu estarei por perto e dirigirei o aço no caminho certo.

❖

Continuação da correspondência de Walton

26 de agosto de 17...

Leu esta estranha e terrível história, Margaret; não sente o sangue congelar-se de horror, como eu? Ora, tomado de súbita agonia, ele não conseguia dar prosseguimento à sua história; ora, com voz abafada, mas penetrante, pronunciava com dificuldade palavras cheias de angústia. Seus belos e graciosos olhos ora se iluminavam de indignação, ora se entregavam à desolação e se extinguiam numa angústia infinita. Às vezes mostrava domínio da expressão e do tom de voz e contava os mais terríveis incidentes com uma voz serena, não demonstrando nenhum sinal de agitação; em seguida, como um vulcão em erupção, seu rosto bruscamente assumia a expressão da mais selvagem cólera, enquanto gritava com voz estridente injúrias ao seu perseguidor.

Sua história é bem articulada e é contada com a aparência da mais pura verdade, mas confesso-lhe que as cartas de Felix e Safie que ele me mostrou e a aparição do monstro, visto do nosso navio, me deram maior certeza da verdade da sua narrativa do que as afirmações dele, por mais sérias e coerentes que fossem. O monstro, então, existe realmente! Não posso ter dúvida disso, embora esteja mais do que surpreso e admirado. Às vezes procurava obter de Frankenstein os pormenores da formação de sua criatura, mas neste ponto ele era impenetrável.

"Enlouqueceu, meu amigo?", disse ele. "Aonde essa absurda curiosidade vai levá-lo? Quer criar também para você e para o mundo um inimigo demoníaco? Calma, calma! Aprenda com as minhas desgraças e não tente aumentar a sua própria."

Frankenstein descobriu que fiz anotações acerca da sua história; pediu-me que as mostrasse e então ele próprio as corrigiu e aumentou em diversos pontos, mas, sobretudo, ao dar vida e espírito às conversas que teve com o inimigo.

"Já que você preservou a minha narração", disse ele, "não gostaria que uma versão mutilada passasse à posteridade."

Transcorreu assim uma semana, durante a qual ouvi a mais estranha história que alguma imaginaçsão jamais compôs. Ouvi atentamente, com todos os meus pensamentos e cada sentimento da minha alma, pelo interesse por meu hóspede que sua história e seu comportamento digno e gentil haviam despertado. Quero tranquilizá-lo, mas será que posso aconselhar a viver alguém tão infinitamente desgraçado, tão carente de toda esperança de consolação? Ah, não! A única alegria que ele pode ter agora é a de preparar seu espírito dilacerado para a paz e para a morte. Ele goza, porém, de uma vantagem, o fruto da solidão e do delírio; crê quando sonha conversa com os amigos e tira dessa comunhão um consolo para suas misérias e um encorajamento para a sua sede de vingança, pois acredita que não são criações de sua imaginação, mas os próprios seres que o visitam vindos de um mundo distante. Essa fé confere dignidade aos seus devaneios, o que os torna quase tão imponentes e interessantes quanto a verdade.

As conversas entre nós nem sempre se limitam à sua própria história e desgraça. Sobre todos os pontos de literatura geral ele exibe um enorme conhecimento e uma intuição rápida e penetrante. Sua eloquência é convincente e comovente; não consigo ouvi-lo sem derramar lágrimas, quando ele conta um incidente patético ou se empenha em provocar as paixões da piedade ou do amor. Que criatura gloriosa deve ter sido ele nos seus dias prósperos se na ruína se mostra tão nobre e divino! Parece sentir seu próprio valor e a grandeza de sua queda.

"Quando era mais jovem", disse ele, "acreditava estar destinado a alguma grande façanha. Os meus sentimentos são profundos, mas possuo uma frieza de julgamento que me habilitava para ilustres feitos. Esse sentimento do valor da minha natureza amparava-me quando outros se sentiriam arrasados, pois julgava criminoso desperdiçar em angústias aqueles talentos que poderiam ser úteis aos meus semelhantes. Quando refletia sobre o trabalho que concluíra, nada menos do que a criação de um animal sensível e racional, não podia considerar-me membro do rebanho dos artesãos comuns. Mas esse pensamento, que me amparava no começo da minha carreira, agora só serve para me mergulhar mais baixo na poeira. Todas as minhas especulações e esperanças são como nada, e, como o arcanjo que aspirava à onipotência, estou acorrentado num inferno eterno. A minha imaginação era vívida, mas a capacidade de análise e a aplicação eram intensas; pela união dessas qualidades, concebi a ideia e executei a criação de um homem. Ainda hoje não posso lembrar-me sem paixão dos devaneios que tinha quando o trabalho ainda não estava pronto. Em meus pensamentos, eu caminhava pelo céu, ora exultante por meus poderes, ora entusiasmado com a ideia de seus efeitos. Desde a infância tinha altas esperanças e uma nobre ambição; mas quão baixo caí! Ah, meu amigo, se tivesse visto como eu fui, não me reconheceria neste estado de degradação. A desolação raramente visitava o meu coração; um alto destino parecia estar reservado a mim, até que caí, para nunca, nunca mais me levantar."

Devo, então, perder essa pessoa admirável? Muito desejei um amigo; procurei alguém que simpatizasse comigo e me amasse. Veja, nestes mares desertos, eu encontrei esse amigo, mas temo tê-lo encontrado só para conhecer o seu valor e perdê-lo. Gostaria de reconciliá-lo com a vida, mas ele rejeita a ideia.

"Muito obrigado, Walton", disse ele, "por sua atenção com um desgraçado tão miserável; mas, quando fala de novas relações e novos afetos, acha que alguma delas pode substituir os que se foram? Poderá alguém ser para mim o que Clerval foi; ou alguma mulher, outra Elizabeth? Mesmo quando as afeições não são determinadas por uma excelência superior, os companheiros de infância sempre exercem certo poder sobre nossa mente, o que dificilmente um amigo mais tardio pode conseguir. Eles conhecem nossas preferências infantis, as quais, embora possam modificar-se mais tarde, nunca são erradicadas; e podem julgar as nossas ações com conclusões mais fundamentadas acerca da integridade de nossos motivos. Uma irmã ou um irmão não pode nunca, a não ser que os sintomas se tenham manifestado cedo, suspeitar o outro de fraude ou de falsidade, ao passo que um amigo, por mais forte que seja o apego, pode, a contragosto, ser visto por outro com suspeita. Mas eu amava meus amigos não só por hábito e associação, mas por seus méritos; e onde quer que eu esteja, a voz tranquilizante da minha Elizabeth e a conversa de Clerval sempre estarão presentes num sussurro aos meus ouvidos. Estão mortos, e, nesta minha solidão, só um sentimento pode convencer-me a continuar vivendo. Se eu estivesse empenhado em algum alto empreendimento ou projeto de grande utilidade para os meus semelhantes, poderia viver para realizá-lo. Não é esse, porém, o meu destino; tenho de perseguir e destruir o ser a quem dei a existência; em seguida, minha missão na terra terá sido cumprida e poderei morrer."

2 de setembro

Minha querida irmã,

Escrevo-lhe cercado de perigos e sem saber se é meu destino rever a minha querida Inglaterra e os mais queridos amigos que nela residem. Estou rodeado de montanhas de gelo que não permitem a fuga e a todo momento ameaçam esmagar o meu navio. Os valorosos marujos que convenci a serem meus companheiros olham para mim à procura de ajuda, mas não lhes posso dar nenhuma. Há algo terrivelmente aterrador em nossa situação, porém a coragem e as esperanças não me abandonam. É, contudo, terrível pensar que a vida de todos esses homens corre perigo por mim. Se estamos perdidos, a causa são meus loucos planos.

E qual será, Margaret, o seu estado de espírito? Não vai ser avisada de minha destruição e vai esperar ansiosamente por minha volta. Os anos vão passar e terá momentos de desespero, embora seja torturada pela esperança. Ah, minha adorada irmã, a perspectiva da horrível frustração de suas mais profundas expectativas é, para mim, mais terrível do que a minha própria morte.

Tem, porém, um marido e filhos maravilhosos; pode ser feliz. Que Deus a abençoe e a faça feliz!

Meu infeliz convidado sente a mais terna compaixão de mim. Tenta encher-me de esperança e fala como se a vida fosse uma posse que lhe fosse preciosa. Recorda quantas vezes os mesmos acidentes aconteceram com outros navegadores que se aventuram neste mar e, mesmo contra a minha vontade, ele me enche de boas esperanças. Mesmo os marinheiros sentem a força da sua eloquência; quando ele fala, eles não mais se sentem desesperados; ele desperta as energias deles, e, enquanto ouvem a sua voz, acreditam que estas enormes montanhas de gelo sejam montículos que desaparecerão diante da determinação do homem. Esses sentimentos são efêmeros; cada dia de expectativa frustrada os enche de medo, e chego a apavorar-me à perspectiva de um motim causado pelo desespero.

5 de setembro

Acaba de se passar uma cena de tão excepcional interesse que, embora seja altamente provável que estes papéis nunca cheguem até ti, não posso deixar de registrá-la.

Ainda estamos rodeados de montanhas de gelo, ainda sob o perigo iminente de sermos esmagados contra elas. O frio é excessivo, e muitos dos meus camaradas menos afortunados já encontraram o túmulo neste cenário de desolação. A saúde de Frankenstein piora a cada dia; um fogo febril ainda bruxuleia em seus olhos, mas está exausto, e, quando chamado a algum esforço, logo torna a cair numa morte aparente.

Mencionei em minha última carta o meu medo de que haja um motim. Esta manhã, enquanto observava o rosto pálido do meu amigo — seus olhos semicerrados e suas pernas e braços que pendiam frouxos —, fui chamado por meia dúzia de marinheiros, que pediam para entrar no camarote. Entraram, e seu chefe se dirigiu a mim. Disse-me que ele e seus companheiros haviam sido escolhidos pelos outros marujos como seus representantes, para me apresentarem uma solicitação que, em boa justiça, eu não poderia recusar. Estávamos emparedados em gelo e provavelmente jamais escaparíamos, mas temiam que se, como era possível, o gelo se derretesse e se abrisse uma passagem, eu fosse temerário o bastante para prosseguir viagem e levá-los a novos riscos, depois que tivessem felizmente superado os perigos presentes. Insistiam, pois, que eu fizesse uma promessa solene de que, se o navio se libertasse, eu imediatamente rumaria para o sul.

Inquietaram-me aquelas palavras. Eu não perdera a esperança nem concebera a ideia de voltar se me libertasse. Mas será que eu podia, em boa justiça, recusar o pedido, ou mesmo tinha essa possibilidade? Hesitava antes de responder, quando Frankenstein, que no começo permanecera calado e parecia mal ter forças para acompanhar, se ergueu; seus olhos brilhavam, e suas faces coraram, momentaneamente revigoradas. Voltando-se para os homens, disse: "Que quer dizer isso? Que querem do capitão? Vocês desistem tão fácil de seus objetivos? Vocês não diziam que esta era uma expedição gloriosa? E por que era gloriosa? Não porque o caminho fosse plano e plácido como um mar do sul, mas porque era cheio de perigos e terror, pois a cada novo incidente seria exigida firmeza da parte de vocês, além da coragem, porque o perigo e a morte os rodeavam, e vocês deviam enfrentá-los e vencê-los. Por isso era gloriosa, por isso era uma façanha de honra. Vocês passariam a ser saudados como os benfeitores da espécie, seus nomes adorados como os de homens valorosos que encontraram a morte em honra e proveito da humanidade. E agora, vejam, com o primeiro vislumbre do perigo, ou, se preferirem, com o primeiro grande e aterrador teste de coragem, vocês fogem acovardados e se contentam em ser lembrados como homens sem fibra suficiente para suportarem o frio e o perigo; e assim, pobres almas, vocês se sentiram congelados e voltaram para suas lareiras quentinhas. Ora, para isso não havia necessidade de preparação; não precisavam vir tão longe e arrastar o capitão à vergonha de uma derrota apenas para provar que vocês são covardes. Ah, sejam homens ou não sejam nada mais do que homens. Sejam firmes como a rocha em seus propósitos. Esse gelo não é feito do mesmo material que os seus corações; ele é mutável e não pode resistir-lhes se vocês disserem que ele não o fará. Não voltem para suas famílias com o estigma da desgraça impresso na testa. Voltem como heróis que lutaram e conquistaram e não sabem o que é virar as costas ao inimigo".

Ele falou com tons tão apropriados aos diferentes sentimentos expressos por suas palavras, com olhos tão cheios de altos ideais e de heroísmo, que você pode imaginar se ele conseguiu comover aqueles homens. Olharam uns para os outros e não foram capazes de responder. Eu falei; disse-lhes que se retirassem e refletissem sobre o que fora dito, que não os levaria mais para o norte se desejassem ardentemente o contrário, mas esperava que, após a reflexão, a coragem voltasse. Eles se retiraram, e eu me voltei para o meu amigo, mas ele mergulhara em torpor, quase sem vida.

Como vai acabar tudo isto, eu não sei, mas prefiro morrer a voltar vergonhosamente, com a missão não cumprida. Temo, porém, que seja esse o meu destino; os homens, sem o apoio das ideias de glória e de honra, não podem dispor-se a suportar suas misérias presentes.

7 de setembro

Os dados foram lançados; concordei em voltar se não formos destruídos. Assim, minhas esperanças foram derrotadas pela covardia e pela indecisão; volto ignorante e desapontado. É necessária muita filosofia para suportar essa injustiça sem perder a paciência.

12 de setembro

Está tudo acabado; estou voltando à Inglaterra. Perdi as minhas esperanças de utilidade e de glória; perdi o meu amigo. Mas ainda lhe contarei com pormenores essas amargas circunstâncias, minha querida irmã; e, enquanto navego rumo à Inglaterra e rumo a você, não vou desanimar.

Dia 9 de setembro o gelo começou a se mover, e rugidos como de trovão foram ouvidos a distância, enquanto as ilhas se separavam e partiam em todas as direções. Corríamos o mais iminente perigo, mas só podíamos permanecer passivos, e meu principal cuidado era o meu infeliz convidado, cuja enfermidade se agravava a tal ponto que não mais saía da cama. Partia-se o gelo atrás de nós e era levado com força para o norte; soprava uma brisa de oeste, e no dia 11 a passagem para o sul ficou completamente livre. Quando os marujos viram aquilo e que o retorno ao país natal estava aparentemente garantido, lançaram um brado de tumultuosa alegria, sonoro e prolongado. Frankenstein, que estava cochilando, acordou e perguntou o motivo do tumulto.

"Gritam", disse eu, "porque logo vão voltar para a Inglaterra."

"Você vai voltar mesmo, então?"

"Infelizmente, vou. Não posso contrariar as exigências deles. Não posso expô-los ao perigo contra a vontade, e tenho de voltar."

"Você vai, se quiser; eu, não. Você pode desistir do seu projeto, mas o meu me foi confiado pelo Céu, e eu não ousaria desistir dele. Estou fraco, mas com certeza os espíritos que assistem à minha vingança me propiciarão a força suficiente."

Ao dizer isso, ele tentou sair da cama, mas o esforço era excessivo para ele; caiu para trás e desmaiou.

Ficou muito tempo desacordado, e muitas vezes pensei que sua vida se extinguira completamente. Por fim, ele abriu os olhos; respirava com dificuldade e não conseguia falar. O cirurgião deu-lhe um preparado para beber e ordenou-nos que o deixássemos em paz. No entanto, me disse que meu amigo certamente não teria mais muitas horas de vida.

Fora pronunciada a sentença, e eu só podia lamentar e ser paciente. Sentei-me ao lado da cama para observá-lo; seus olhos estavam fechados, e pensei que ele estivesse dormindo; mas então ele me chamou com voz fraca e, pedindo-me que me aproximasse, disse:

"Pobre de mim! Acabou-se a força em que confiava; sinto que logo vou morrer, e ele, meu inimigo e perseguidor, ainda pode estar vivo. Não pense, Walton, que nos últimos instantes da minha vida eu ainda sinta o ódio ardente e o irreprimível desejo de vingança que uma vez exprimi; mas sinto-me justificado ao desejar a morte do meu adversário. Durante estes últimos dias, tratei de examinar a minha conduta passada; e tampouco a considero culpada. Num ímpeto de entusiástica loucura, criei um ser racional e tinha a obrigação de lhe garantir, na medida do possível, a felicidade e o bem-estar.

Era esse o meu dever, mas havia outro ainda mais importante do que ele. Meus deveres com os seres da minha própria espécie tinham maiores direitos à minha atenção, pois representavam maior proporção de felicidade ou desgraça. Pressionado por essa ideia, recusei-me, e estava certo em fazê-lo, a criar uma companheira para a primeira criatura. Ele demonstrou maldade e egoísmo sem iguais; massacrou meus amigos; dedicou-se à destruição de seres que possuíam finas sensações, felicidade e sabedoria; não sei onde sua sede de vingança vai parar. Sendo ele próprio desgraçado, para que não possa tornar miseráveis os outros, deve morrer. A tarefa de destruí-lo era minha, mas eu falhei. Quando eu tinha motivos egoístas e torpes, pedi a você que levasse a cabo o meu trabalho inacabado e renovo o pedido agora que sou levado apenas pela razão e pela virtude.

Não posso, porém, pedir-lhe que renuncie ao seu país e aos amigos para cumprir essa missão; e, agora que você está de volta à Inglaterra, pouca oportunidade terá de o encontrar. Mas deixo a você a consideração desses pontos e a ponderação equilibrada do que sejam os seus deveres; meu julgamento e minhas ideias já estão perturbados pela aproximação da morte. Não ouso pedir-lhe que faça o que julgo certo, pois talvez eu esteja sendo iludido pela paixão.

Que ele viva para ser um instrumento do mal é algo que me angustia; sob outros aspectos, este instante, em que momentaneamente aguardo a minha libertação, é o único feliz que tive em muitos anos. As formas da amada morte pairam à minha frente, e corro para os seus braços. Adeus, Walton! Busque a felicidade na tranquilidade e evite a ambição, ainda que seja aquela, aparentemente inocente, de se distinguir na ciência e nos descobrimentos. Mas por que digo isso? Eu fracassei nessas esperanças, mas outro pode ser bem-sucedido".

Sua voz foi tornando-se mais fraca à medida que falava, e, por fim, exausto com o esforço, ele se calou. Cerca de meia hora depois, tentou falar mais uma vez, mas não conseguiu; apertou sem força a minha mão, e seus olhos se fecharam para sempre, enquanto a irradiação de um doce sorriso se exalava de seus lábios.

Margaret, que comentário posso fazer sobre a morte intempestiva daquele espírito glorioso? Que posso dizer que lhe permita entender a profundidade da minha dor? Tudo o que disser será inadequado e medíocre. Correm-me lágrimas; uma nuvem de decepção tolda a minha alma. Mas navego para a Inglaterra, e lá talvez encontre consolo.

Interrompem-me. Que presságios trazem esses sons? É meia-noite; a brisa sopra docemente, e o vigia no convés mal se move. Mais uma vez ouço uma voz humana, mas mais rouca; vem da cabina onde estão os restos mortais de Frankenstein. Tenho de me levantar e averiguar. Boa noite, minha irmã.

Santo Deus! Que cena acaba de acontecer! Ainda estou confuso com a lembrança dela. Nem sei se terei forças para descrevê-la; mas a história que registrei ficaria incompleta sem esta catástrofe final e maravilhosa. Entrei na cabina onde jaziam os restos mortais do meu desafortunado e admirável amigo. Sobre ele estava debruçado um vulto que não consigo encontrar palavras para descrever: de estatura gigantesca, mas desajeitado e desproporcional. Enquanto se debruçava sobre o caixão, seu rosto estava oculto por longos cachos de cabelo crespo; mas uma enorme mão estava estendida, de cor e de textura aparentemente como a de uma múmia. Quando ouviu o som de minha aproximação, cessou de soltar gritos de dor e horror e saltou na direção da janela. Nunca vi nada tão horroroso como o seu rosto, medonho e repugnante. Sem querer, fechei os olhos e tentei lembrar quais eram os meus deveres quanto àquele destruidor. Pedi-lhe que ficasse.

Ele parou, olhando espantado para mim e, voltando-se mais uma vez para a forma inanimada de seu criador, parecia esquecido de minha presença, e cada traço e gesto seu parecia instigado pela cólera selvagem de uma paixão incontrolável.

“Mais uma de minhas vítimas!”, exclamou. “Neste assassinato se consumam meus crimes; a miserável série de acontecimentos de minha vida chega ao fim! Ah, Frankenstein! Generoso e dedicado! De que serve que eu agora te peça perdão? Eu, que irremediavelmente te destruí, ao destruir todos os que amavas. Ai de mim! Já está frio, não pode mais me responder.”

Sua voz parecia sufocada, e meu primeiro impulso, que me sugeriu o dever de obedecer aos últimos desejos do meu amigo, destruindo o seu inimigo, ficou agora suspenso por um misto de curiosidade e compaixão. Aproximei-me daquele ser aterrador; não ousava erguer de novo os olhos para o seu rosto, pois havia algo de assustador e fantasmagórico em sua feiura. Tentei falar, mas as palavras morreram em meus lábios. O monstro continuava a balbuciar palavras de violenta autoacusação. Por fim, reuni coragem para dirigir-me a ele, numa pausa da tempestade da sua comoção.

"Teu arrependimento", disse eu, "agora é supérfluo. Se tivesses ouvido a voz da consciência e sentido o ferrão do remorso antes de levar tua vingança diabólica até este extremo, Frankenstein ainda estaria vivo."

"E tu estás sonhando?", disse o demônio. "Achas que eu não sentia então a agonia e o remorso? Ele", prosseguiu, apontando para o cadáver, "ele não sofreu na consumação do ato nem um décimo milésimo da angústia que eu senti durante a sua execução. Um aterrador egocentrismo instigava-me, enquanto meu coração se envenenava de remorsos. Julgas que os gemidos de Clerval eram música para os meus ouvidos? Meu coração foi feito para ser sensível ao amor e à compaixão e, quando a miséria o distorce para o mal e o ódio, não suporta a violência da mudança sem uma tortura que não podes sequer imaginar.

Depois do assassinato de Clerval, voltei à Suíça, abalado e de coração partido. Sentia pena de Frankenstein; minha compaixão chegava ao horror; eu me odiava. Mas, quando descobri que ele, o autor ao mesmo tempo da minha existência e de meus indizíveis tormentos, ousava esperar a felicidade, que enquanto acumulava desgraça e desespero sobre mim buscava seu próprio prazer em sentimentos e paixões de cujo gozo eu estava para sempre excluído, a inveja impotente e a amarga indignação encheram-me de uma sede insaciável de vingança. Lembrei-me da ameaça que fizera e resolvi que ela devia ser levada a efeito. Sabia que estava preparando para mim mesmo uma tortura mortal, mas era o escravo, não o senhor, de um impulso que eu detestava, embora não pudesse desobedecer a ele. Mas quando ela morreu! Não, não me senti arrasado. Tinha me livrado de todo sentimento, vencido toda angústia, para enfrentar o meu desespero excessivo. O mal tornou-se daí em diante o bem para mim. Tendo chegado a esse ponto, não tinha escolha senão adaptar a minha natureza a um elemento que havia escolhido livremente. O cumprimento do meu plano demoníaco tornou-se uma paixão insaciável. E agora acabou; aí está a minha última vítima!"

A princípio, fiquei comovido com a expressão da sua miséria; quando, porém, me lembrei do que Frankenstein havia dito de seus poderes de eloquência e persuasão, e quando mais uma vez olhei para a forma inanimada do meu amigo, reacendeu-se a indignação dentro de mim.

"Desgraçado!", disse eu. "Foi muito bom de tua parte vires aqui para lamuriar-te da desolação que tu mesmo provocaste. Lanças uma tocha sobre um quarteirão e, quando ele pega fogo, sentas-te diante das ruínas e lamentas o incêndio. Demônio hipócrita! Se aquele que choras estivesse ainda vivo, ainda seria ele o alvo, mais uma vez ele seria a presa da tua maldita vingança. Não é compaixão o que sentes; só lamentas porque a vítima da tua maldade escapou de teu poder."

"Ah, não é isso... não é isso", interrompeu o ser. "Mas deve ser essa a impressão que te passa o que parece ser o significado das minhas ações. Não busco, porém, um companheiro que se compadeça da minha desgraça. Jamais poderei fazer com que alguém participe dos meus sentimentos. Quando busquei isso pela primeira vez, o que gostaria de compartilhar era o amor da virtude, os sentimentos de felicidade e afeto de que todo o meu ser transbordava. Agora, porém, que essa virtude se tornou para mim uma sombra, e essa felicidade e esse afeto se transformaram num desespero amargo e abominável, em que buscaria eu simpatia? Contento-me em sofrer sozinho enquanto os sofrimentos ainda persistem; quando eu morrer, fico feliz em pensar que o ódio e o opróbrio preencherão a minha memória. Antigamente, a minha imaginação se regalava com sonhos de virtude, de fama e de alegria. Antes eu esperava falsamente encontrar pessoas que, perdoando a minha forma exterior, me amassem pelas excelentes qualidades que eu fosse capaz de revelar. Nutria altos ideais de honra e devoção. Hoje, porém, o crime me degradou abaixo do mais vil animal. Não há culpa, vileza, malignidade, miséria que possa comparar-se à minha. Quando percorro o aterrador catálogo dos meus pecados, não consigo acreditar que eu seja a mesma criatura cujos pensamentos eram repletos de sublimes e transcendentes visões da beleza e da majestade do bem. Mas assim é; o anjo caído torna-se um diabo maligno. No entanto, mesmo o inimigo de Deus e do homem tem amigos e companheiros em sua desolação; eu estou só.

Tu, que chamas a Frankenstein teu amigo, pareces conhecer meus crimes e as desgraças dele. Mas, no relato que ele te fez deles, não pôde contar as horas e os meses de miséria por que passei entregue a paixões impotentes. Pois, enquanto eu destruía as esperanças dele, não satisfazia os meus desejos. Estes eram sempre ardentes e insaciáveis; eu ainda desejava amor e amizade e era ainda rejeitado. Não havia injustiça nisso? Devo ser considerado o único criminoso, quando toda a humanidade pecava contra mim? Por que não odeias Felix, que com insolência pôs porta afora o seu amigo? Por que não execras o boçal que tentou destruir o salvador de sua filha? Não, esses são seres virtuosos e imaculados! Eu, o miserável e o abandonado, sou o aborto a ser rejeitado, espancado e pisado. Até hoje meu sangue ferve à lembrança dessa injustiça.

Mas é verdade que sou um desgraçado. Assassinei o gracioso e o indefeso; estrangulei o inocente enquanto dormia e apertei com as mãos, até a morte, o seu pescoço que jamais fizera mal a mim ou a qualquer ser vivo. Entreguei o meu criador, o exemplo seleto de tudo o que é digno de amor e de admiração entre os homens, à miséria; persegui-o até esta irremediável ruína.

Ali jaz ele, lívido e frio na morte. Tu me odeias, mas a tua execração não pode igualar a que dedico a mim mesmo. Olho para as mãos que executaram o ato; penso no coração em que a imaginação daquilo foi concebida e desejo o momento em que essas mãos não vão mais se cruzar com meus olhos, quando esta imaginação não mais vai obsedar os meus pensamentos.

Não temas que eu venha a ser o instrumento de males futuros. Está quase completa a minha obra. Não é necessária a tua morte e a de nenhum outro homem para consumar a história da minha vida e fazer o que deve ser feito, mas a minha, sim. Não penses que vou demorar para executar esse sacrifício. Vou deixar o teu navio e ir para a balsa de gelo que me trouxe para cá, rumo à mais setentrional extremidade do globo; vou juntar a minha pira funerária e consumir até as cinzas este miserável corpo, para que seus restos não possam dar nenhuma luz para qualquer desgraçado curioso e sacrílego que queira criar outro ser como eu. Vou morrer. Não mais vou sentir as agonias que agora me consomem ou ser a presa de sentimentos insatisfeitos, mas vorazes. Está morto quem me deu a vida; e, quando eu não mais existir, a própria lembrança de nós dois logo se desvanecerá. Não mais verei o sol ou as estrelas ou sentirei os ventos a brincar em minhas faces.

Luz, sentimento e razão passarão; e nessa condição devo encontrar a felicidade. Alguns anos atrás, quando as imagens do mundo se me abriram pela primeira vez, quando senti o estimulante calor do verão e ouvi o farfalhar das folhas e o gorjeio dos pássaros, e isso era tudo para mim, eu devia ter chorado até morrer; hoje, é meu único consolo. Maculado pelo crime e dilacerado pelo mais amargo remorso, onde mais posso achar descanso a não ser na morte?

Adeus! Deixo-te, e em ti o último traço de humanidade que estes olhos hão de ver. Adeus, Frankenstein! Se ainda estivesses vivo e ainda desejasses vingar-te de mim, tal sede seria mais bem saciada em minha vida do que em minha destruição. Mas não foi assim; buscaste a minha extinção, para que eu não pudesse causar mais males; e se, de algum modo que desconheço, ainda pensas e sentes, não desejarias contra mim uma vingança maior do que esta que sinto. Arruinado como estavas, a minha agonia era ainda superior à tua, pois o amargo ferrão do remorso não cessará de revolver minhas feridas, até que a morte as feche para sempre.

"Mas logo", exclamou ele, com entusiasmo triste e solene, "vou morrer, e o que agora sinto não mais sentirei. Logo essas dilacerantes misérias estarão extintas. Acenderei em triunfo a minha pira funerária e exultarei na agonia das torturantes chamas. A luz desta conflagração se apagará; minhas cinzas serão varridas pelos ventos até o mar. O meu espírito dormirá em paz, ou, se pensar, certamente não pensará assim. Adeus."

Ao dizer isso, saltou da janela da cabina para a jangada de gelo que estava junto ao navio. Logo foi levado embora pelas ondas e se perdeu nas trevas e na distância.

❖

Relação dos Volumes Publicados

1. **Dom Casmurro**
Machado de Assis
2. **O Príncipe**
Maquiavel
3. **Mensagem**
Fernando Pessoa
4. **O Lobo do Mar**
Jack London
5. **A Arte da Prudência**
Baltasar Gracián
6. **Iracema / Cinco Minutos**
José de Alencar
7. **Inocência**
Visconde de Taunay
8. **A Mulher de 30 Anos**
Honoré de Balzac
9. **A Moreninha**
Joaquim Manuel de Macedo
10. **A Escrava Isaura**
Bernardo Guimarães
11. **As Viagens - "Il Milione"**
Marco Polo
12. **O Retrato de Dorian Gray**
Oscar Wilde
13. **A Volta ao Mundo em 80 Dias**
Júlio Verne
14. **A Carne**
Júlio Ribeiro
15. **Amor de Perdição**
Camilo Castelo Branco
16. **Sonetos**
Luís de Camões
17. **O Guarani**
José de Alencar
18. **Memórias Póstumas de Brás Cubas**
Machado de Assis
19. **Lira dos Vinte Anos**
Álvares de Azevedo
20. **Apologia de Sócrates / Banquete**
Platão
21. **A Metamorfose/Um Artista da Fome/Carta a Meu Pai**
Franz Kafka
22. **Assim Falou Zaratustra**
Friedrich Nietzsche
23. **Triste Fim de Policarpo Quaresma**
Lima Barreto
24. **A Ilustre Casa de Ramires**
Eça de Queirós
25. **Memórias de um Sargento de Milícias**
Manuel Antônio de Almeida
26. **Robinson Crusoé**
Daniel Defoe
27. **Espumas Flutuantes**
Castro Alves
28. **O Ateneu**
Raul Pompeia
29. **O Noviço / O Juiz de Paz da Roça / Quem Casa Quer Casa**
Martins Pena
30. **A Relíquia**
Eça de Queirós
31. **O Jogador**
Dostoiévski
32. **Histórias Extraordinárias**
Edgar Allan Poe
33. **Os Lusíadas**
Luís de Camões
34. **As Aventuras de Tom Sawyer**
Mark Twain
35. **Bola de Sebo e Outros Contos**
Guy de Maupassant
36. **A República**
Platão
37. **Elogio da Loucura**
Erasmo de Rotterdam
38. **Caninos Brancos**
Jack London
39. **Hamlet**
William Shakespeare
40. **A Utopia**
Thomas More
41. **O Processo**
Franz Kafka
42. **O Médico e o Monstro**
Robert Louis Stevenson
43. **Ecce Homo**
Friedrich Nietzsche
44. **O Manifesto do Partido Comunista**
Marx e Engels
45. **Discurso do Método / Regras para a Direção do Espírito**
René Descartes
46. **Do Contrato Social**
Jean-Jacques Rousseau
47. **A Luta pelo Direito**
Rudolf von Ihering
48. **Dos Delitos e das Penas**
Cesare Beccaria
49. **A Ética Protestante e o Espírito do Capitalismo**
Max Weber
50. **O Anticristo**
Friedrich Nietzsche
51. **Os Sofrimentos do Jovem Werther**
Goethe
52. **As Flores do Mal**
Charles Baudelaire
53. **Ética a Nicômaco**
Aristóteles
54. **A Arte da Guerra**
Sun Tzu
55. **Imitação de Cristo**
Tomás de Kempis
56. **Cândido ou o Otimismo**
Voltaire
57. **Rei Lear**
William Shakespeare
58. **Frankenstein**
Mary Shelley
59. **Quincas Borba**
Machado de Assis
60. **Fedro**
Platão
61. **Política**
Aristóteles
62. **A Viuvinha / Encarnação**
José de Alencar
63. **As Regras do Método Sociológico**
Émile Durkheim
64. **O Cão dos Baskervilles**
Sir Arthur Conan Doyle
65. **Contos Escolhidos**
Machado de Assis
66. **Da Morte / Metafísica do Amor / Do Sofrimento do Mundo**
Arthur Schopenhauer
67. **As Minas do Rei Salomão**
Henry Rider Haggard
68. **Manuscritos Econômico-Filosóficos**
Karl Marx
69. **Um Estudo em Vermelho**
Sir Arthur Conan Doyle
70. **Meditações**
Marco Aurélio
71. **A Vida das Abelhas**
Maurice Materlinck
72. **O Cortiço**
Aluísio Azevedo
73. **Senhora**
José de Alencar
74. **Brás, Bexiga e Barra Funda / Laranja da China**
Antônio de Alcântara Machado
75. **Eugênia Grandet**
Honoré de Balzac
76. **Contos Gauchescos**
João Simões Lopes Neto
77. **Esaú e Jacó**
Machado de Assis
78. **O Desespero Humano**
Sören Kierkegaard
79. **Dos Deveres**
Cícero
80. **Ciência e Política**
Max Weber
81. **Satíricon**
Petrônio
82. **Eu e Outras Poesias**
Augusto dos Anjos
83. **Farsa de Inês Pereira / Auto da Barca do Inferno / Auto da Alma**
Gil Vicente
84. **A Desobediência Civil e Outros Escritos**
Henry David Toreau
85. **Para Além do Bem e do Mal**
Friedrich Nietzsche
86. **A Ilha do Tesouro**
R. Louis Stevenson
87. **Marília de Dirceu**
Tomás A. Gonzaga
88. **As Aventuras de Pinóquio**
Carlo Collodi
89. **Segundo Tratado Sobre o Governo**
John Locke
90. **Amor de Salvação**
Camilo Castelo Branco
91. **Broquéis/Faróis/ Últimos Sonetos**
Cruz e Souza
92. **I-Juca-Pirama / Os Timbiras / Outros Poemas**
Gonçalves Dias
93. **Romeu e Julieta**
William Shakespeare
94. **A Capital Federal**
Arthur Azevedo
95. **Diário de um Sedutor**
Sören Kierkegaard
96. **Carta de Pero Vaz de Caminha a El-Rei Sobre o Achamento do Brasil**
97. **Casa de Pensão**
Aluísio Azevedo
98. **Macbeth**
William Shakespeare

99. **Édipo Rei/Antígona**
Sófocles

100. **Lucíola**
José de Alencar

101. **As Aventuras de Sherlock Holmes**
Sir Arthur Conan Doyle

102. **Bom-Crioulo**
Adolfo Caminha

103. **Helena**
Machado de Assis

104. **Poemas Satíricos**
Gregório de Matos

105. **Escritos Políticos / A Arte da Guerra**
Maquiavel

106. **Ubirajara**
José de Alencar

107. **Diva**
José de Alencar

108. **Eurico, o Presbítero**
Alexandre Herculano

109. **Os Melhores Contos**
Lima Barreto

110. **A Luneta Mágica**
Joaquim Manuel de Macedo

111. **Fundamentação da Metafísica dos Costumes e Outros Escritos**
Immanuel Kant

112. **O Príncipe e o Mendigo**
Mark Twain

113. **O Domínio de Si Mesmo pela Auto-Sugestão Consciente**
Émile Coué

114. **O Mulato**
Aluísio Azevedo

115. **Sonetos**
Florbela Espanca

116. **Uma Estadia no Inferno / Poemas / Carta do Vidente**
Arthur Rimbaud

117. **Várias Histórias**
Machado de Assis

118. **Fédon**
Platão

119. **Poesias**
Olavo Bilac

120. **A Conduta para a Vida**
Ralph Waldo Emerson

121. **O Livro Vermelho**
Mao Tsé-Tung

122. **Oração aos Moços**
Rui Barbosa

123. **Otelo, o Mouro de Veneza**
William Shakespeare

124. **Ensaios**
Ralph Waldo Emerson

125. **De Profundis / Balada do Cárcere de Reading**
Oscar Wilde

126. **Crítica da Razão Prática**
Immanuel Kant

127. **A Arte de Amar**
Ovídio Naso

128. **O Tartufo ou O Impostor**
Molière

129. **Metamorfoses**
Ovídio Naso

130. **A Gaia Ciência**
Friedrich Nietzsche

131. **O Doente Imaginário**
Molière

132. **Uma Lágrima de Mulher**
Aluísio Azevedo

133. **O Último Adeus de Sherlock Holmes**
Sir Arthur Conan Doyle

134. **Canudos - Diário de uma Expedição**
Euclides da Cunha

135. **A Doutrina de Buda**
Siddharta Gautama

136. **Tao Te Ching**
Lao-Tsé

137. **Da Monarquia / Vida Nova**
Dante Alighieri

138. **A Brasileira de Prazins**
Camilo Castelo Branco

139. **O Velho da Horta/Quem Tem Farelos?/Auto da Índia**
Gil Vicente

140. **O Seminarista**
Bernardo Guimarães

141. **O Alienista / Casa Velha**
Machado de Assis

142. **Sonetos**
Manuel du Bocage

143. **O Mandarim**
Eça de Queirós

144. **Noite na Taverna / Macário**
Álvares de Azevedo

145. **Viagens na Minha Terra**
Almeida Garrett

146. **Sermões Escolhidos**
Padre Antonio Vieira

147. **Os Escravos**
Castro Alves

148. **O Demônio Familiar**
José de Alencar

149. **A Mandrágora / Belfagor, o Arquidiabo**
Maquiavel

150. **O Homem**
Aluísio Azevedo

151. **Arte Poética**
Aristóteles

152. **A Megera Domada**
William Shakespeare

153. **Alceste/Electra/Hipólito**
Eurípedes

154. **O Sermão da Montanha**
Huberto Rohden

155. **O Cabeleira**
Franklin Távora

156. **Rubáiyát**
Omar Khayyám

157. **Luzia-Homem**
Domingos Olímpio

158. **A Cidade e as Serras**
Eça de Queirós

159. **A Retirada da Laguna**
Visconde de Taunay

160. **A Viagem ao Centro da Terra**
Júlio Verne

161. **Caramuru**
Frei Santa Rita Durão

162. **Clara dos Anjos**
Lima Barreto

163. **Memorial de Aires**
Machado de Assis

164. **Bhagavad Gita**
Krishna

165. **O Profeta**
Khalil Gibran

166. **Aforismos**
Hipócrates

167. **Kama Sutra**
Vatsyayana

168. **O Livro da Jângal**
Rudyard Kipling

169. **De Alma para Alma**
Huberto Rohden

170. **Orações**
Cícero

171. **Sabedoria das Parábolas**
Huberto Rohden

172. **Salomé**
Oscar Wilde

173. **Do Cidadão**
Thomas Hobbes

174. **Porque Sofremos**
Huberto Rohden

175. **Einstein: o Enigma do Universo**
Huberto Rohden

176. **A Mensagem Viva do Cristo**
Huberto Rohden

177. **Mahatma Gandhi**
Huberto Rohden

178. **A Cidade do Sol**
Tommaso Campanella

179. **Setas para o Infinito**
Huberto Rohden

180. **A Voz do Silêncio**
Helena Blavatsky

181. **Frei Luís de Sousa**
Almeida Garrett

182. **Fábulas**
Esopo

183. **Cântico de Natal/ Os Carrilhões**
Charles Dickens

184. **Contos**
Eça de Queirós

185. **O Pai Goriot**
Honoré de Balzac

186. **Noites Brancas e Outras Histórias**
Dostoiévski

187. **Minha Formação**
Joaquim Nabuco

188. **Pragmatismo**
William James

189. **Discursos Forenses**
Enrico Ferri

190. **Medeia**
Eurípedes

191. **Discursos de Acusação**
Enrico Ferri

192. **A Ideologia Alemã**
Marx & Engels

193. **Prometeu Acorrentado**
Ésquilo

194. **Iaiá Garcia**
Machado de Assis

195. **Discursos no Instituto dos Advogados Brasileiros / Discurso no Colégio Anchieta**
Rui Barbosa

196. **Édipo em Colono**
Sófocles

197. **A Arte de Curar pelo Espírito**
Joel S. Goldsmith

198. **Jesus, o Filho do Homem**
Khalil Gibran

199. **Discurso sobre a Origem e os Fundamentos da Desigualdade entre os Homens**
Jean-Jacques Rousseau

200. **Fábulas**
La Fontaine

201. **O Sonho de uma Noite de Verão**
William Shakespeare

202. **Maquiavel, o Poder**
José Nivaldo Junior

203. **Ressurreição**
Machado de Assis

204. **O Caminho da Felicidade**
Huberto Rohden

205. **A Velhice do Padre Eterno**
Guerra Junqueiro

206. **O Sertanejo**
José de Alencar

207. **Gitanjali**
Rabindranath Tagore

208. **Senso Comum**
Thomas Paine

209. **Canaã**
Graça Aranha

210. **O Caminho Infinito**
Joel S. Goldsmith

211. **Pensamentos**
Epicuro

212. **A Letra Escarlate**
Nathaniel Hawthorne

213. **Autobiografia**
Benjamin Franklin

214. **Memórias de Sherlock Holmes**
Sir Arthur Conan Doyle

215. **O Dever do Advogado / Posse de Direitos Pessoais**
Rui Barbosa

216. **O Tronco do Ipê**
José de Alencar

217. **O Amante de Lady Chatterley**
D. H. Lawrence

218. **Contos Amazônicos**
Inglês de Souza

219. **A Tempestade**
William Shakespeare

220. **Ondas**
Euclides da Cunha

221. **Educação do Homem Integral**
Huberto Rohden

222. **Novos Rumos para a Educação**
Huberto Rohden

223. **Mulherzinhas**
Louise May Alcott

224. **A Mão e a Luva**
Machado de Assis

225. **A Morte de Ivan Ilicht / Senhores e Servos**
Leon Tolstói

226. **Álcoois e Outros Poemas**
Apollinaire

227. **Pais e Filhos**
Ivan Turguêniev

228. **Alice no País das Maravilhas**
Lewis Carroll

229. **À Margem da História**
Euclides da Cunha

230. **Viagem ao Brasil**
Hans Staden

231. **O Quinto Evangelho**
Tomé

232. **Lorde Jim**
Joseph Conrad

233. **Cartas Chilenas**
Tomás Antônio Gonzaga

234. **Odes Modernas**
Anntero de Quental

235. **Do Cativeiro Babilônico da Igreja**
Martinho Lutero

236. **O Coração das Trevas**
Joseph Conrad

237. **Thais**
Anatole France

238. **Andrômaca / Fedra**
Racine

239. **As Catilinárias**
Cícero

240. **Recordações da Casa dos Mortos**
Dostoiévski

241. **O Mercador de Veneza**
William Shakespeare

242. **A Filha do Capitão / A Dama de Espadas**
Aleksandr Púchkin

243. **Orgulho e Preconceito**
Jane Austen

244. **A Volta do Parafuso**
Henry James

245. **O Gaúcho**
José de Alencar

246. **Tristão e Isolda**
Lenda Medieval Celta de Amor

247. **Poemas Completos de Alberto Caeiro**
Fernando Pessoa

248. **Maiakóvski**
Vida e Poesia

249. **Sonetos**
William Shakespeare

250. **Poesia de Ricardo Reis**
Fernando Pessoa

251. **Papéis Avulsos**
Machado de Assis

252. **Contos Fluminenses**
Machado de Assis

253. **O Bobo**
Alexandre Herculano

254. **A Oração da Coroa**
Demóstenes

255. **O Castelo**
Franz Kafka

256. **O Trovejar do Silêncio**
Joel S. Goldsmith

257. **Alice na Casa dos Espelhos**
Lewis Carrol

258. **Miséria da Filosofia**
Karl Marx

259. **Júlio César**
William Shakespeare

260. **Antônio e Cleópatra**
William Shakespeare

261. **Filosofia da Arte**
Huberto Rohden

262. **A Alma Encantadora das Ruas**
João do Rio

263. **A Normalista**
Adolfo Caminha

264. **Pollyanna**
Eleanor H. Porter

265. **As Pupilas do Senhor Reitor**
Júlio Diniz

266. **As Primaveras**
Casimiro de Abreu

267. **Fundamentos do Direito**
Léon Duguit

268. **Discursos de Metafísica**
G. W. Leibniz

269. **Sociologia e Filosofiia**
Émile Durkheim

270. **Cancioneiro**
Fernando Pessoa

271. **A Dama das Camélias**
Alexandre Dumas (filho)

272. **O Divórcio / As Bases da Fé / e outros textos**
Rui Barbosa

273. **Pollyanna Moça**
Eleanor H. Porter

274. **O 18 Brumário de Luís Bonaparte**
Karl Marx

275. **Teatro de Machado de Assis**
Antologia

276. **Cartas Persas**
Montesquieu

277. **Em Comunhão com Deus**
Huberto Rohden

278. **Razão e Sensibilidade**
Jane Austen

279. **Crônicas Selecionadas**
Machado de Assis

280. **Histórias da Meia-Noite**
Machado de Assis

281. **Cyrano de Bergerac**
Edmond Rostand

282. **O Maravilhoso Mágico de Oz**
L. Frank Baum

283. **Trocando Olhares**
Florbela Espanca

284. **O Pensamento Filosófico da Antiguidade**
Huberto Rohden

285. **Filosofia Contemporânea**
Huberto Rohden

286. **O Espírito da Filosofia Oriental**
Huberto Rohden

287. **A Pele do Lobo / O Badejo / o Dote**
Artur Azevedo

288. **Os Bruzundangas**
Lima Barreto

289. **A Pata da Gazela**
José de Alencar

290. **O Vale do Terror**
Sir Arthur Conan Doyle

291. **O Signo dos Quatro**
Sir Arthur Conan Doyle

292. **As Máscaras do Destino**
Florbela Espanca

293. **A Confissão de Lúcio**
Mário de Sá-Carneiro

294. **Falenas**
Machado de Assis

295. **O Uraguai / A Declamação Trágica**
Basílio da Gama

296. **Crisálidas**
Machado de Assis

297. **Americanas**
Machado de Assis

298. **A Carteira de Meu Tio**
Joaquim Manuel de Macedo

299. **Catecismo da Filosofia**
Huberto Rohden

300. **Apologia de Sócrates**
Platão (Edição bilingue)

301. **Rumo à Consciência Cósmica**
Huberto Rohden

302. **Cosmoterapia**
Huberto Rohden

303. **Bodas de Sangue**
Federico García Lorca

304. **Discurso da Servidão Voluntária**
Étienne de La Boétie

305. **Categorias**
Aristóteles

306. **Manon Lescaut**
Abade Prévost

307. **Teogonia / Trabalho e Dias**
Hesíodo

308. **As Vítimas-Algozes**
Joaquim Manuel de Macedo

309. **Persuasão**
Jane Austen

310. **Agostinho** - *Huberto Rohden*

311. **Roteiro Cósmico**
Huberto Rohden

312. **A Queda dum Anjo**
Camilo Castelo Branco

313. **O Cristo Cósmico e os Essênios** - *Huberto Rohden*

314. **Metafísica do Cristianismo**
Huberto Rohden

315. **Rei Édipo** - *Sófocles*

316. **Livro dos provérbios**
Salomão

317. **Histórias de Horror**
Howard Phillips Lovecraft

318. **O Ladrão de Casaca**
Maurice Leblanc

319. **Til**
José de Alencar

Série Ouro
(Livros com mais de 400 p.)

1. **Leviatã**
Thomas Hobbes

2. **A Cidade Antiga**
Fustel de Coulanges

3. **Crítica da Razão Pura**
Immanuel Kant

4. **Confissões**
Santo Agostinho

5. **Os Sertões**
Euclides da Cunha

6. **Dicionário Filosófico**
Voltaire

7. **A Divina Comédia**
Dante Alighieri

8. **Ética Demonstrada à Maneira dos Geômetras**
Baruch de Spinoza

9. **Do Espírito das Leis**
Montesquieu

10. **O Primo Basílio**
Eça de Queirós

11. **O Crime do Padre Amaro**
Eça de Queirós

12. **Crime e Castigo**
Dostoiévski

13. **Fausto**
Goethe

14. **O Suicídio**
Émile Durkheim

15. **Odisseia**
Homero

16. **Paraíso Perdido**
John Milton

17. **Drácula**
Bram Stoker

18. **Ilíada**
Homero

19. **As Aventuras de Huckleberry Finn**
Mark Twain

20. **Paulo – O 13º Apóstolo**
Ernest Renan

21. **Eneida**
Virgílio

22. **Pensamentos**
Blaise Pascal

23. **A Origem das Espécies**
Charles Darwin

24. **Vida de Jesus**
Ernest Renan

25. **Moby Dick**
Herman Melville

26. **Os Irmãos Karamazovi**
Dostoiévski

27. **O Morro dos Ventos Uivantes**
Emily Brontë

28. **Vinte Mil Léguas Submarinas**
Júlio Verne

29. **Madame Bovary**
Gustave Flaubert

30. **O Vermelho e o Negro**
Stendhal

31. **Os Trabalhadores do Mar**
Victor Hugo

32. **A Vida dos Doze Césares**
Suetônio

33. **O Moço Loiro**
Joaquim Manuel de Macedo

34. **O Idiota**
Dostoiévski

35. **Paulo de Tarso**
Huberto Rohden

36. **O Peregrino**
John Bunyan

37. **As Profecias**
Nostradamus

38. **Novo Testamento**
Huberto Rohden

39. **O Corcunda de Notre Dame**
Victor Hugo

40. **Arte de Furtar**
Anônimo do século XVII

41. **Germinal**
Émile Zola

42. **Folhas de Relva**
Walt Whitman

43. **Ben-Hur — Uma História dos Tempos de Cristo**
Lew Wallace

44. **Os Maias**
Eça de Queirós

45. **O Livro da Mitologia**
Thomas Bulfinch

46. **Os Três Mosqueteiros**
Alexandre Dumas

47. **Poesia de Alvaro de Campos**
Fernando Pessoa

48. **Jesus Nazareno**
Huberto Rohden

49. **Grandes Esperanças**
Charles Dickens

50. **A Educação Sentimental**
Gustave Flaubert

51. **O Conde de Monte Cristo (Volume I)**
Alexandre Dumas

52. **O Conde de Monte Cristo (Volume II)**
Alexandre Dumas

53. **Os Miseráveis (Volume I)**
Victor Hugo

54. **Os Miseráveis (Volume II)**
Victor Hugo

55. **Dom Quixote de La Mancha (Volume I)**
Miguel de Cervantes

56. **Dom Quixote de La Mancha (Volume II)**
Miguel de Cervantes

57. **As Confissões**
Jean-Jacques Rousseau

58. **Contos Escolhidos**
Artur Azevedo

59. **As Aventuras de Robin Hood**
Howard Pyle

60. **Mansfield Park**
Jane Austen